KB078694

칠마선문(七魔仙門) 4

허담 新무협 판타지 소설

초판 1쇄 찍은 날 § 2023년 2월 23일
초판 1쇄 펴낸 날 § 2023년 3월 2일

지은이 § 허담
펴낸이 § 서경석

총괄팀장 § 황창선
편집책임 § 김우진
디자인 § 스튜디오 이너스

펴낸곳 § 도서출판 청어람
등록번호 § 제387-1999-000006호
등록일자 § 1999. 5. 31
어람번호 § 제2-2916호

본사 § 경기도 부천시 부일로 483번길 40 서경B/D 3F (우) 14640
편집부 § 서울특별시 구로구 디지털로 272 한신IT타워 404호 (우) 08389
전화 § 02-6956-0531 팩스 § 02-6956-0532
http://www.chungeoram.com
E-mail § chungeorambook@daum.net

ⓒ 허담, 2022

ISBN 979-11-04-92480-4 04810
ISBN 979-11-04-92472-9 (세트)

도서출판 **청어람**

허담

新무협 판타지 소설

4

七魔仙門

칠마선문

FANTASTIC ORIENTAL STORY

七魔仙門
칠마선문

목차

제1장

—

마풍(魔風)

수백 년이 되었다고도 하고, 혹은 천년이 넘었다고도 한다.

요동 동쪽에선 일찍이 적수를 찾을 수 없었고, 한창 번성했을 때는 중원 무림에 요동 본가보다 더 큰 규모의 지파를 두기도 했던 문파. 시절에 따라 무림에서 힘이 부칠 때도 있었지만, 누구라도 그 전통을 인정하는 문파가 이가검문이었다.

특히 북방의 한파를 닮았다는 독문검법 천추팔검은 무림에서 가장 거칠고 위험한 검법 중 하나로 알려져 있었다.

그래서 제법 먼 거리지만, 대백두의 맥이 남아 있다는 환무산 남면에 자리 잡은 이가검문은 그 명성에 이끌려 여행을 오는 무림의 수련객이나 인연을 맺기 위해 찾아오는 사람들의 발걸음이 끊이지 않았다.

하지만 최근 들어 이가검문을 찾는 사람들의 발길이 뚝 끊어졌다.

계절은 겨울을 지나 봄이 되었지만, 갑작스레 나타나 이가검문을 위협하고 있는 적으로 인해서 검문 근방에 전운이 감돌고 있기 때문이었다.

천하무림이 마련의 발호로 혼란할 때도 무림의 변방에 위치한 이가검문은 비교적 평온했었다.

삼십육마의 생존자인 혼천마 모용이 이끄는 일월문이 갑자기 이가검문에 예상치 못한 위협을 가해온 것은 두어 달 전이었다.

위협은 자신을 따르라는 협박 서신을 보내는 것으로 시작됐다. 그 요구를 이가검문이 거부하자 일월문은 곳곳에서 이가검문의 식솔들을 공격하기 시작했고, 급기야 이가검문주가 가장 사랑하는 딸 이화검을 납치하려는 시도까지 이어졌다.

다행히 이화검이 일월문 마인들의 기습을 막아내고, 마인 한 명을 사로잡아 귀환했지만, 일이 그쯤 되면 이제는 전면전에 돌입한 것이나 마찬가지였다.

이가검문은 발빠르게 움직였다.

의천무맹에 급보를 보내고, 장성 이북의 무림을 대표하는 십대천문 중 두 곳, 신검산 대월문과 심양의 모용세가에 도움을 청했다.

그런데 가장 믿는 두 곳으로부터 돌아온 답은 실망을 넘어 이가검문주 이장춘을 분노하게 만들었다.

쿵!

이장춘이 장검으로 바닥을 찍었다. 그의 앞에 한 장의 서찰이 구겨진 채 내동댕이쳐졌고, 이가검문의 수뇌들의 표정 역시 딱딱

하게 굳어 있었다.

"화검을 요구하다니… 월문의 광오함이 극에 달했구나!"

"……."

이장춘의 분노에 장내의 검문 고수들 누구도 입을 열지 않았다.

그들은 이장춘이 막내딸 이화검을 얼마나 사랑하는지 너무 잘 알고 있었다.

딸임에도 불구하고 세 명의 오빠를 능가하는 자질, 뛰어난 두뇌! 비록 여자로 태어나 이가검문의 문주가 될 수는 없어도 향후 이가검문의 부흥을 이끌 사람은 이화검이라는 말이 공공연하게 회자될 정도였다.

더군다나 이장춘의 부인이 이화검이 어릴 때 병으로 죽었기 때문에 이장춘은 어머니의 사랑을 받지 못하고 큰 이화검에 대해 특별한 애정을 갖고 있었다.

그런데 월문주 백문보가 일원문의 위협으로부터 검문을 돕는 조건으로 자신의 아들인 월문신룡 백유검과 이화검의 혼인을 요구한 것이다.

물론 최근 무림 최고의 영웅으로 떠오른 백유검은 훌륭한 신랑감이었다. 월문과 혼사를 맺는 일 역시 이가검문에 나쁠 것도 없었다.

그런데 문제는 그 백유검에게는 이미 부인이 있다는 사실이었다.

이미 부인이 있음에도 불구하고 이화검을 두 번째 부인으로 달라는 것은 이가검문에 대한 모욕이나 다름없었다.

이가검문의 자존감은 무림 문파 중에서도 특별하기로 유명했다. 그들은 목이 잘릴지언정 고개를 숙이지 않는 것이 가문의 전통이었다.

그래서 이장춘의 분노는 당연한 것이었다.

"가서 전하시오. 이런 식의 월문의 도움은 필요 없다고! 난 혼사를 받아들일 생각이 전혀 없소. 강호의 도의가 땅에 떨어졌다고 해도, 상대의 불리함을 이용해 이따위 모욕적인 제안을 한 월문주의 행동은 무림의 비난을 면치 못할 것이오!"

이가검문의 문주 이장춘이 백문보의 서신을 가져온 대월문의 이장로 마건에게 분노를 감추지 않고 경고했다.

생각 같아서는 단번에 마건의 목을 베고 싶은 듯했다.

그런 이장춘의 분노를 온몸으로 받아내는 마건은 생각보다 담담했다.

그는 가볍게 고개를 숙여 보인 후 입을 열었다.

"알겠습니다. 문주님의 말씀과 분노, 그대로 문주께 전하겠습니다. 다만⋯ 외람되지만 돌아가기 전에 한 말씀 드리고 싶습니다만."

"⋯더 이상 들을 말 없소. 그만 돌아가시오."

이장춘이 싸늘하게 말했다.

그러자 마건이 잠시 망설이다가 굳은 얼굴로 입을 열었다.

"아무래도 이 말씀은 꼭 드리고 가야겠습니다. 본문의 소문주께서 오래전 혼인하신 것은 맞습니다. 하지만 지금의 부인께선⋯ 본문에선 그분을 동별당 작은마님이라고 부르지요. 그분께선 소문주님의 정실부인이 아닙니다. 문주께서는 처음부터 소문주님의 제 일부인 자리를 비워두셨습니다. 그러니 이번에 혼사를 청한 것이 이가검문과 이 여협을 무시하기 때문은 아니라는 것을 알아주십시오. 오히려 문주께서는 이 여협의 영명함과 뛰어난 무공을 너무 잘 알고 있기에 간절한 마음으로 이번 혼사를 청한 것입니다."

장로 마건이 이장춘의 분노를 풀기 위해 대월문의 내밀한 사정까지 가감 없이 말했다.

그리고 그런 그의 노력은 어느 정도 효과가 있었다. 이장춘의 얼굴에서 분노가 사그라들었기 때문이었다.

하지만 그렇다고 이미 백유검에게 부인이 있다는 사실이 변하는 것은 아니었다.

"무슨 말인지 알겠소. 하지만 그렇다고 해도 화검을 이미 부인이 있는 사람에게 시집보낼 생각은 없소. 더군다나 백문주의 반대를 무릅쓰고 한 혼인이라면 소문주가 그 여인을 무척 아낀다는 의미가 아니겠소? 이 와중에 화검이 정실부인이 된들 그에게 어떤 취급을 받겠소. 내 딸 화검은… 사랑을 받을 아이지, 사랑을 구걸할 아이는 아니오."

이장춘이 단호하게 말했다.

그러자 월문의 이장로 마건이 고개를 숙이며 대답했다.

"옳은 말씀입니다. 검문의 이 여협은 무림의 모든 후기지수들이 흠모하는 분이지요. 그래서… 문주님도 이 제안을 하시면서 무척 망설이셨습니다. 그럼에도 이 여협을 며느리로 얻고 싶은 욕심을 버리기 쉽지 않다 하시면서 절 보낸 것입니다. 그리고! 월문의 지원은 이 혼사의 성사 여부와 상관없이 이뤄질 것입니다. 이미 선발대는 월문을 출발하였고, 어쩌면 소문주께서 직접 오실지도 모르겠습니다. 그때… 소문주님을 한 번만 만나 보시지요?"

마건이 정중하게 제안했다.

"월문신룡이 직접 말이오?"

이장춘이 조금 놀란 표정으로 되물었다.

"그렇습니다."

"음… 알겠소. 하지만 일단 이 혼사는 없던 일로 합시다. 기회가 되면 월문신룡을 한 번 만나볼 수는 있겠지만……."

이장춘이 혼사를 거절하면서도 일말의 여지를 남겨두었다. 그만큼 현재 월문신룡 백유검의 명성은 대단한 것이었다.

"알겠습니다. 그리 알고 돌아가겠습니다. 선발대가 도착하려면 보름 이상은 걸릴 것입니다. 그 전에 모용세가의 고수들이 먼저 도착하겠군요."

"걱정 마시오. 도움을 청하기는 했지만, 혼천마 따위에게 무너질 이가검문이 아니니."

"물론 그렇지요. 그럼! 조만간 다시 뵙겠습니다."

월문의 이장로 마건이 고개를 숙여 보인 후 총총히 이장춘 앞에서 물러났다.

마건이 떠나자 이장춘이 주위를 돌아보며 물었다.

"모용세가는?"

"닷새 거리에 있습니다만……."

이장춘의 세 아우 중 한 명인 이장하가 대답했다.

"문제가 있나?"

"모용세가의 무사들을 이끄는 자가 모용송이라고 합니다."

"모용송? 못 들어본 이름인데?"

이장춘이 고개를 갸웃했다.

"저 역시 처음 듣는 이름이라 알아보니… 모용씨 성을 가지고 있지만, 문주의 직계가 아니라 먼 방계의 인물이랍니다. 무공 역시 준수하기는 하지만 모용가의 정통 무공을 수련하지는 않은 듯합니다."

"후우… 이 자들이 정말……."

이장춘이 한숨을 내쉬며 살짝 이를 갈았다.

"애초에 대단한 지원을 기대한 것은 아니지 않습니까?"

또 다른 아우 이장룡이 담담하게 말했다.

"그렇다 해도 이름도 없는 방계의 인물을 수장으로 보내다니. 이는 본문에 대한 모욕이네."

이장춘이 불같은 눈빛을 토하며 말했다.

그때 갑자기 뒤쪽 벽이 열리면서 여인의 목소리가 들렸다.

"모용세가나 월문은 승냥이 같은 자들입니다. 도움을 준다 해도 본문이 멸문의 위기에 몰려야 제대로 된 고수들을 보낼 것입니다. 그래야 얻는 것이 많을 테니까요."

벽 뒤에서 나온 여인은 이장춘이 애지중지하는 딸 이화검이었다.

"모두 듣고 있었느냐?"

이장춘이 이화검에게 물었다.

"예, 아버님."

"월문에서 혼사를 제안한 것도?"

"예."

"거절은 했지만 네 생각을 묻지 않을 수 없구나."

이장춘이 뒤늦게 월문의 청혼에 대한 이화검의 생각을 물었다.

그러자 이화검이 대답했다,

"가문을 위해 희생하지 못할 것은 없지만, 월문 문주는 속을 알 수 없는 사람이라고 하더군요. 저 하나 그 집 사람이 된다고 월문이 본문을 위해 희생을 감수하지는 않을 거예요."

이화검이 냉정하게 말했다.

"그렇긴 하지. 백문보는 속내가 음흉한 사람이니까."

"그러니 지금은 혼사 말고 일월문을 상대할 계획을 세우는 데 집중하세요. 특히… 모용세가와 월문의 도움이 없다고 생각하고 대책을 강구해야 할 거예요."

"그건 나도 알고 있다. 또, 외부의 도움 없이도 그들을 상대할 자신도 있고. 다만… 모용가와 월문의 도움이 있다면 본문의 희생을 크게 줄일 수 있으니 기대를 한 것이지."

이장춘이 덤덤하게 말했다.

정말 그의 얼굴에서 혼천마나 일월문에 대한 두려움 같은 것은 찾아볼 수 없었다. 오히려 전의가 강하게 느껴지는 모습이었다.

그때 이장춘의 아우 이장룡이 의구심이 드는 표정으로 말했다.

"그런데 혼천마 말입니다. 조금 이상하지 않습니까?"

"뭐가 말인가? 아우!"

이장춘이 되물었다.

"화검이 공격받은 지 벌써 한 달이 지났습니다. 당시의 상황을 생각하면 벌써 공격을 했어도 몇 번은 했었어야 하는데, 아직 한 번의 공격도 없지 않았습니까? 소문만 무성하고……."

"그렇긴 하지만 일월문 마인들의 종적이 검문 주변 곳곳에서 발견되고 있지 않나. 분명 공격이 임박했을 걸세."

이장춘이 말했다.

그러자 사십대 초반으로 보이는 중년 검객이 조심스럽게 입을 열었다.

"혹, 다른 곳을 먼저 공격하지 않을지 걱정입니다."

"무슨 말이냐?"

이장춘이 중년 검객에게 물었다.

입을 연 중년 검객은 이장춘의 맏아들 이해검이다. 침착한 성정과 진중한 행보로 이가검문 문도들이 차기 검문의 문주로서 의심치 않는 인물이었다.

"일월문의 도발 이후 본문의 방계 가문들은 모두 본문 주변에 모인 상태입니다. 하지만 수곡원은 옮기지 못했지요. 겨울 길이 험하기도 하거니와 자칫 식량과 재물을 옮기다가 중도에 기습당할 것을 걱정해서 내린 결정이긴 하지만, 사실 혼천마가 가장 욕심낼 곳이지요."

"하지만 그동안 수곡원에 대한 공격도 없지 않았느냐?"

이장춘이 되물었다.

"수곡원은 겨울이 길지 않습니까? 위태로운 지형에 있어서 겨울에 수곡원을 공격하는 것은 거의 불가능하지요. 하지만 지금쯤이면 수곡원 주변의 눈도 녹았을 것이고……."

"음……."

이장춘이 나직하게 침음성을 흘렸다.

"오라버니의 말씀에 일리가 있어요. 일월문도 지난겨울 추위를 견디느라 식량과 재물을 모두 소진했을 거예요. 수곡원에 욕심을 낼 수 있는 상황이지요."

이화검이 이해검의 말에 동조했다.

그러자 이장춘이 눈살을 찌푸렸다.

"그럼 수곡원을 지키기 위해 문도들을 보내야 한다는 말인데 지금 전력을 분산하는 것은 극히 위험하다. 놈들이 우리 움직임을 살피고 있을 것이고……."

이장춘이 심각한 얼굴로 생각에 잠겼다.

그런데 그때 이화검이 나온 벽에서 다시 한 사람이 모습을 드러냈다.

"문주께서 허락하신다면 이 늙은이가 수곡원으로 가지요."

"검옹께서요?"

이장춘이 자리에서 일어나 노인을 맞이했다.

노인은 평범한 체구에 허름한 마의를 입고 있었다. 얼핏 보면 이가검문의 무사로는 어울리지 않는 모습이다.

"전력을 나눌 수는 없는 상황이라면 제가 가는 것이……."

"하지만 검옹께 그런 수고를… 그리고 정말 수곡원이 공격받으면 위험하실 수도 있습니다."

"수곡원을 지키다 죽으면 그 또한 고마운 일이지요."

노인이 가볍게 미소를 지었다.

"왜 그런 말씀을!"

이장춘이 화를 냈다.

"문주도 아시지 않습니까? 내가 하루빨리 죽어서 그 사람을 만나길 바라고 있다는 걸."

"그래도 다신 그런 말 마십시오!"

이장춘이 단호하게 말했다.

"알겠습니다. 문주께서 살라고 말씀하시면 살아남겠습니다. 그러니 걱정 말고 날 수곡원으로 보내주시지요."

노인이 가볍게 미소를 지으며 말했다. 그러자 이화검이 재빨리 말했다.

"저도 검웅 할아버지와 함께 가겠어요."

*　　　　*　　　　*

소장산은 백두의 맥이 흐르는 산이다. 백두가 보이지 않는 거리에 떨어져 나와 있지만, 낮은 능선을 따라가다 보면 결국 백두의 뿌리와 연결된다고 알려져 있었다.

그래서인지 산의 형세가 무척 험했다. 높다고는 할 수 없지만, 가파른 바위 절벽이 산의 절반을 이룰 정도로 위험한 산이었다.

그런데 그 위태로운 지형의 산 주변에 험한 산세에 어울리지 않게 적지 않은 농지가 개간되어 있었다.

그 농지에서 겨울에는 보리와 밀이 눈 밑에서 자라고, 여름에는 콩이 다량으로 생산되었다.

그렇게 생산된 곡식들은 소장산 중턱의 천혜의 지형에 만들어진 거대한 창고에 저장되었다.

이가검문의 재물 칠 할이 보관되어 있다는 수곡원이었다.

수곡원은 사시사철 시원하고 건조한 바람이 불어 여름에도 곡식이 썩지 않았고, 가파른 지형에 위치해 있어서 외부의 공격을 걱정할 필요 없는 요충지였다.

물론 지형이 험하지 않다 해도 요동 땅에서 이가검문의 창고를 공격할 대범한 마적들은 거의 없었지만.

그런데 그 수곡원을 공격하려는 자들이 있었다.

스슥!

수곡원이 보이는 맞은편 무성한 숲속, 검은 마의를 입은 자들이 하나둘 숲의 경계에 모습을 드러냈다.

하나같이 흉흉한 눈빛을 지닌 자들은 오랫동안 굶주린 듯 움푹 들어간 눈을 가지고 있었다.

마의의 사내들은 곧 수십 명의 무리가 되었다. 그리고 그들 앞으로 다른 사내들과 달리 검은색 질 좋은 무복을 입은 초로의 노인 둘이 천천히 걸어 나왔다.

노인들이 나타나자 마의의 사내들이 두려운 빛을 보이며 좌우로 물러나 살짝 고개를 숙였다. 감히 두 노인의 얼굴을 정면으로 응시하지 못할 정도로 두 노인에게 두려움을 갖고 있는 듯 보였다.

"저곳이군."

두 노인 중 마른 체구를 가진 노인이 말했다. 그러자 비슷한 나이지만 나이에 어울리지 않게 단단한 근육이 드러나 보이는 자가 입을 열었다.

"문주님 말대로 저곳을 장악하면 양식 걱정은 없겠소. 지난겨울은 참 혹독했는데……."

"그러게 말이오. 이화검, 그 계집만 손에 넣었으면 그 고생을 할 필요가 없었는데……."

마른 체구의 노인이 아쉬운 듯 말했다.

"어쩔 수 없는 일 아니겠소. 당시에는 혼천마님도 외부에서 활동할 수 없는 상황이었으니까."

단단한 체구의 노인이 말했다.

"갑시다. 혼천마님이 곧 수련을 마치고 나오실 테니 그 전에 저 수곡원을 장악해야 할 것이오. 혼천마님이 특별히 내리신 명이니까."

마른 체구의 노인이 걸음을 옮겼다.

그러자 단단한 체구의 노인이 어깨를 나란히 하고 걸으며 대답했다.

"맞소이다. 그나저나 신공연성을 마치신 후 혼천마님이 얼마나 무섭게 변하실지 두렵기까지 하구려."

"그러게 말이오. 내 생각에는 마련 내 제일 고수를 다투실 것 같은데……."

"그렇다면 이가검문 따위는 쉽게 굴복시킬 수 있겠구려."

"이가검문이 문제겠소? 쥐새끼 같은 의천무맹 십대천문의 우두머리들도 감히 혼천마님을 상대할 수 없을 것이오. 흐흐흐"

"그럼 천하는 우리 일월문의 손에 들어오겠구려. 생각만 해도 웃음이 나는구려. 흐흐흐!"

두 노인이 서로를 보며 씩 미소를 짓고는 힘이 나는지 걷는 속도를 높이기 시작했다.

*　　　　　*　　　　　*

"정말 일월문의 마인들이었네."

아득하게 보이는 삼나무 가지 위에 걸터앉아 있던 곽부가 중얼거렸다. 등에 큰 도끼를 멘 것이 얼핏 보면 벌목을 하는 나무꾼처럼 보였다.

"따라오길 잘했네요."

시월이 대답했다.

"도와주려고?"

"지키는 사람이 별로 보이지 않아요. 오르기 힘든 곳이지만 저들은 험한 지형 따위는 신경 쓸 것 같지 않아요. 어차피 검문을 도우러 나선 길이니까 도와야죠."

시월이 이가검문의 곡식 창고인 수곡원을 향해 몰려가는 일월문의 마인들을 보며 말했다.

"참 이상하지? 우린 이가검문하고 전생에 인연이 깊었었나봐. 마침 저놈들을 만날 게 뭐야."

곽부가 고개를 갸웃하며 말했다.

월문칠랑은 화노의 충고를 받아들여서 이가검문과 일월문의 싸움에 관여하기로 결정했다.

이가검문을 도움으로써 칠랑이 만든 칠선문의 이름을 널리 알려 월문과 운중오문이 손쓸 사이 없이 정파일문으로 인정받기 위함이었다.

이가검문은 무림의 중심에서 멀리 떨어진 변방에 위치한 문파라 월문의 방해 없이 칠선문을 정파일문으로 무림에 등장시키기에 좋은 기회였다.

그래서 아직 무공의 회복이 미진한 다른 칠랑들에게는 조금 더 무공을 가다듬을 시간을 주고, 시월과 곽부가 먼저 이가검문으로 가고 있었다.

그런데 길을 가던 중에 우연히 수곡원을 공격하려는 일월문의 마인들을 만났던 것이다.

어찌 보면 곽부의 말처럼 칠랑과 이가검문 사이에 보이지 않는 인연의 끈이 이어졌나 싶은 생각이 들기도 하는 상황이었다.

"아무튼 나쁜 일은 아니죠. 수곡원을 지키는 일을 돕게 되면 좀 더 자연스럽게 이가검문과 인연을 맺을 수 있을 테니까요."

시월이 말했다.

"그렇긴 하지. 본래 함께 싸우는 것이 돈독한 인연을 맺는 가장 좋은 방법이니까. 가자구!"

곽부가 훌쩍 나무에서 뛰어 내렸다. 그러자 그의 거대한 몸이 새털처럼 가볍게 칠팔 장이나 되는 높이를 날아 내렸다.

                    *   *   *

슈욱!

퍽!

허공을 날아온 장검이 강하게 땅에 꽂혔다. 검신의 절반 이상이 땅 속으로 박힌 것으로 봐서 장검을 던진 사람의 내공을 짐작할 수 있었다.

강렬한 마기를 뿜어내며 이가검문의 식량 창고로 알려진 수곡원을 향해 산비탈을 오르던 일월문 마인들이 땅에 꽂힌 검 앞에서 걸음을 멈췄다. 그리고 모두 고개를 들어 가파른 비탈 위를 바라봤다.

마인들의 눈에 비탈 위쪽 바위 위에 서 있는 두 사람이 보였다.

"알아챘군."

일월문의 마인들을 이끌고 있는 두 노인 중 단단한 체구의 노인이 중얼거렸다.

본래 수곡원은 이가검문이 곡물을 주로 보관하는 곳이라 마차가 다닐 수 있도록 잘 정비된 길이 있었다.

경사가 급한 산이라 능선을 따라 좌우로 교차하며 낸 길이기는 해도, 그 길을 따라 오르면 어렵지 않게 수곡원에 닿을 수가 있었다.

하지만 기습하기 위해선 길을 따라 갈 수는 없었다. 그래서 일월문은 적의 눈을 피하기 위해 길이 아닌 가파른 산비탈을 따라 수곡원에 접근하고 있었는데, 그 움직임을 이가검문의 문도들이 알아챈 것이다.

"애초에 들키지 않고 접근할 수 있을 거라고 기대하지는 않았잖소."

마른 체구의 노인이 담담하게 말했다.

"기왕에 이렇게 될 것, 처음부터 편하게 길을 따라 갈 것을 그랬소."

"그래도 한 번쯤은 시도해 볼 만한 방법이었소. 이젠 길을 따라 갑시다! 놈들이 눈치챈 이상 이대로 진격하는 것이 훨씬 위험하니."

"그럽시다! 모두 길로 나간다! 활과 창이 날아올지 모르니 모두 조심하라!"

단단한 체구의 사내가 일월문의 마인들을 향해 명을 내렸다.

명을 들은 일월문의 마인들이 산비탈을 오르는 것을 멈추고 길이 있는 서쪽으로 이동하기 시작했다.

산비탈에서 벗어난 일월문의 마인들이 그들을 이끄는 두 노마인들의 뒤에 도열했다.

"시작합시다."

마른 체구의 노인이 단단한 체구의 노인에게 말했다.

"그럽시다. 얼른 끝냅시다. 이곳이 공격당한 것을 알면 이가검문의 주력이 달려올 테니. 얼른 이곳을 점령하고 놈들을 맞을 준비도 해야 할 것이오. 시간이 많지 않소."

단단한 체구의 노인이 대답했다.

그러자 마른 체구의 노인이 일월문 마인들을 돌아보며 명을 내렸다.

"일거에 공격한다. 발 빠른 형제들은 길을 벗어나 외곽을 쳐도 좋다. 그동안 살펴본 바에 의하면 수곡원을 지키는 검문의 문도는 스무 명 정도다. 단번에 쓸어버릴 수 있는 전력이니 힘을 아끼지 말라."

"옛!"

일월문의 마인들이 짧게 대답했다.

"굳이 적들을 살려둘 필요도 없다. 모두 죽인다. 시작하라!"

노인의 명에 일월문의 마인 삼십여 명이 사냥에 나선 늑대처럼 길을 따라 달리기 시작했다.

개중 몇몇은 길을 벗어나 다시 산비탈을 타기 시작했는데, 산에 익숙한 자들인 듯 평지보다 빠르게 수곡원을 향해 치달아 올랐다.

"저 둘은 우리가 맡아야 할 것 같소."

바위 위에 선 채 밀려드는 마인들을 바라보는 두 사람을 마른 노인이 검을 들어 가리키고는 말했다.

"그럽시다. 아무래도 저들이 우두머리인 듯 보이니. 갑시다!"

단단한 체구의 사내가 대답을 하고는 자신이 먼저 검을 뽑아 들고 일월문 마인들의 걸음을 막았던 두 사람을 향해 달리기 시작했다.

파파팟!

산 위에서 화살이 빗발처럼 떨어졌다. 그럼에도 불구하고 일월문 마인들은 두려움을 느끼지 않는 사람들처럼 검을 휘둘러 날아오는 화살을 막으며 수곡원을 향해 전진했다.

그런데 그렇게 무지막지한 진격을 감행하던 일월문 마인들 머리 위로 한순간 한 사람의 그림자가 드리워졌다.

촤악촤악!

"악!"

"크악!"

검기가 채찍처럼 휘어진다. 그럴 때마다 검기에 휘감긴 일월문 마인들이 피를 뿌리며 쓰러졌다.

여름날 무성한 풀을 베어내는 거대한 낫처럼, 평범해 보이는 노검객의 검이 일월문 마인들을 쓸어버리고 있었다.

"악!"

"물러나!"

두려움을 모르던 일월문 마인들도 노인의 전율적인 검법 앞에
선 본능적으로 뒷걸음질을 쳤다.

수곡원을 향해 질주하던 마인들이 순식간에 썰물 빠지듯 뒤로
물러났다.

애초에 노인과 또 다른 여인을 목표로 달려갔던 일월문의 두 노
마인들 역시 걸음을 멈췄다.

한순간에 일월문 마인들을 물러나게 만든 이가검문의 노검객이
물러나는 마인들을 추격하지 않고 훌쩍 몸을 날려 애초에 그가
서 있던 바위 위로 물러났다.

그러고는 감정이 느껴지지 않는 서늘한 목소리로 입을 열었
다.

"이가검문의 경계를 침범하는 자! 그가 누구든 내 검에 죽는다.
부족함을 알았으면 물러가라!"

나직한 말투였지만, 일월문의 마인들 한 명 한 명의 귀에 송곳처
럼 파고드는 날카로움이 담긴 음성이다.

목소리에 담긴 날카로움이 일월문 마인들을 다시 한번 두려움
에 떨게 만들었다.

"이가검문에 당신과 같은 고수가 있다는 말을 듣지 못했는데…
이름이 뭐냐?"

일월문의 두 노마인 중 마른 체구의 노인이 물었다.

그러자 이가검문의 노고수가 잠시 마른 체구의 노마인을 바라
보다가 불쑥 물었다.

"넌… 운귀 마백?"

"흡……."

마른 체구의 노마인이 당황한 듯 숨을 들이켰다.

"맞나?"

"어떻게 날 알지? 난 당신을 본 적이 없는데……?"

운귀 마백이라 지목된 노마인이 이가검문의 노고수가 자신의 정체를 알아본 것이 의외인지 굳은 표정으로 되물었다.

"홍안령 삼귀는 악명이 자자해 이십 년 전 무림의 공적이 되어 쫓기다 무림에서 자취를 감췄지. 그런데 혼천마 아래에 있었던 건가?"

"…대체 넌 누구냐?"

이십 년 동안 정체를 감추고 살아온 자신의 정체를 정확하게 알고 있는 검문의 노고수에게 놀란 운귀 마백이 경악스러운 표정으로 되물었다.

"난 이가검문의 늙은 일꾼, 검옹 천복이라 한다. 물론 처음 들어보는 이름일 테지만……."

이가검문의 숨은 고수 검옹 천복이 검 끝을 바위에 대고 두 손을 손잡이에 올리며 말했다.

"아! 저 사람이 바로 그 사람이구나."

곽부가 놀란 표정으로 고개를 끄떡이며 혼잣말을 뇌까렸다.

시월 역시 놀라긴 마찬가지였다. 화노가 말한 검옹 천복이라는 사람을 이곳에서 만날 거라고 생각지 못했기 때문이었다.

또, 천복이란 노검객이 보여준 무공도 대단했다.

시월은 화노의 도움으로 자신만의 무공을 완성한 후 무공에 관한 한 누구에게도 지지 않을 자신을 갖고 있었다.

간혹 세상에 자신의 무형검을 받아낼 사람이 존재할까 하는 생각조차 했었다.

그런데 홀로 일월문의 마인들을 물러나게 만드는 천복의 검법을 보고는 자신이 그동안 너무 오만했었다는 생각이 들었다.

그만큼 천복의 검법은 전율적이었다.

"왜 화노께서 저분을 그토록 칭찬했는지 알겠군요."

시월이 조금 경직된 음성으로 말했다.

"그렇지? 나도 화노께서 저 양반 한 명이 일월문과의 싸움의 전세를 바꿀 수 있다고 했을 때는 반신반의했는데 지금 보니 정말 그럴 힘이 있는 사람 같아. 참… 이상한 사람이야. 보기에는 그저 평범한 노인네 같은데……."

곽부가 검옹 천복에게 감탄 어린 시선을 보냈다.

그사이 싸움은 잠시 정체되어 있었다.

운귀 마백이라 불린 일월문 마인들의 우두머리는 쉽게 공격을 감행하지 못했다.

단지 한 사람의 검객 때문에 수십 명의 일월문 마인들 발이 묶인 것이다.

그러나 일월문 입장에서 이 싸움은 후퇴할 수 없는 싸움이었다. 수곡원을 장악하는 일은 이가검문과의 싸움을 단번에 유리하게 만들 수 있는 중요한 일전이기 때문이었다.

"너희 다섯은 계집을 잡는다. 풍귀, 저자는 우리 두 사람이 함께 상대합시다. 저자의 무공이 대단하기는 해도, 우리 둘이서 합공을 하면 패하지는 않을 것이오. 저자의 발을 묶고 그사이에 문도들이 계집을 제압하고 수곡원을 장악하면 저자도 싸움을 포기하고 물러날 것이오."

"그렇게 합시다. 지금으로선 그게 유일한 방법인 것 같소."

풍귀라 불린 단단한 체구의 노마인이 동의했다.

그러자 운귀 마백이라 불린 노인이 일월문의 마인들을 돌아보며 명령을 내렸다.

"우리가 저자를 상대하는 동안 너희들은 수곡원을 점령한다. 빠르면 빠를수록 좋다. 약탈은 싸움이 끝난 후 마음껏 하게 해줄 테니 일단 수곡원을 점령하는데 전력을 기울여라."

"옛!"

마인들이 일제히 대답했다.

"좋아. 시작하라!"

운귀 마백이 명을 내리고 풍귀라 불린 노마인과 시선을 교환한 후 검옹 천복을 향해 다가가기 시작했다.

"어리석은 선택을 하는군!"

검옹 천복이 자신을 향해 다가오는 두 마인을 보며 중얼거렸다.

"저 둘과의 싸움을 빨리 끝내야 할 것 같아요. 수곡원을 지키는 문도들이 마인들의 공격을 오래 막지 못할 거예요."

이화검이 걱정스러운 표정으로 말했다.

"나도 그게 걱정이구나. 저 두 사람을 죽일 수는 있겠지만, 수곡원을 지키는 문도들의 피해가 클 것이니……."

검옹 천복이 어두운 표정으로 말했다.

그사이 운귀 마백과 풍귀가 노인 앞으로 다가왔다.

그 뒤를 따라온 다섯 명의 일월문 마인들이 이화검 뒤쪽으로 재빨리 움직여 퇴로를 차단했다.

"조심하거라!"

그륵!

검옹 천복이 바위에 대고 있던 검을 긁어 올리며 말했다. 그의 검에 두부처럼 패인 돌 부스러기들이 허공으로 비산했다.

"제 걱정은 마세요!"

이화검 역시 검을 들어 자신의 뒤쪽에 늘어선 다섯 마인을 겨누며 말했다.

"빨리 끝내주마!"

이화검의 대답을 들은 천복이 자신 앞에 다가선 운귀와 풍귀 두 노마인을 향해 도약했다.

                    *   *   *

카카캉!

수뇌들이 수곡원 입구 언저리에서 치열한 싸움을 벌이는 사이 일월문의 마인들 수십 명이 길을 우회해 수곡원을 덮쳤다.

수곡원을 지키던 이가검문의 문도들이 검을 빼 들고 사방에서 달려드는 마인들을 막기 시작했다.

이가검문의 무인들은 전력의 열세에도 불구하고 뒤로 물러나지 않고 두려움 없이 마인들을 상대했다.

그 단호하고 강렬한 기세에 단숨에 수곡원을 장악할 것 같던 마인들의 전진이 일순간 저지됐다.

그러나 싸움은 냉정한 법이다. 전력의 열세를 극복하는 것은 결코 쉽지 않았다. 시간이 흐를수록 수적으로 유리한 일월문 마인들이 전세를 장악하기 시작했다.

"큭!"

"음……!"

곳곳에서 이가검문 무인들의 신음 소리가 흘러나왔다. 치열한 싸움 끝에 이가검문 무인들은 어느새 수곡원의 창고 문 앞까지 밀려나 있었다.

그곳에서 그들은 더 이상 물러날 수 없다는 듯 둥근 원진을 짜고 밀려드는 일월문 마인들을 힘겹게 막아내고 있었다.

하지만 승기를 잡은 일월문 마인들의 기세는 포악했다. 그들은 진형에서 이탈하는 이가검문의 문도가 있으면 승냥이 떼처럼 달려들어 난도질해 죽였다.

그 포악성에 이가검문 문도들이 치를 떨었다.

그런데 수곡원의 문이 뚫릴 위기에 몰린 그 순간, 갑자기 누구도 예상치 못한 변수가 발생했다.

웅웅웅!

허공에서 벌떼 우는 소리가 들리는가 싶더니 회전하며 날아온 커다란 도끼가 일원문의 마인 한 명의 등에 꽂혔다.

퍽!

"악!"

부지불식간에 등에 도끼를 맞은 일월문 마인이 처절한 비명을 지르며 쓰러졌다.

"웬 놈이냐?"

갑자기 기습을 당한 일월문 마인들이 공격을 멈추고 기습한 자를 찾았다.

순간 한 줄기 바람처럼 시월이 일월문 마인들 사이를 파고들었다.

스스슥!

시월이 미끄러지듯 일월문 마인 사이를 뚫고 지나갔다.

일월문의 마인들은 시월의 실체를 제대로 파악하지 못해 시월이 자신들 사이를 옷깃 하나 건드리지 않고 지나가는 것을 바라볼 뿐이었다.

물론 가끔 우연찮게 시월이 전진하는 방향에 서 있던 마인들도 있었다. 그럴 때면 시월의 검이 섬광처럼 허공을 갈랐다.

그러면 어김없이 일월문 마인의 비명이 터져 나오고, 비명을 지른 마인은 잘린 갈대처럼 쓰러졌다.

그렇게 세 명의 마인을 베고 나자 어느새 시월은 문 앞에 몰려 있는 이가검문의 문도들 앞에 이르러 있었다.

"누구시오?"

갑자기 나타나 자신들을 위험에서 구한 시월에게 이가검문의 문도 중 한 명이 물었다.

비록 자신들을 구하기는 했지만, 시월 역시 그들이 모르는 불청객이기는 마찬가지여서 목소리에 잔뜩 경계심이 담겨 있었다.

"도우려는 것이니 경계하시 마시오. 우린 칠선문 사람들이고, 얼마 전 이가검문의 이 여협을 도운 사람들이오!"

시월이 자신을 경계하는 이가검문의 문도들에게 자신의 정체를 밝혔다.

"아, 지난번 아가씨를 도와주셨다는……?"

이가검문의 문도 중 한 명이 아는 체를 했다.

"맞소."

시월이 가볍게 고개를 끄떡였다.

"아, 바로 그분들이시군요. 그런데 여긴 어떻게……?"

"이 여협을 만나러 검문으로 가던 중에 이들을 발견하고 혹시나 해서 뒤쫓아 왔소."

"그러셨군요. 감사합니다!"

"인사는 나중에 하고 일단 이자들을 몰아내야 할 것 같소!"

시월이 일월문의 마인들을 가리키며 말했다.

"그렇군요. 자! 다시 덤벼 보거라! 간악한 놈들아!"

시월과 곽부의 등장에 기세가 오른 이가검문의 문도가 일월문의 마인들을 향해 소리쳤다.

일월문의 마인들은 쉽게 공격을 재개하지 못했다. 시월이 그들의 진형을 뚫으며 보여줬던 놀라운 무공이 그들을 망설이게 만들었다.

그런데 그때 그들의 행동을 재촉하는 목소리가 멀리서 들려왔다.

"뭣들 하는 거냐? 빨리 수곡원을 점령하지 않고!"

검웅 천복과 싸우고 있는 일월문의 노마 운귀 마백이 싸움을 멈추고 있는 일월문 마인들을 재촉했다.

그러자 퍼뜩 정신을 차린 일월문 마인들이 시월과 이가검문의 문도들을 향해 다시 달려들기 시작했다.

하지만 그 시도는 잘못된 선택이었다.

"이놈들아! 날 무시하는 거냐?"

수곡원 앞에 있는 시월과 이가검문의 문도들을 공격하려는 일월문 마인들의 뒤쪽에서 호랑이 같은 노성이 터지더니 곽부가 정말 성난 호랑이처럼 일월문 마인들을 향해 뛰어 들었다.

맨손으로 적진에 뛰어든 곽부가 발과 주먹으로 일월문 마인들을 공격했다.

그러자 당황한 일월문 마인들이 미처 대응할 사이도 없이 곽부의 주먹과 발길질에 맞아 사방으로 나가떨어졌다.

그사이 곽부가 재빨리 몸을 낮추더니 앞서 자신의 도끼에 맞아 즉사한 일월문 마인의 등에서 도끼를 회수했다.

그렇게 도끼를 회수한 곽부는 야차와 같은 모습으로 변했다.

우우웅!

거대한 도끼를 바람개비처럼 돌리는 곽부의 광폭한 움직임에 질린 일월문 마인들이 운귀 마백의 명을 잊은 채 본능적으로 수곡원 앞에서 물러났다.

하지만 곽부는 물러나는 일월문 마인들을 그냥 놓아두지 않았다.

마치 오랫동안 매여 있던 야수가 풀려난 것처럼 곽부는 그동안 참았던 싸움의 욕구를 일월문 마인들을 향해 마음껏 터뜨렸다.

"어딜 도망가느냐? 난 아직 몸도 안 풀었는데!"

콰콰쾅!

곽부의 도끼가 사방으로 찍혀 나갔다.

"욱!"

"악!"

곽부의 기세에 눌린 일월문 마인들이 곽부의 도끼를 피하지 못하고 비명을 지르며 쓰러졌다.

그러자 일월문 마인들의 후퇴가 좀 더 빨라졌다. 그들은 누가 먼저랄 것도 없이 산비탈을 타고 아래로 밀려 내려갔다.

곽부가 그런 마인들을 추격하려는데, 시월이 급히 곽부를 불렀다.

"사형, 그만하시죠!"

"어? 왜? 난 이제 막 기분 좀 내려는데!"

곽부가 서운한 표정으로 시월을 돌아보며 물었다.

"끝은 이가검문에서 마무리 지어야죠."

시월이 눈으로 검옹 천백과 이화검을 가리키며 말했다.

"…그런가. 에이, 제대로 힘도 못 썼는데. 찝찝하게……."

곽부는 투덜거리면서도 추격을 멈추고는 시월 옆으로 다가왔다.

그사이 검옹 천복과 두 노마간의 싸움 양상도 크게 변해 있었다.

수하들이 도주하는 것을 목격한 운귀 마백과 풍귀가 갑작스러운 사태에 당황해 빈틈을 보이기 시작한 것이다.

그리고 그런 빈틈을 놓칠 검옹 천복이 아니었다.

"끝이다!"

번쩍!

검옹 천복의 검이 한 줄기 광채를 뿌리며 사선으로 뻗어나가 풍귀라 불린 노마의 옆구리를 벼락처럼 베었다.

팟!

"윽!"

풍귀가 옆구리에서 피를 뿌리며 뒤로 물러났다.

순간 검옹 천복이 허공에서 신묘하게 몸을 비틀어, 맞은편에서 자신을 공격하는 운귀 마백의 목을 내리쳤다.

"헉!"

　운귀 마백이 다급하게 몸을 틀었지만, 천복의 검이 그대로 마백의 목 언저리를 베고 지나갔다.

제2장

일보(一步), 칠선문!

꾸르륵!

운귀 마백이 손으로 재빨리 자신의 목덜미를 눌렀으나 터져 나오는 피를 막지 못했다.

그의 정신은 곧 혼미해졌고, 입에서 마지막 숨을 지키려는 신음소리가 흘러나왔다.

하지만 급소를 베인 자가 살아날 길은 없었다.

쿵!

급기야 운귀 마백이 얼굴부터 땅에 무너졌다.

그러자 이화검과 싸우던 다섯 명의 마인들이 당황한 채 뒤로 물러났다.

"후욱! 후욱!"

이화검이 적을 쫓지 못하고 깊게 숨을 들이마시며 뛰는 심장을 진정시켰다. 그녀의 옷자락 여러 곳이 검에 베여 나갔고, 적지 않은 검상을 입어 피가 묻어나고 있었다.

"괜찮은 거냐?"

검옹 천복이 이화검을 보며 걱정스럽게 물었다.

"괜찮아요. 치명상은 없어요."

숨을 고르면서 이화검이 대답했다.

"다행이구나. 위험했다. 생각보다 강해서 손을 뺄 수가 없었다."

쓰러진 운귀 마백을 보며 검옹 천복이 한숨을 내쉬었다. 무공으로는 그 누구에게도 접어줄 생각이 없는 자신이 겨우 마인 둘을 상대로 지나치게 오래 승부를 가져간 것에 대한 자괴감이 엿보였다.

"어쨌든 이겼잖아요?"

이화검이 가쁜 숨을 몰아쉬면서도 씩 미소를 지었다.

"하긴 수곡원을 지키면 된 거지. 추격할 여유는 없을 듯하구나."

도주하는 풍귀를 따라 산비탈을 달려 내려가는 일월문의 마인들을 보며 천복이 말했다.

"그것까지 바랄 수는 없죠! 지금 제 목숨이 붙어 있는 것도 다행인데요."

이화검이 너스레를 떨었다. 아름다운 미모에도 불구하고 걸걸한 그녀의 성정이 여실히 드러났다.

그 말에 천복이 고개를 끄떡이다가 문득 싸움에 난입한 두 청년이 생각났는지 수곡원 입구에 서 있는 시월과 곽부를 보며 말했다.

"그런데 누구지? 본문과 인연이 있는 사람들인가? 덕분에 싸움이 수월해지기는 했는데……."

"제가 아는 사람들이에요."

이화검이 대답했다.

"응? 저들을 안다고? 어떻게?"

"지난번 여행길에서 일월문의 공격을 받았을 때 절 도와줬던 그 사람들이에요."

"아! 뭐라 했더라? 저들의 출신 문파가……"

"칠선문이요."

"맞아! 칠선문이라고 했지. 그런데 참 공교롭게도 위급한 순간에 다시 나타났구나."

천복이 의심을 하는 표정으로 중얼거렸다.

"의심스러우세요?"

"우연이 반복된다는 것은……"

천복이 말꼬리를 흐렸다.

"전 왠지 믿음이 가요. 검옹 할아버지께서도 이야기를 나눠보시면 의심이 풀리실 거예요. 가요."

"음!"

검옹 천복이 고개를 끄떡이고는 이화검을 따라 수곡원으로 올라갔다.

"이렇게 다시 만나네요. 그것도 다시 한번 큰 도움을 받으면서 말이죠. 역시 우린 특별한 인연이 있나 봐요!"

이화검이 활달하게 인사를 했다.

그러자 시월이 가볍게 포권을 하며 인사를 받았다.

"그동안 잘 지내셨나요?"

"호호! 이 상황을 보고 잘 지냈냐니. 농담도 잘하시네요."

"아니, 그런 것이 아니라……."

"하하! 저야말로 농담 한번 해본 거예요. 뭐… 그럭저럭 나쁘지 않게 지냈어요."

이화검이 호탕하게 웃음을 터뜨렸다.

"그동안 일월문의 도발은 없었나 보군요?"

"본문 주변에서 늘 움직이기는 했는데, 제대로 공격한 것은 오늘이 처음이에요."

"다행이군요. 큰 싸움이 없었다니."

"모두 대협께서 도와주신 덕분이죠. 그때 제가 일월문에 잡혀 갔으면 상황이 아주 좋지 않았을 거예요."

"제가 아니었어도 충분히 그 위험을 극복하셨을 겁니다."

시월이 고개를 저으며 말했다.

"아뇨. 그때 상황은 제 스스로 잘 아는데요. 대협의 도움이 없었다면 힘들었을 거예요. 오늘도 그렇고요. 아! 소개시켜드릴 분이 계세요. 이분은 저희 이가검문의 최고 고수이신 검옹 할아버지에요. 할아버지, 지난번에 절 도와주셨던 칠선문의 대협들이세요."

이화검이 검옹 천복을 소개하자 시월이 천복에게 정중하게 인사를 하며 말했다.

"무림 최고의 검객이신 어르신을 뵙게 되니 큰 영광입니다. 시월이라고 합니다."

"곽부라고 합니다. 저 역시 어르신을 뵙게 되어 너무 기쁩니다."

시월과 곽부가 동시에 인사를 하자 검옹 천복이 의혹 어린 표정을 지으며 대답했다.

"나도 만나서 반갑네. 본문의 위기를 도와줘서 고맙기도 하고…

그런데 나에 대해 알고 있는 것 같은데. 어떻게 날 알고 있지? 난 세상에 나서지 않아 검문에서도 날 모르는 사람이 많은데?"

검웅 천복은 자신의 정체를 시월 등이 알고 있다는 사실이 반갑기보다 경계가 되는 모양이었다.

그러자 시월이 미소를 지으며 대답했다.

"본문의 큰 어르신께서 검웅님에 대해 말씀해 주셨습니다. 그러면서 저희더러 이가검문을 도울 수 있으면 도우라고해서 검문으로 가던 중에 일월문의 무리를 발견하고 이곳으로 오게 되었습니다."

"음… 칠선문의 큰 어른이라면 누구신가? 난 칠선문의 존재조차도 처음 알았는데……."

검웅 천복이 여전히 의구심을 버리지 못하고 물었다.

"삼십육마의 난이 한창일 때 해동 풍악산에서 만나셨던 노의원을 기억하십니까?"

"아! 그 양반!"

검웅 천복의 눈이 커졌다. 그의 얼굴에 반가움과 놀라움이 함께 나타났다.

"기억하시는군요. 바로 그분께서 하신 말씀입니다."

"그렇게 된 것이군! 그래, 화노께서는 지금 어디 계신가?"

검웅 천복이 평소답지 않은 조급한 모습으로 물었다.

"조용한 은거지에 머물고 계십니다."

"건강은 하신가?"

"자칭 천하제일 명의신데요. 오죽 건강하시겠습니까?"

곽부가 농담을 섞어 대답했다.

"후후, 그렇군. 하긴 정말 놀라운 의술을 가진 분이셨지. 그때

내 상처가 꽤 깊어서 다시 무공을 쓸 수 있을지 걱정이 됐었는데 어렵지 않게 그 부상을 치료해 주셨으니까. 음… 가능하면 빨리 만나 뵙고 싶은데. 혹, 화노께서도 본문에 오시기로 했는가?"

검옹 천복이 시월을 보며 물었다. 마치 지금 당장 가서 화노를 데려 올 수 없냐는 표정이다.

"지금은 다른 일이 있어서 당장은 어렵습니다. 그리고… 아시겠지만 화노께서는 어르신처럼 세상에 모습을 드러내는 것을 꺼리시는 분이라. 그래도 여유가 되면 조만간 검옹 어르신을 만나러 오시긴 하신다 하셨습니다."

"하긴 해동에서도 번잡한 것을 싫어했었지. 그런 성정이 나와 맞아서 꽤 오래 같이 여행을 했던 것이고. 아무튼 화노께서 본문의 일에 관심을 갖고 계시다는 말을 들으니 정말 안심이 되는군."

검옹 천복이 정말로 마음이 편해진 듯 날카롭던 눈빛이 부드럽게 변했다.

"그런데 의천무맹에선 사람을 보내지 않았나요?"

시월이 이화검에게 물었다.

그러자 이화검이 고개를 저으며 쓸쓸하게 대답했다.

"사람이야 오고 갔죠. 하지만 실질적인 도움은 없었어요. 맹의 고수들을 파견하기에 본문은 너무 멀리 있고, 또 의천무맹의 각 문파들도 마련의 발호로 자신들 앞가림하기 바쁘니까요."

"그래도 모용세가나 월문 같은 경우는……."

순간 이화검이 살짝 눈살을 찌푸렸다.

"그들은… 승냥이 같은 자들이죠. 본문의 위기를 이용해 이득을 얻기 위해 기회를 엿보는……"

이화검이 노골적인 적의를 드러냈다.

"구원대를 보내는 데 조건을 내걸었나 보군요?"

듣고 있던 곽부가 물었다.

"모용세가는 방계의 평범한 인물에게 일반 무사 몇 사람 딸려 보냈고 월문은……."

이화검이 차마 입에 올리기도 싫다는 듯 입을 닫았다.

"월문이 뭘 원했습니까?"

곽부가 재차 물었다. 그로서는 월문의 일에 관심이 없을 수 없었다.

"절 원하더군요."

이화검이 차갑게 대답했다.

"예?"

"월문 소문주와 제 혼인을 요구했어요. 구원의 대가로!"

"아… 그 무슨 그런… 개 같은……."

곽부가 욕설을 내뱉으려다 말고 입을 닫았다.

"고약한 제안이로군요."

시월도 은은한 분노를 드러냈다.

비록 자신들을 배신하기는 했어도, 설우담은 남매나 다름없는 사람이었다. 그 설우담이 백유검의 현 부인이었다.

그런데 백유검이 이화검과의 혼인을 원한다는 것은 설우담의 존재를 완전히 무시하는 행동이었다.

어쩌면 애초에 설우담을 백유검의 부인으로 인정하지 않았을 수도 있었다.

배신했다고는 해도 설우담이 그런 수모를 받는 것이 시월과 곽부를 화나게 만들었다.

하지만 이화검과 검옹 천복은 두 사람의 분노가 설우담 때문이라는 것을 알지 못했다.

그래서 그들은 두 사람의 분노가 다만 강호의 도의를 무시한 월문의 무리한 요구 때문이라고 생각했다.

"이미 무림에서 강호의 도의(道義)는 사라진 지 오래네. 이득이 없으면 움직이지 않는 것이 작금의 세태지. 월문만의 일이 아닐세."

천복이 착잡한 표정으로 말했다.

"그래서… 어찌 하기로 했습니까?"

곽부가 물었다.

"일단 거절했어요. 다만……."

이화검이 말꼬리를 흐렸다.

"혼인을 할 가능성도 있다는 말입니까?"

곽부가 놀란 표정으로 물었다.

"최악의 경우는 그럴 수도 있지요. 본문이 멸문의 위기에 처하게 된다면… 하지만 지금으로선 그런 생각은 하지 않아요. 본문의 피해를 줄이기 위해 월문과 모용가에 도움을 청한 것이지 본문이 일월문을 상대할 자신이 없어서는 아니니까요."

이화검이 단호하게 말했다.

그러자 곽부가 안심이 된다는 듯 말했다.

"당연히 그래야지요. 월문은… 음, 사람을 중시하지 않는 문파입니다."

곽부가 월문에 대해 악담을 퍼부으려다가 애써 화를 억누르며 말했다.

"월문과… 인연이 있나요?"

이화검이 월문에 대해 잘 아는 것 같은 곽부의 행동에 뜻밖이라는 표정으로 물었다.

갑작스러운 이화검의 질문에 곽부의 말문이 막혔다.

그러자 시월이 침착하게 대답했다.

"오래전 월문과 잠깐 인연이 있었던 적이 있었지요. 정확하게는 월문이 아니라 월문주님과의 인연이랄까."

"좋지 않은 기억인가요?"

이화검이 시월의 표정이 밝지 않은 것을 보며 다시 물었다.

"글쎄요… 모든 인연이 그렇듯, 좋은 일과 나쁜 일 모두 있었죠. 물론 지금은 다시 만나면 유쾌하지는 않은 관계라고 해두지요."

시월이 더 이상 말하기 싫다는 듯 대답을 얼버무렸다.

그러자 검옹 천복이 다시 질문을 던지려는 이화검을 막으며 입을 열었다.

"무림은 인연이 그물처럼 얽혀 있는 곳이라 몇 매듭을 거치면 인연이 닿지 않는 사람이 없지. 그 모든 이야기를 다 들춰내는 것은 불필요한 일이기도 하고. 아무튼 월문 이야기는 그쯤하고, 칠선문에 대해서 듣고 싶은데……."

검옹 천복이 화제를 돌리자 이화검이 아쉬운 표정을 지으면서도 월문에 대해서 더 묻지 않았다.

"일단 주변을 정리하고 나서 이야기를 나누시지요."

시월이 한바탕 싸움으로 너저분해진 수곡원 주변을 둘러보며 말했다.

"아, 이런! 그렇군. 손님들을 세워두고 너무 말이 많았군. 모두 주변을 정리하라. 놈들이 다시 올 수도 있으니 경계를 강화하고, 본문으로 사람을 보내 이곳의 일을 전하라!"

"예, 어르신!"

이가검문의 문도 한 명이 재빨리 대답하고는 수곡원의 무사들을 지휘하기 시작했다.

"자, 우린 안으로 들어가지."

주변 정리를 명한 검웅 천복이 시월과 곽부를 수곡원 안으로 이끌었다.

시월과 곽부가 천복을 따라 수곡원 안으로 걸음을 옮기자 이화검이 재빨리 그 뒤를 따라 수곡원으로 들어갔다.

그런데 수곡원으로 들어가면서 시월은 내내 고민에 빠졌다.

일단 주변이 정리되면 검웅이나 이화검이 자신들에 대해 더 많은 것을 물어볼 것이 분명했다. 그런 두 사람에게 칠랑과 화노, 그리고 월문과의 관계에 대해 어디까지 말해야 할지 쉽게 결정할 수가 없었던 것이다.

가장 좋은 것은 있는 그대로 말하는 것이지만, 칠랑의 과거를 드러내는 것은 결코 간단한 문제가 아니었다. 특히 마공을 수련한 것은 지금으로선 절대 말할 수 없었다.

그런데 그 마공 수련의 시간을 빼면 현재의 칠랑을 설명하기가 결코 쉽지 않았다. 그렇다고 거짓말을 지어내는 것도 내키지 않는 시월이었다.

'어쩔 수 없지. 대답할 수 없는 것은 대답할 수 없다고 말하는 수밖에……'

시월이 내심 이화검과 검옹의 질문에 어떻게 대응할지 고심하면서 수곡원 안으로 들어섰다.

*   *   *

걱정은 기우로 끝나는 것 같았다. 검옹 천복은 칠선문에 대해 그리 많은 질문을 하지 않았다.

문도 수가 극히 적은 은거 문파이고, 가끔은 열 명 아래로 문도 수가 줄어들 때도 있다는 시월의 대답을 의심 없이 받아들였다.

그런 검옹의 신뢰는 화노에 대한 호의 때문이었지만, 한편으로는 무림에서 자파의 내력을 세세히 밝히는 일이 거의 없다는 것을 알기 때문이었다.

당장 시월이 이가검문의 세세한 사정이나, 혹은 검옹 천복이 어떻게 이가검문의 사람이 되었나 같은 질문을 하면 천복 역시 대답을 할 수 없는 일이 적지 않았다.

그래서 천복은 시월이 조금이라도 불편해하는 기색을 보이면 질문을 이어가지 않았다.

덕분에 칠선문과 칠랑에 대해 어디까지 말해야 하나 하는 시월의 고민은 의미가 없어져 버렸지만, 천복이 불쑥 꺼내든 다른 질문이 시월을 다시 곤욕스럽게 만들었다.

"칠선문에선 자네가 가장 강하겠지?"

뜬금없는 질문이었다.

"……?"

시월이 갑작스러운 천복의 질문에 대답을 하는 대신 무슨 의미나는 듯 천복을 바라봤다.

"설마 자네보다 강한 고수가 칠선문에 있나 싶어서 물어보는 걸세."

천복이 자신이 질문한 의도를 말했다.

그러자 듣고 있던 곽부가 대신 대답했다.

"뭐… 지금으로선 시월 사제가 가장 강하지요."

"사형, 무슨 그런 말을……"

시월이 얼른 곽부의 말을 부정했다.

그러자 곽부가 담담하게 말했다.

"사실은 사실이지. 시월 사제의 무공은 이젠 나 같은 건 비무 상대도 되지 않을 만큼 높은 경지잖아."

"대사형이 들으시면 코웃음 치실 걸요?"

"대사형? 아… 그 양반은 조금 고민을 해봐야겠네. 물론 대사형을 포함해도 무공으로는 사제가 우리 사형제 중 가장 뛰어나다고 생각하지만. 싸우게 된다면… 대사형은 좀 그렇지."

그러자 듣고 있던 천복이 고개를 끄떡였다.

"무슨 말인지 알겠네. 무공의 고하와 실전의 결과가 반드시 동일한 것은 아니니까. 자네들 대사형이란 사람은 실전에 강한 모양이군?"

"뭐… 싸움에 관한 한 천재라고 할 수 있지요. 다루지 못하는 병기가 없고, 임기응변에도 능하고… 그 일만 없었어도 이미 십전의 무인이 될 수 있었을 텐데……"

곽부가 아쉬운 듯 중얼거렸다.

"그 일?"

천복이 되물었다.

순간 곽부가 실수했다는 것을 깨닫고는 얼른 말을 얼버무렸다.

"아, 뭐… 몸을 조금 다쳐서 한동안 화노께서 치료를 해주셨지요. 지금은 거의 다 회복되었고요."

"…그런 일이 있었군. 하지만 화노 어른의 도움을 받는다면 어떤 부상이든 극복할 수 있을 걸세."

천복이 확신했다.

"맞습니다. 화노 어른의 의술은 정말 신의 경지죠."

곽부가 얼른 고개를 끄떡였다.

그러자 천복이 다시 시월에게 시선을 돌렸다.

"아무튼 무공으로는 자네가 제일이란 거지?"

"저야 그렇게 생각지 않지만……."

시월이 확답을 피했다.

"아니, 내가 보기에도 자네가 제일일 것 같아. 만약 자네 이상의 고수가 있다고 한다면… 난 정말 자괴감이 들걸세. 솔직히 난 자네 나이에 그런 무공을 가지고 있다는 것을 내 눈으로 보고도 믿을 수가 없네."

천복이 깊은 눈으로 시월을 보며 말했다. 그건 어떤 의도도 없는 단지 순수한 무인으로서의 호기심이었다.

"시월 사제의 무공은 정말 믿기 힘들죠."

곽부가 다시 맞장구를 쳤다.

그러자 시월이 뒤를 이어 물었다.

"그런데 어르신께서는 제 무공을 제대로 보신 적이 없지 않습니까? 그런데 어떻게……?"

"어떻게 자네 무공 수준을 아느냐고? 두 가지 이유가 있네. 하나는 자네 무공을 보지 못한 것이 아니라는 거지. 자네가 수곡원을 공격하는 일월문 마인들과 싸우는 것을 보고 있었네."

"아니, 그 노마들과 싸우시는 와중에요?"

곽부가 놀란 표정으로 물었다.

"고수에게는 눈이 여러 개 있는 법이네."

천복이 빙긋 웃으며 농을 했다.

그가 이렇게 웃는 것은 아주 드문 일로 그의 기분이 무척 좋다는 의미였다.

"다른 이유는 뭡니까?"

시월도 호기심이 동한 표정으로 물었다.

"바로 지금 내 눈앞에서 자네를 보고 있기 때문이지. 계속 자네의 기운을 느끼고, 걷는 모습이나 손발의 움직임을 관찰하고 있었다네. 확실한 것은 아니지만, 그런 여러 가지 요소들을 보게 되면 어느 순간 상대의 무공 수위를 가늠할 수 있다네."

"그건… 역시 어르신처럼 오랜 강호 경험이 있으신 분들에게나 가능한 일이겠군요."

시월이 감탄스러운 표정으로 말했다.

"뭐, 그건 그렇지. 하지만 역시 겉으로 보고 판단하는 것이라 정확한 것은 아니네. 그래서 자네의 무공을 제대로 알아보고 싶은데……."

"……?"

"달빛도 호젓하니 비무 하기 좋은 날 아닌가?"

검옹이 어느새 수곡원에 내려앉는 초저녁 달빛을 가리키며 말했다.

"하지만……."

시월이 황당한 제안에 당황하자 검옹 천복이 다시 입을 열었다.

"본래 난 삶에 별 의욕이 없는 사람이네. 과거 지켜야 할 사람을 지키지 못한 이후부터는 솔직히 죽지 못해 사는 지루한 삶이었지. 그게 벌써 삼십여 년이 지났네. 그런데 그나마 무공에 대한 관심은 조금 남아 있어서 그 일에 집중하면서 지금까지 살아온 걸세. 그렇지 않았다면 벌써 스스로 목숨을 끊었을 거야."

"할아버지!"

듣고 있던 이화검이 화가 난 얼굴로 검옹을 보며 소리쳤다.

"화검! 네가 화를 내도 어쩔 수 없는 사실이다. 물론 네가 태어난 이후 조금 나아지기는 했지만… 어쨌든 그렇다네. 무공에 대한 호기심만이 나의 유일한 낙이었지. 덕분에 오늘날 내가 가진 재능 이상의 성취를 이룬 거지. 자네를 보니 그 호기심을 참기 힘들군. 어때? 이 불쌍한 늙은이를 위해 비무 한번 해주지 않겠나?"

간절함까지는 아니지만, 참을 수 없는 의욕이 느껴지는 검옹의 표정이다.

그러자 갑자기 시월도 호기심이 생겼다. 평생 검법에 매달린 노검객을 상대로 자신을 시험해 보고 싶은 마음이 들었던 것이다.

"그러죠."

시월이 더 이상 망설이지 않고 시원하게 대답했다.

*   *   *

달빛 내리는 고요한 숲, 검보다는 한 줄기 피리 소리가 어울리는 장소다. 수백 년 된 소나무들이 빼곡하게 들어 차 있어서 더욱 운치가 있다.

그 숲에 시월과 검옹이 마주섰다.

이 갑작스러운 비무를 볼 수 있는 영광을 얻은 사람은 곽부와 이화검 단 둘, 이가검문의 다른 문도들은 비무가 벌어지는 줄도 모르고 있었다.

"시작할까?"

스릉!

비무임에도 불구하고 진검을 뽑아들며 검옹이 말했다.

그의 얼굴에선 여전히 강렬한 호기심이 느껴졌다. 그건 상대를 꼭 꺾고 이기겠다는 승부욕과는 다른 것이었다.

무공에 대한 순수한 열정 같은 것이었다.

시월 역시 마찬가지였다.

그도 반드시 검옹 천복을 이겨야 한다는 투지 같은 것은 없었다. 하지만 그래도 그의 마음속에는 내심 지지는 않을 것이란 생각은 남아 있었다.

검옹 천복의 첫 공격을 마주하기 전에는!

"부탁드립니다."

시월의 대답이 끝나자 천복이 대답 없이 시월을 향해 미끄러지듯 다가왔다.

이가검문의 검법은 대대로 그 격렬함으로 유명했다.

변방의 거친 환경 속에서 만들어진 이가검문의 검법, 천추팔검은 무림에서 광검이라 불릴 만큼 광폭한 검법으로 여겨지고 있었다.

그런데 검웅 천복의 검법은 달랐다.

삭! 삭!

천복이 허공에 검을 그을 때마다 그의 손에 들린 것이 검이 아니라 한 자루 붓인 듯 느껴졌다.

그의 검법은 상대를 베는 것이 아니라 허공에 붓으로 글씨를 쓰는 것처럼 섬세하고 부드러웠다.

하지만 그런 부드러운 검법을 마주한 시월은 심장이 얼어붙는 것 같은 긴장감을 느꼈다.

천복의 그 가벼운 초식들이 시월에게 이르러서는 빠져나갈 수 없는 그물망처럼 촘촘하게 검기의 그물을 만들어냈기 때문이었다.

파팟!

시월이 재빨리 뒤로 물러나면서 번개처럼 검을 좌우로 휘둘렀다.

그러자 그의 검에서 흘러나온 검기가 천복이 만든 검기의 그물을 몇 가닥 끊어냈다.

"역시!"

당황하지 않고 자신의 검망을 흩뜨리는 시월의 무공을 보며 천복이 감탄사를 흘렸다.

그리고 그때부터 천복이 좀 더 적극적으로 공세를 펼치기 시작했다.

파파팟!

월광이 충만한 송림 속에서 검기들이 닿고 끊어지는 소리가 조용하지만 끊이지 않고 이어졌다.

천복의 검기들은 시월을 향해 끊이지 않는 파도처럼 밀려들었다.

그렇다고 강렬한 힘이 느껴지는 검기는 아니었다. 실처럼 섬세한 검기들이 실타래처럼 복잡하게 뒤섞여 계속해서 시월을 향해 밀려들었다.

만약 그중 한 올의 검기에라도 몸이 걸리면 한순간에 검기의 실타래 속으로 빨려 들어가 온몸이 갈가리 찢겨질 것 같은 공포감이 드는 검법이었다.

하지만 시월은 긴장하면서도 침착하게 위협적인 검기들을 베어 내면서 송림 사이를 이동했다.

그래서 싸움의 양상은 시월의 수세인 듯 보였지만, 승부의 추가 한쪽으로 기울어지지는 않았다.

"화가 나네요."

문득 이화검이 입을 열었다.

"예?"

갑작스러운 이화검의 말에 곽부가 놀라 이화검을 돌아봤다.

"화가 난다고요."

이화검이 시월과 천복의 비무에서 눈을 떼지 않고 말했다.

"어째서요……? 사제가 무슨 잘못이라도 했습니까?"

이화검이 정말 화가 난 것처럼 보여서 곽부가 걱정스러운 표정으로 물었다.

"아뇨. 재능 없는 제 잘못이죠. 시월 소협은 저 나이에 검옹 할아버지와 대등한 무공을 이뤘는데, 난… 검옹 할아버지와 비무를 하면 언제나 십 초를 넘기지 못하고 패했어요."

"그야… 시월이 별난 녀석이긴 하죠."

곽부가 고개를 끄떡였.

사실 곽부 역시 군자의 공천보 손에서 벗어난 이후 줄곧 시월의 무공에 대해 자랑스러움과 부러움을 동시에 느끼고 있었다.

과거 백문보가 배신하기 전에는 칠랑 중에 시월의 무공이 가장 약했던 것이 사실이었다.

물론 그 잠재력을 두고 문주 백문보나 대사형 무광이 언젠가는 시월이 칠랑 중에서 가장 무서운 무공을 가질 것이라고 말하기는 했었다.

하지만 적어도 그때까지는 시월의 무공은 다른 사형제들 아래에 있었다.

그런데 다시 만난 시월의 무공은 다른 사형제들이 감히 넘볼 수 없는 경지에 올라 있었다.

특히 오늘 검옹 천복과의 비무를 보면서 곽부는 시월의 무공이 자신이 생각했던 것보다도 더 높은 경지에 있다는 것을 깨닫고 있었다.

한편으로는 한 가닥 희망도 엿보였다.

시월이 해냈다면 언젠가는 곽부 자신과 다른 사형제들도 육마의 마기를 스스로 극복하고 극마의 경지에 이를 수 있다는 뜻이기 때문이었다.

"다른 분들도 마찬가진가요?"

이화검이 물었다.

"다른 사람이라면……?"

"사형제분들이요."

"아, 아닙니다. 시월 같은 사람이 여럿 있을 수 있나요."

곽부가 고개를 저었다.

"하긴… 저런 사람이 많다면 그건 저와 같은 평범한 무인들에게는 너무 가혹한 일이죠."

"후후, 맞습니다. 그래도 뭐… 우리도 그리 약한 축은 아니지 않습니까?"

곽부가 웃음을 흘리며 말했다.

"그렇긴 하죠. 그래도… 부럽긴 하네요."

이화검이 시무룩한 표정으로 말했다. 그 와중에 시월과 검옹 천복의 비무는 백여 초를 넘어가고 있었다.

*   *   *

비무가 길어질수록 시월은 검옹 천복의 검법에 점점 적응해나갔다. 뚫을 수 없는 그물 같던 검옹의 검초에서도 흐름에 따라 가끔 허점이 보였다.

그러자 비무의 양상이 조금씩 변하기 시작했다.

시월도 간간히 반격을 시작한 것이다. 특히 시월의 반격은 검옹이 전혀 예상치 못한 방법들이 동원되어서 검옹 천복을 당황하게 만들었다.

시월은 단순하게 검만 쓰지 않고, 손과 발을 모두 이용해 반격했다.

육마의 무공을 노골적으로 드러낼 수는 없었지만, 육마의 무공을 가진 그의 몸이 본능적으로 만들어내는 임기응변은 검옹을 당황시키기에는 충분했다.

파파팟!

한차례 검을 휘둘러 검옹의 검세를 틀어낸 시월이 검옹의 시야에 닿지 않는 사각의 지점으로 이동하면서 검옹의 목과 옆구리 그리고 발목을 걷어찼다.

"음!"

검옹이 나직한 침음성을 흘리며 역시 신묘한 움직임으로 시월의 발길질을 피해냈다.

그러자 시월이 이번에는 검을 휘두르며 검옹을 따라붙었다. 비무가 시작된 이후 처음으로 공세로 전환한 시월이다.

차차창!

시월의 검과 검옹 천복의 검이 허공에서 맹렬하게 부딪혔다.

달빛이 어둡게 느껴질 정도로 눈부신 검광이 번쩍이고, 두 사람이 서로에게 기세를 내주지 않겠다는 듯 물러서지 않고 검을 휘둘렀다.

두 사람의 검이 평범한 사람의 눈에는 보이지 않는 속도로 움직였다. 두 사람은 마치 빛으로 만든 채찍을 휘두르는 것처럼 눈부신 검기의 대결을 이어갔다.

그러던 한순간 갑자기 검옹이 훌쩍 뒤로 물러났다.

그리고는 검을 허공에 대고 무의미하게 한 번 휘두르더니 순식간에 검을 거둬 검집으로 밀어 넣었다.

검옹이 갑자기 물러나자 시월이 움직이지 않고 그 자리에 서서 검을 내린 채 검을 거둔 천복을 바라봤다.

마치 뭔가 조금 아쉬운 듯한 표정의 시월이었다.

그런 시월을 보며 검옹이 입을 열었다.

"마지막 한 수가 남아 있었겠지?"

"그렇습니다."

시월이 부인하지 않고 대답했다.

"나 역시 한 수가 남아 있었네."

"알고 있습니다."

시월이 대답했다.

그러자 천복이 다시 입을 열었다.

"그런데 우리 두 사람이 그 마지막 한 수까지 끌어 쓰면 분명히 누군가는 크게 다칠 것 같아서 말이야. 그래서 비무를 멈췄네. 동의하나?"

"알겠습니다. 단지 비무일 뿐인데, 그런 치명적인 검초를 쓰는 것은 지나친 감이 있지요."

시월도 천복의 말에 수긍하며 검을 거뒀다. 아쉬움도 사라진 얼굴이다.

그러자 검옹이 시월에게 가볍게 포권을 해보였다.

"내 생애 최고의 비무였네. 고맙네. 무인으로서 이런 경험은 다시 하지 못할 것 같군."

검옹의 행동에 시월이 깜짝 놀라 고개를 숙이며 말했다.

"아닙니다. 오히려 제가 큰 가르침을 받았습니다. 그간 자만했던 제가 부끄러울 뿐입니다. 아마도 제 수련의 여정에서 오늘이 가장 중요한 날로 남을 것입니다. 감사합니다!"

"그렇게 말해주니 고맙군. 내게도 아주 영광스러운 비무였네. 장차 천하제일인의 될 사람과 백 초를 넘게 검을 섞었으니."

"무슨 말씀을! 감히 감당할 수 없습니다."

시월이 당황한 표정으로 강하게 고개를 저으며 말했다.

"하하, 물론 천하제일인이라는 것이 실제로는 무림에 존재할 수가 없지. 무공이란 것이 워낙 상대적인 것이니까. 하지만 오히려 그런 의미에서 자네는 이미 천하제일인을 다투는 경지에 올라 있다고 할 수 있겠지."

"계속 절 민망하게 만드시는군요."

시월이 어색한 미소를 지었다.

그러자 검옹이 가볍게 웃으며 말했다.

"후후, 아무리 아니라고 해도 무공의 깊이는 감출 수가 없지. 아무튼 자네가 쓰지 않은 그 비장의 한 수, 언제가 기회가 되면 볼 수 있으면 좋겠군."

"저 역시 마찬가지입니다."

시월이 대답했다.

"좋아. 비무는 끝났고… 화검, 술이 있을까?"

"또 술이에요?"

이화검이 술을 찾는 검옹 천복에게 눈을 흘겼다.

"하하하, 이런 날 술을 마시지 않으면 언제 마시겠느냐. 일생일대의 비무를 끝낸 날인데… 창고에 있겠지?"

"있겠죠."

"그럼 한잔하자! 자네들도 함께 하지?"

"저흰 술은 잘……"

"어? 술을 못 마셔?"

"…마셔본 적이 거의 없습니다."

"어허! 그럼 되나. 괴롭고 힘든 세상 술에 취하지 않으면 어찌 살까! 가세."

"할아버지! 이분들은 손님들이라고요. 할아버지가 술주정하실 분들이 아니에요."

"내가 무슨 술주정을 한다고 그러느냐?"

"그럼 정말 오늘은 울지 않을 거죠?"

이화검이 불쑥 물었다.

"어허! 무슨 그런 소릴!"

검옹 천복이 시월과 곽부의 눈치를 보며 호통을 쳤다.

"매일 술만 드시면 우시면서."

이화검이 퉁명스럽게 말했다.

"어허, 그만하래도. 손님들 앞에서!"

천복이 눈을 크게 뜨며 화를 냈다.

"알았어요. 그만 할게요. 대신 석 잔 이상은 안 돼요."

이화검이 앞서 걸으며 말했다.

"석 잔은 무슨, 이런 날은 세 병을 마셔도 취하지 않을 것 같은 데! 가세."

검옹 천복이 시월과 곽부를 재촉했다.

비무를 끝낸 천복의 모습은 지금까지 알던 천복이 아닌 것 같았다. 그는 마치 어린아이로 돌아간 것처럼 보였다.

*　　　　*　　　　*

삼 일이 지나자, 이가검문에서 마차들이 몰려왔다.

이가검문주는 비록 일월문의 공격을 막아내기는 했으나, 수곡원을 계속 유지하는 것이 무리라고 판단한 모양이었다.

그래서 수곡원의 재물과 곡식들을 이가검문으로 옮기기로 결정한 것이다.

검문에는 창고가 부족하고, 여름을 지나면서 우기가 오면 곡식이 상할 수도 있지만, 그렇다고 계속 수곡원에 곡식과 재물을 두는 것은 이가검문의 전력을 반으로 나눠야 한다는 것을 의미했다.

그래서 결국 이장춘은 수곡원에는 최소한의 비상식량만을 남기고 모든 물자를 이가검문으로 옮기기로 결정한 것이다.

"함께 가실 거죠?"

아침부터 분주하게 움직이는 이가검문의 문도들 사이에서 이화검이 달려와 시월에게 물었다.

"글쎄요……."

시월이 대답을 망설였다.

"본문을… 도와주신다고 했잖아요?"

이화검이 실망한 표정으로 물었다.

"그 마음에는 변함이 없지만, 굳이 저희가 이가검문으로 갈 필요가 있을까 해서요."

"그게 무슨 말이죠? 일월문이 설마 이대로 물러날 거라 생각하세요?"

이화검이 절대 그럴 리 없다는 듯 물었다.

"그런 뜻은 아닙니다. 다만, 검옹께서 계시는 한 일월문은 절대 이가검문을 이길 수 없을 겁니다. 그분의 무공은……."

"물론 저도 본문이 일월문에게 패할 거란 생각은 안 해요. 하지만 소협과 칠선문의 대협들께서 도와주시면 피해가 크게 줄겠지요. 부탁해요."

이화검이 간절한 표정으로 시월에게 말했다.

그러자 시월이 고개를 끄떡였다.

"알겠습니다. 그렇게 하죠. 대신… 거처를 검문 밖에 마련했으면 하는데 적당한 곳이 있을까요?"

"번잡한 게 싫으시군요? 알겠어요. 적당한 곳이 있어요."

"잘됐군요. 그런데 이쯤 되면 모용가나 월문의 사람들도 오지 않을까요? 이번 수곡원 싸움으로 이가검문이 단독으로도 일월문을 상대할 수 있다는 것을 증명했으니까요. 이젠 그들도 더 이상 특별한 조건을 요구할 수 없을 것 같은데요."

"그렇겠죠."

이화검이 굳은 표정으로 말했다.

"마뜩지 않으신가요?"

"솔직히 그 사람들 얼굴을 보기 싫어요. 특히… 월문신룡이라는 사람은 더더욱."

"…혼사 문제 때문에요?"

"그렇죠. 아무리 무림세가들의 혼인의 구 할이 정략혼이라 해도 이미 부인이 있는 사람이……"

"그 혼사를 수락할 생각은 없군요?"

듣고 있던 곽부가 반가운 표정으로 물었다.

"설마 제가 이미 부인이 있는 사람과 혼인할 거라 생각하셨어요?"

"아, 아닙니다. 물론… 하지만."

"아버님도 제가 싫다는 혼사를 억지로 시킬 분은 아니세요. 더군다나… 이미 일월문을 상대할 확실한 조력자가 있는데 그 혼사를 진행할 이유가 없죠."

이화검이 시월을 바라보며 말했다.

"제가 조금이라도 도움이 된다면 다행이지요."

시월이 미소를 지으며 말했다.

"조금이라뇨. 잘하면 혼천마의 목도 벨 수 있을 것 같은데……."

이화검이 갑자기 전의를 불태우며 말했다.

그러자 곽부가 맞장구를 쳤다.

"맞습니다. 혼천마 그자가 주제 파악을 못하고 공격해 온다면 그렇게 될 겁니다. 검옹 어르신과 사제라면… 그자는 죽은 목숨이죠."

"사형도 참! 상대는 혼천마예요. 삼십육마라고요."

"그게 뭐 어때서? 예전에 우리가 그……."

곽부가 잔마를 상대한 일을 말하려다 급히 입을 다물었다.

"예전에 뭐요? 무슨 대단한 인물과 싸웠나요?"

입을 다문 곽부에게 이화검이 눈을 동그랗게 뜨고 추궁하듯 물었다.

"아, 뭐… 별거 아닙니다. 오래전 일이니까요."

"그래서 그게 누군데요?"

이화검이 물러나지 않고 질문을 던졌다.

그러자 시월이 끼어들며 대답했다.

"나중에 이야기해 드릴게요."

"나중에 언제요?"

"음… 그건… 아무튼 나중에 이야기해 드리죠."

"좋아요. 아직은 우리가 그만큼 친밀하지는 않다는 뜻이죠? 하지만 일월문을 함께 물리치면 그땐 말해주게 될 거예요. 우린 아주 가까워질 테니까."

이화검이 당돌한 말을 남기고 훌쩍 이가검문의 문도들이 있는 곳으로 달려갔다.

"사제… 아무래도 잘못 걸린 것 같아."

"무슨 말씀이세요?"

멀어지는 이화검을 보며 걱정하는 곽부에게 시월이 물었다.

"저 말괄량이 공주님 말이야. 아주… 아주 귀찮은 사람이 될 것 같아. 그리고 한번 말을 섞으면 모든 걸 털어놓을 수밖에 없을 것 같단 말이야. 무서워……."

"세상에! 사형이 무서워하는 사람이 나타날 줄은 몰랐네요."

시월이 놀리듯 말했다.

"젠장, 그러게 말이야. 그런데 저 무서운 여자를 어쩌면 아주 오랫동안 보게 될 것 같단 말야."

"왜요?"

"몰랐어?"

곽부가 오히려 의아한 얼굴로 되물었다.

"그러니까 뭘요?"

"이 눈치 없는 녀석아! 그녀가 너한테 푹 빠졌잖아!"

"무슨 그런 말도 안 되는……."

"말이 안 되긴! 처음에 그녀는 내키지는 않지만, 유검 그 녀석과 어쩔 수 없이 혼인을 할 수도 있다는 투로 말했었어. 하지만 오늘은 그 일이 절대 일어날 수 없는 불가능한 일이라고 선언했지.

겨우 삼 일 사이에! 그게 뭐 때문일까?"

"그야 당연히 지난번 싸움에서 이겨, 이가검문 단독으로 일월문을 상대할 자신이 생겨서 그런 거겠죠."

"아니, 난 그렇게 생각 안 해! 진짜 이유는 그녀에게 백유검 따위와는 비교할 수 없는 사람이 나타나 버린 거지. 그게 바로 너고."

"사형… 정신 좀 차리세요."

"흐흐흐, 사제. 너야말로 정신 좀 차려라. 안 그러면 저 무서운 여자가 널 가만두지 않을 테니까."

제 3장

―

죽림(竹林)의 밤

　곽부의 말 때문인지 몰라도 수곡원을 떠나 이가검문으로 향하
면서 시월은 부쩍 이화검이 불편해졌다.

　반면 이화검은 시월과 곽부에게 각별한 친절을 베풀었다. 어찌
보면 당연한 일이었다. 두 사람 덕분에 수곡원 싸움이 수월하게
끝났기 때문이었다.

　하지만 그 친절들이 시월에게는 부담으로 다가왔다.

　그렇다고 이화검이 싫은 것은 아니었다. 아니, 오히려 아름다우
면서도 활달한 그녀에게 호감을 갖지 않을 수 없었다.

　그러나 시월에게 그런 감정들, 이화검에게 느끼는 호감이나 혹
은 곽부의 말대로라면 대담하게 자신에게 호감을 드러내는 이화
검의 행동들은 모두 생경하고 어색한 것이었다.

　과거 잠룡동에서 소후와 설우담이 함께 있는 모습을 볼 때는

마냥 아름답게 보였었는데, 막상 시월 자신에게 이런 일이 벌어지자 갖지 말아야 할 마음을 품은 것처럼 어색했던 것이다.

그래서 속마음과 달리 이화검에게 조금 거리를 두려고 했지만, 이화검은 그런 시월의 태도에 신경도 쓰지 않은 듯 보였다.

그녀는 계속해서 시월에게 말을 걸었고, 어깨를 나란히 하고 말을 몰았으며, 또 시월과 곽부의 여행이 불편하지 않게 세심하게 배려했다.

그렇게 삼 일이 지나자 시월 역시 이화검을 멀리하려고 했던 마음이 시나브로 사라졌다.

그래서 언제부턴가는 그녀와 동행하며 대화를 나누는 것이 전혀 불편하게 느껴지지 않았다.

그런 시월의 변화를 곽부가 가끔 킥킥거리며 놀리기도 했으나, 이젠 그런 곽부의 놀림조차 크게 신경이 쓰이지 않은 시월이었다.

두두두!

지축을 울리는 말발굽 소리에 일행이 걸음을 멈추고 검을 빼들었다.

수곡원과 이가검문의 본문이 있는 환무산은 보통 사람의 이동 속도로는 오 일, 무림 문파 고수들의 속도면 이틀이면 오갈 수 있는 거리다.

그리 먼 거리는 아니지만 언제라도 일월문의 기습이 있을 수 있기에 갑자기 들려오는 말발굽 소리는 사람들을 긴장시키기에 충분했다.

하지만 말을 몰아오는 사람들의 정체가 밝혀지자, 이가검문의 문도들을 이내 검을 회수하고 오히려 반갑게 달려오는 사람들을 맞을 준비를 하기 시작했다.

그것도 그럴 것이 일단의 무인들을 이끌고 말을 달려온 사람이 이가검문의 문주 이장춘이었기 때문이었다.

"아버님!"

이장춘의 등장을 가장 반긴 사람은 당연히 이화검이다.

그녀는 시월의 주위를 맴돌며 이동하다가 이장춘이 나타나자 말을 몰아 이장춘을 향해 달려 나가며 소리쳤다.

"저 사람이군."

곽부가 조금 긴장한 표정으로 이화검과 반갑게 이야기를 나누는 초로의 검객을 보며 말했다.

호협한 것으로 유명한 이가검문의 특징을 그대로 보여주는 외모를 가진 이장춘이다. 초로의 나이임에도 불구하고 중년의 검객 못지않은 단단한 몸을 가지고 있었다.

"소문대로네요."

시월이 고개를 끄떡였다.

"음, 무림의 고수보다는 전장의 장수가 더 어울린다는 평이 있지. 정말 백만 대군을 휘저을 장수에 어울리는 외모야. 멋지네. 저렇게 늙으면 좋을 텐데. 이가검문의 사람들은 하나 같이 멋지군. 모두 대범한 기운을 가진 것 같아. 역시 문파의 전통이란 것은 무시할 수 없는 건가?"

칠랑 중에서 가장 대담한 성정을 가진 곽부에게는 특히 더 이장춘의 모습이 인상적인 모양이었다.

"그럼 검문에 입문을 하시던지요."

"에이, 그런 말이 아니잖아. 그냥 매력적인 문파란 뜻이지. 설마 날 칠선문에서 내보내고 싶은 건 아니겠지?"

"자꾸 다른 문파에 관심을 가지면 그럴 수도 있죠. 돌아가서 사형들께 말씀드려야겠어요. 막내 사형이 칠선문보다 이가검문의 사람이 되고 싶어 한다고."

"야! 시월! 죽고 싶어?"

곽부가 주먹을 들어 올리며 소리쳤다. 그 소란에 주변의 이가검문 문도들이 두 사람에게 시선을 돌렸다.

"남들이 봐요. 흐흐."

시월이 키득거리며 말했다.

"너 나중에 두고 보자!"

곽부가 사람들의 시선에 슬그머니 주먹을 내리며 시월을 향해 눈을 부라렸다.

그런데 그때 이장춘을 만난 이화검이 급히 두 사람에게로 되돌아왔다.

"아버님께서 두 분을 뵙고 싶어 하셔요. 괜찮죠?"

이화검이 시월에게 물었다. 마치 자신의 정인을 아버지에게 소개하려는 소녀 같은 모습이다. 약간 긴장한 듯도 보였다.

"당연히 그래야죠."

시월이 담담하게 고개를 끄떡였다.

"그럼 같이 가요."

이화검이 시월이 선선히 승낙하자 마음이 놓인 표정으로 두 사람을 이장춘에게로 이끌었다.

"대 이가검문의 문주께 인사드립니다. 칠선문의 제자 시월입니다."

"곽부라고 합니다."

이장춘 앞으로 다가온 시월과 곽부가 짧지만 정중하게 인사를 했다.

"어서 오시오! 두 분 소협을 뵙기를 학수고대하고 있었소. 두 번씩이나 본문의 위기를 구해주셨으니 이 은혜를 어찌 갚아야 할지 모르겠소."

비굴하진 않지만, 한참이나 나이가 어린 시월과 곽부가 부담스러울 만큼 예의를 갖춰 감사한 마음을 전하는 이장춘이다.

"아닙니다. 작은 힘을 보탰을 뿐입니다."

곽부가 얼른 고개를 저으며 말했다.

"아니오, 아니오! 소협들의 지난 두 번의 도움이 본문에 얼마나 중요했는지 내가 가장 잘 알고 있소. 두 분 덕에 큰 위기를 넘겼으니 아무리 감사해도 부족할 지경이오."

이장춘이 진심을 담은 얼굴로 말했다.

"저희는 그저… 환대에 감사드릴 뿐입니다."

곽부가 조심스럽게 대답했다.

"하하하, 싸울 때는 용맹한 호랑이 같다고 들었는데……."

이장춘이 어색해하는 곽부를 보며 호탕한 웃음을 터뜨렸다.

그때 이장춘 뒤에서 한 명의 청년 무인이 나오며 시월과 곽부에게 자신을 소개했다.

"전 이광검이라고 합니다. 화검의 셋째 오빠지요. 만나서 반갑습니다."

"아! 그러셨군요."

곽부와 시월이 얼른 포권을 해 인사를 했다.

"우린 나이가 얼추 비슷한 것 같으니 검문까지는 제가 안내를 하지요."

이광검이 시월과 곽부에게 호감이 가는지 미소를 지으며 말했다. 그러자 이화검이 끼어들었다.

"나이가 비슷하다뇨. 두 분은 이십 대라고요. 오라버니는 서른이 넘었고요!"

"그럼 비슷한 것 아니냐?"

"그럼 오라버니랑 첫째 오라버니도 비슷한 나인가요?"

"그야… 형님은 마흔이 넘으셨는데……."

"뭐가 달라요? 모두 십 년 차인데……."

이화검이 따졌다.

"아… 그래서 넌 이 오라비가 나이가 많아서 이분들과 친구가 될 수 없다는 거냐?"

"친구는 무슨… 괜히 두 분 부담스럽게 하지 말고, 물러나 계셔요. 두 분은 제가 잘 모실 테니까."

이화검이 시월과 이광검 사이를 가르듯 들어서며 말했다.

"하하하! 그만들 투닥거리고 서둘러 돌아가자. 본문을 오래 비울 수 없는 상황이니. 화검 말대로 두 분은 화검의 손님이니 화검이 모시고 가는 것으로 하고."

이장춘이 호탕한 웃음을 터뜨리며 말했다.

그러자 이화검이 급히 말했다.

"아버님, 이분들은 본문으로 가지 않으실 거예요."

"응? 그게 무슨 말이냐?"

"본래 칠선문은 은거지문이라 사람들이 많은 곳이 불편하대요.

그래서 거처를 마련해 드리기로 했어요."

"음… 하긴, 이제 곧 본문으로 천하무림에서 사람들이 몰려 올 테니 장원 안에 머무는 것이 불편하기는 할 거다."

이장춘이 고개를 끄덕였다.

"그래서 동죽헌으로 모시려고요."

"동죽헌? 낡은 곳인데……"

"그래도 인적이 드물고 집 관리가 잘 되어 있으니까요."

"알겠다. 그렇게 하거라. 자! 모두 출발하라! 서둘러 본문으로 돌아간다."

이장춘이 큰 소리로 문도들에게 출발을 알렸다.

*   *   *

"어떻습니까? 칠선문의 사람들은……"

이가검문의 문도들이 식량을 가득 실은 마차들을 끌고 다시 움직이기 시작하자, 이장춘이 무리와 조금 떨어져 홀로 말을 몰고 있는 검웅 천복에게 다가가 물었다. 천복은 마치 자신은 이가검문의 사람이 아닌 듯 움직이고 있었다.

수곡원에서는 시월 등과 제법 많은 이야기를 나누었지만 길을 떠난 이후에는 말을 하는 경우가 거의 없었다.

이가검문의 문도들도 그런 검웅 천복에게 익숙한지 그에게 말을 거는 사람이 없었다.

하물며 천복은 요기조차도 홀로 했다.

아주 가끔 이화검이 함께 할 때가 있었지만, 그조차도 겨우 한 두 번이 전부였다.

"적이면 최악이고 친구면 최상입니다."

천복이 대답했다.

"그 정도입니까?"

이장춘이 놀란 표정으로 물었다.

그러자 천복이 덤덤하게 대답했다.

"비무를 했습니다."

"비무라니요?"

"시월이라는 저 소협의 무공이 흥미로워서 말입니다."

"검옹께서 직접 말입니까?"

이장춘이 믿기 힘들다는 듯 다시 물었다.

검옹 천복의 무공을 가장 잘 알고 있는 사람이 이장춘이다. 어린 시절부터 검옹을 보고 자란 이장춘은 그의 무공이 세상에 알려진 것보다 훨씬 강하다는 것을 알고 있었다.

치기 어린 젊은 시절에는 그런 검옹에게 질투를 느끼고 그를 뛰어 넘기 위해 폐관 수련까지 마다치 않았으나, 검옹과의 무공 격차는 좀체 좁혀지지 않았다

그래서 언제부턴가 검옹에 대한 경쟁심이 사라지고 오직 존경심과 그를 의지하는 마음만 남아 있는 이장춘이었다.

또 그런 검옹이 어떤 욕심도 없이 그늘 속에서 이가검문을 지켜주고 있다는 것을 큰 행운으로 생각하고 있었다.

그렇게 이장춘도 가늠할 수 없는 경지에 오른 검옹이었으므로 그와 비무를 할 실력자도 거의 없었다.

이장춘의 네 자녀도 간혹 가르침을 받을 뿐 검옹과의 비무는

감히 청한 적도 없었다.

그런데 그 천복이 칠선문의 젊은 무인과 비무를 했다는 것이다. 그게 얼마나 특별한 일인지 알기에 여러 번 되묻지 않을 수 없는 이장춘이었다.

"그렇습니다. 내가 고집을 부려서 비무를 했지요."

"아… 그래서요? 얼마나 버텼습니까?"

이장춘에게 비무의 승패는 궁금하지 않았다.

천복이 비무에서 패할 리 없었다. 어쩌면 검웅 천복이 천하제일 인일 수도 있다는 생각을 하는 이장춘이었다.

그런데 천복의 대답이 이장춘을 경악시켰다.

"백 초가 넘은 후 서로 검을 거뒀습니다.

"……"

"처음에는 조금 밀리는 듯하더니 이내 저와 균형을 맞췄고, 백 초가 넘어가자 제 허점을 찾아 반격을 하더군요."

이장춘이 말이 없자 천복이 시월과의 비무에서 일어난 일을 자세히 설명했다.

"지금 그 말씀을 제게 믿으라는 것입니까?"

이장춘 자신도 천복을 상대로 그런 비무를 할 수 없었다. 그러니 이제 겨우 이십 대 중반에 이른 청년 무사가 천복과 동수를 이뤘다는 것을 도저히 믿을 수 없었다.

하지만 천복이 허언을 할 사람이 아니라는 것은 이장춘도 잘 알고 있었다.

"칠선문이라는 문파가 뭘 하는 곳인지 정확히 알 수 없지만, 그와 같은 고수를 배출했다는 것은… 말씀드렸듯이 친구면 최선이고 적이면 최악이 될 겁니다. 다행히 검문과 그들은 친구가 될 수 있을 것 같군요."

천복이 담담하게 말했다.

"대체 칠선문의 문주가 누구기에……."

"그건 말하지 않더군요. 아니, 들어보니 지금은 문주 없이 사형제들만 있는 것 같기도 하고."

"실체가 없는 문파일수도 있겠군요."

이장춘이 의심을 드러냈다.

"그럴 수도 있지요."

"믿을 수 있을까요?"

"의심이 들기는 하지만, 한 사람의 존재가 그 의심을 덜어주었습니다."

"한 사람이라면 누구 말입니까?"

"삼십육마의 난 때 내가 귀령삼객을 추격해 해동에 갔던 일을 기억하실 겁니다."

"그러셨지요."

당연히 기억하고 있는 일이다. 귀령삼객이 노렸던 사람이 이장춘 자신이기 때문이었고, 그런 귀령삼객을 막아내고 끝내 해동까지 가서 주살한 것이 검웅 천복이기 때문이었다.

"그때 제 부상을 치료한, 신의(神醫)라고 불릴 만한 의원을 만났었다고 말씀드렸을 겁니다."

"그리 말씀하셨었지요."

"바로 그 의원이 칠선문에 있는 것 같습니다. 그가 저 친구들에게 본문을 도와주라고 했다더군요. 그러니 의심할 바는 없습니다. 화노라는 의원은… 비록 짧은 시간 여행을 함께 한 것이 만남의 전부지만, 제 평생의 거의 유일한 지우(知友)라고 해도 좋을 사람이니……"

"그렇군요. 그렇다면 믿을 수는 있다는 건데. 대체 어떻게 저 나이에……"

이장춘이 여전히 시월의 무공만큼은 믿기 힘들다는 듯 중얼거렸다.

그러자 천복이 담담하게 말했다.

"가끔 무림에 특별한 재능을 가진 인재가 탄생하고는 하지요. 평범치 않은 과거가 있는 듯하고. 화노가 곁에 있었으니 특별한 고수로 만들 수 있었을 겁니다. 그의 의술에는 그런 힘이 있지요."

천복이 확신하듯 말했다.

＊　　　　＊　　　　＊

하루 동안 이동이 이어졌다. 그동안 이장춘은 줄곧 시월과 곽부를 주시했다. 그중에서도 특히 시월에게 오랫동안 시선이 머물렀다.

시월도 그런 이장춘의 시선을 의식하고 있었다.

다행인 것은 그 시선에 적의가 담긴 것은 아니란 것이었다. 호기심과 호의가 더 많이 느껴지는 시선이었다.

물론 그래도 불편한 점은 있었다. 누군가 자신을 살펴보고 있다는 것이 그리 유쾌한 일은 아니기 때문이었다.

특히 이화검이 친근하게 다가올 때는 더욱 그랬다. 이장춘이 없을 때야 이화검에게만 신경 쓰면 그만이었지만, 이장춘이 등장한 이후부터는 이가검문의 모든 사람이 자신을 지켜보는 것 같이 느껴졌다.

다행인 것은 그 시간이 하루로 끝났다는 점이다.

하루가 지나 환무산의 이가검문에 도착할 즈음 시월과 곽부는 이장춘이 이끄는 이가검문의 본대와 길을 달리했다.

이가검문에서 시월과 곽부를 위해 동죽헌으로 가기 위해 다른 길을 택한 것이다.

길 안내는 예상한대로 이화검이 맡았다.

그렇게 이장춘의 시선에서 벗어나자 그제야 시월은 환무산 주변의 풍광과 고색창연한 이가검문의 장원을 멀리서나마 제대로 구경할 수 있었다.

길을 달리하기는 했지만, 사실 이가검문의 장원과 시월이 찾아가는 동죽헌은 멀리 떨어져 있는 것은 아니었다. 이가검문에서 동죽헌으로 이어진 다른 길을 따라가면 이각도 걸리지 않는 거리였다.

다만 중도에 길을 달리한 것은 어차피 이가검문에 들어가도 다시 동죽헌으로 가기 위해 장원 동북쪽으로 나와야 했기 때문이었다.

그렇게 되면 길을 돌아가는 것이 되기 때문에 중도에 길을 달리했던 것이다.

"신경 쓰였죠?"

환무산의 이가검문을 중심으로 형성된 마을들을 지나, 북방에 어울리지 않게 무성한 대나무 숲 사이로 난 길로 들어설 때 즈음 이화검이 조심스럽게 물었다.

"……?"

시월이 대답 없이 그녀를 바라보자 이화검이 다시 입을 열었다.

"아버님 말이에요. 줄곧 두 분을 지켜보고 계셨잖아요. 알고 계셨죠?"

"그야……."

시월이 말을 얼버무렸다.

"기분 상하셨어요?"

"새로운 사람에 대한 호기심은 누구에게나 있지요."

"그래도 조금 지나치다는 생각이 들어서 몇번 아버님께 그러지 말라고 말씀 드렸는데……."

"그런데 뭐가 그렇게 궁금하셨던 겁니까?"

옆에서 곽부가 물었다.

"무공이요. 검옹 할아버지가 시월 대협과의 비무에 대해 이야기한 것 같아요."

"음, 그럼 그럴 수도 있겠네요. 저라도 이 괴물 같은 녀석에 대해 관심을 거둘 수 없었을 겁니다."

곽부가 시월을 툭 치며 말했다.

"괴물은 사형이 괴물이죠."

"내가 뭐? 내가 너처럼 천하제일인이 될 재목도 아닌데."

"천하제일인 소리 좀 그만하세요. 그리고 사형은 내공이 없어도 일류 고수를 상대할 수 있는 신력을 타고 태어났잖아요. 괴물은 그런 사람을 두고 하는 말이죠."

"그래봐야 너한테 한참 모자라는 걸?"

"그야 노력의 차이 아닐까요?"

시월이 놀리듯 말했다.

"노력……? 요놈 말하는 것 좀 보게. 내가 노력을 안 한 게 아니라니까. 다만……."

말을 하다말고 곽부가 입을 닫았다. 군자의 공천보에게 잡혀 있었기 때문이라는 말을 이화검 앞에서 할 수는 없기 때문이었다.

"어쨌든 사형이 우리 사형제들 중에 제일 게으른 건 사실이잖아요."

시월이 다시 곽부를 놀렸다.

"그건… 허긴 그렇긴 해. 내가 좀 게으르지. 본래 천재는 게으르잖아."

곽부가 어깨를 으쓱했다.

"맞아요. 사형처럼 신력을 타고난 사람이 노력까지 했으면… 천하제일인이 아니라 고금제일인이 될 수 있을 거예요."

"히히히, 고금제일인? 거참 듣기 좋은 말이네. 말뿐이라도 말이야."

"그러니까 이제부터라도 수련 좀 열심히 하시죠?"

"그래볼까? 그럼 오늘부터 나 좀 도와줘라."

"어떻게요?"

"매일 나랑 비무를 하는 거지. 알잖아? 우리 무공이 실전을 통해 성장했다는 걸."

"……."

갑작스러운 곽부의 요청에 시월의 말문이 막혔다.

"싫어?"

"예."

"뭐?"

"다른 사형들도 모두 사형과의 비무는 꺼리잖아요. 워낙 험하게 비무를 하니까. 소란스럽기도 하고."

"그야 내 무공이 그런 걸 어떡해?"

"손님으로 와서 그런 소란을 떨 수는 없죠."

시월이 단호하게 곽부의 요구를 거절했다.

그러자 이화검이 웃음을 흘리며 말했다.

"호호, 시끄러울 걱정은 마세요. 이 동죽헌 주변에는 사람들이 살지 않으니까요. 비무 장소로는 안성맞춤인 곳이죠."

말을 하며 이화검이 대나무 숲 깊은 안쪽에 자리 잡은 작은 기와집 한 채를 가리켰다.

이화검의 말대로 대나무 숲에 둘러싸인 기와집은 돌담까지 갖춰져서 외부 사람이 안쪽을 살필 수 없게 되어 있었다.

그녀의 말대로 비무 장소로는 안성맞춤인 곳이었다.

하지만 비무에 대한 관심은 시월과 곽부에게 더 이상 남아 있지 않았다. 그들은 어느새 그들이 머물 동죽헌의 고즈넉한 풍경에 마음을 빼앗겼던 것이다.

"예전에는 검옹 할아버지도 잠시 이곳에 머무셨어요. 그런데 할아버지 무공의 대단함이 알음알음 알려지자 찾아오는 사람이 많아져서 거처를 옮기셨지요."

이화검을 동죽헌을 돌아보는 시월과 곽부에게 말했다.

"그분에게 어울리는 장소군요."

시월이 대답했다.

"검옹께서 떠나신 후에는 가끔 손님들이 묵어가는 용도로 쓰이고 있어요. 물론 낡았지만 본문에는 특별한 의미가 있는 곳이라 귀빈에게만 허락되는 곳이죠."

"하하! 그 말을 들으니 기분이 좋군요!"

곽부가 호탕하게 웃음을 터뜨렸다.

"일단 전 검문으로 갔다가 저녁에 필요한 물건이랑 식사 준비를 해줄 사람을 데려올게요."

"식사 준비는 우리가 해도 되는데……."

"그럴 수는 없죠. 손님인데. 그리고 이 동죽헌에는 방이 여러 개 있어서 일하는 사람이 머물러도 불편함이 없을 거예요. 혹, 타인이 있는 것이 불편하실까요?"

이화검이 조심스럽게 물었다.

"그건 아닙니다. 괜찮습니다."

시월이 얼른 고개를 저었다. 처음에는 불편할 수도 있겠지만 이가검문 외곽에 머무는 것이라 검문의 소식을 말해줄 사람이 필요하기도 했다.

"좋아요. 그럼 저녁에 다시 올게요."

이화검이 시월과 곽부에게 고개를 까딱여 보이고는 동죽헌 서쪽으로 난 길을 따라 이가검문으로 향했다.

"참 이상한 곳이지?"

잠시 동죽헌 주변을 더 돌아보고 대청으로 돌아온 곽부가 마루에 털썩 주저앉으며 말했다.

"뭐가요?"

"이 대나무 숲 말이야. 이런 북방에 대나무 숲이라니. 지 주변의 나무들은 모두 추위에 강한 나무들뿐인데……."

"이곳 지형이 좀 특이한 것 같아요. 환무산 자체도 기온이 온화한 편인데 이곳은 더 포근한 느낌이 들어요. 마치 만화원처럼요."

"음, 그럼 이곳에도 화맥이 흐르는 걸까?"

"글쎄요. 그건 잘 모르겠어요. 어쩌면 안으로 움푹 들어간 지형 때문에 온기가 오래 머물러서 그런지도 모르겠고……"

시월이 다시 한번 주위의 지형을 둘러보며 말했다.

"에이, 무슨 상관인가. 편하게 있다가 가면 되지. 그런데 그나저나 그가 올까?"

곽부가 시월에게 물었다.

"누구요?"

"소문주."

곽부가 웃음기를 거두며 말했다.

"오고 있다고 했으니 결국 오겠죠."

"만나지겠지?"

"…결국에는 그렇게 되겠죠. 어쩌면 우리가 이곳에 있다는 소식을 들으면 소문주가 먼저 우릴 찾아올 수도 있어요."

"음… 궁금하군. 어떻게 반응할지."

"대놓고 적대하지는 못할 겁니다."

시월이 담담하게 말했다.

"그렇겠지. 보는 눈이 있으니까. 그나저나 소문주도 참 골치 아프겠군."

"우리 때문에요?"

"응, 설마 우리가 드러내 놓고 무림 일에 관여할 거라고는 전혀 생각지 못했을 거야. 평생 숨어 살 거라 생각했을 테니까. 그런데 눈앞에서 칠선문이라는 이름으로 활동하고 있으니 얼마나 당황하겠어. 히히히!"

곽부가 당황할 백유검의 모습이 눈앞에 그려지는 듯 득의한 웃음을 흘렸다.

"문제는 소문주가 아니라 문주죠. 우리 일을 알면 그냥 있을 사람이 아니니까요."

"살수 정도 보낼까?"

"그럴 수도 있고, 아니면 우릴 음모에 끌어들일 수도 있고요."

"음모라… 그래. 그게 그 양반에게 어울리는군. 항상 조심해야 할 거야. 워낙 음흉한 양반이라……."

더 이상 백문보를 믿지 않는 칠랑에게는 백문보처럼 위험한 사람은 없었다. 적어도 끈기와 독한 두뇌는 인정할 수밖에 없기 때문이었다.

"우리로서는 그가 예상할 수 없는 방식으로 움직이는 것이 가장 좋아요."

시월이 말했다.

"맞아. 행보를 예측할 수 없는 상대를 두고 음모를 꾸미는 것은 어려우니까."

"이가검문의 일이 끝나면 한동안 또 사라지죠 뭐."

시월이 덤덤하게 말했다.

"은거라. 그래. 그것도 좋은 방법이군. 그는 이가검문의 일에 관여하는 우리를 보면, 우리가 본격적으로 무림 행보를 할 거라고 생각할 텐데, 갑자기 또 우리가 사라지면 무척 당황할 거야."

"그러다가 그가 전혀 예상하지 못한 순간에 다시 등장하는 거죠. 그런데 그런 식으로 시간이 흘렀는데도 계속 우릴 죽이려한다면 언젠가는 결국……."

"후… 그 양반을 공격하는 것은 아무리 우릴 배신했다고 해도 쉬운 일이 아니지?"

곽부가 한숨을 쉬며 물었다.

팔 년 동안 짐승 같은 삶을 살았으면서도 그 원인이 되었던 백문보를 죽이는 일은 칠랑에게 결코 쉬운 일이 아니었다.

그만큼 어린 시절 그들을 거둬 무공을 가르친 백문보의 존재감이 그들 뇌리에 깊이 박혀 있었다.

"쉬운 일은 아니지만 해야 할 때는 해야겠죠."

시월이 단호하게 말했다.

"그렇긴 하지만… 아무튼 문주가 이제라도 우리를 놓아주면 서로 좋을 텐데. 대사형도 문주가 우리 삶에 더 이상 관여치 않으면 굳이 복수를 하려고 하진 않을 거야."

"그렇겠죠. 하지만… 역시 그럴 사람이 아니죠."

시월이 말했다.

"그건 그래. 그 양반 심성으로 보면……."

"그게 월문 멸문의 시작이 될 수도 있다는 걸 꿈에도 모를 거예요. 일단 사생결단을 해야 한다면 우리도 월문의 뿌리까지 뽑아야 할 테니까요."

시월이 서늘한 눈빛을 흘리며 말했다.

그런 시월이 조금은 생경하게 느껴져 곽부가 두려운 눈빛으로 바라봤다.

* * *

수곡원의 싸움은 많은 것을 바꿔 놓았다.

이가검문이 단독으로 혼천마의 일월문을 상대할 수 있다는 것을 증명해 보였기 때문에 일어난 변화였다.

특히 그 싸움에서 일월문의 주요 마인으로 알려진 운귀 마백의 목을 벤, 이가검문의 숨겨진 고수에 대한 이야기는 검문에 대한 무림인의 관심을 더욱 뜨겁게 만들었다.

그 결과 겨우 며칠 만에 적지 않은 무림 고수들이 이가검문을 찾았다.

마련과 의천무맹이 치열한 세력다툼을 벌이고 있는 혼란한 시기에 자신의 명성을 높이려는 야심가들이 적지 않았다.

그런 사람들에게 이가검문과 일월문의 싸움은 명성을 얻을 좋은 기회였다.

더군다나 이가검문이 홀로 일월문을 상대할 수 있는 전력을 가진 것으로 확인된 이상 망설일 이유가 없었다. 위험이 크게 줄어들었기 때문이다.

그렇게 이가검문을 돕기 위해 찾아온 무림인들 중 단연 관심을 끄는 사람들은 의천무맹 십대천문의 고수들인 모용세가와 월문의 고수들이었다.

*   *   *

약속이나 한 듯 월문의 고수들과 모용세가의 고수들이 거의 동시에 이가검문에 도착했다.

이가검문의 문주인 이장춘은 장원 정문까지 양 문파의 문도들을 마중하기 위해 나왔다.

의천무맹 십대천문, 현 무림에서 이들을 능가하는 세력은 없다. 그 두 곳의 고수들을 앉아서 맞을 수는 없었다.

두 문파의 고수들을 마중하는 것은 이장춘만이 아니었다.

이가검문의 문도들을 물론, 이가검문을 돕기 위해 요동 각지에서 모여든 무인들이 두 문파의 고수들을 구경하기 위해 정문 주변에 몰려들었다.

"이가검문의 문주님께 인사 올립니다. 백유검이라 하옵니다. 아버님께서 문주님께 각별히 안부 전하라 하셨습니다!"

"어서 오시오. 월문신룡! 미래 무림을 이끌어 나갈 젊은 영웅을 만나게 되어 영광이오! 문주께서는 평안하시오?"

이장춘이 부드러우면서도 태산 같은 진중함을 담은 말투로 백유검의 인사를 받았다.

"마련을 상대하는 일로 분주하신 것 말고는 잘 지내고 계십니다."

"음… 천하가 마련의 마인들로 인해 평온한 날이 없구려. 어서 빨리 마련의 난이 진압되어야 할 텐데……."

이장춘이 근심 어린 표정을 지으며 대답하고는 이번에는 시선을 돌려 모용세가의 고수들을 바라봤다.

그러자 청색 무복을 입은 굴강한 체격의 중년 무사가 앞으로 나서며 이장춘에게 인사를 했다.

"문주께 인사드립니다. 모용송이라 합니다. 가주님의 명을 받아 세가의 무사들을 데리고 왔습니다."

중년 무사의 뒤로 십여 명의 모용세가 무사들이 조금 어색한 모습으로 서 있었다.

그도 그럴 것이 월문신룡을 보낸 월문에 비해 자신들의 전력이 너무 초라하기 때문이었다. 더군다나 그들을 이끄는 모용송은 나름 뛰어난 무인으로 인정받기는 하지만 모용세가의 적통이 아닌 방계의 인물이었다.

하지만 이장춘은 그런 모용세가 초라한 구원대를 전혀 홀대하지 않았다.

"모용 대협의 명성은 익히 듣고 있었소. 한번 만나 뵙고 싶었는데 잘 와주셨소. 환영하오!"

이장춘의 표정과 말투는 정중하기 이를 데 없어서 마치 모용송을 모용세가의 가주 대하듯 했다.

"별 볼 일 없는 일개 검객을 이렇게 환대해 주셔서 몸 둘 바를 모르겠습니다. 오늘 아침 세가에서 급히 전해온 전갈에 의하면 조만간 무룡 공자께서 추가 구원대를 이끌고 오신다고 합니다. 그때까지는 저희들이 최선을 다해 이가검문을 돕도록 하겠습니다."

자신들 전력의 초라함을 변명하듯 모용송이 말했다.

"아, 그렇소? 굳이 그럴 것까지는 없는데… 나로서는 모용 대협의 도움만으로도 감사할 다름이오. 이런! 귀한 분들을 너무 오래 밖에 세워 두었구려. 반가운 마음에 그만 실례를 했소이다. 모두 안으로 들어가십니다."

이장춘이 백유검과 모용송을 장원 안으로 이끌었다.

*　　　　　*　　　　　*

백유검이 손을 내려 강하게 검집을 움켜쥐었다.

사람들의 시선을 피해 한 행동이지만, 그의 어깨가 잘게 떨리는 모습을 이화검은 놓치지 않았다.

백유검이 그런 심리적인 동요를 보인 것은 이가검문이 그의 청혼을 완곡하게 거절했기 때문이 아니었다.

물론 이화검을 처음 보았을 때, 백유검은 새로운 유혹에 흔들렸다.

월문을 떠날 때 설우담에게 했던 약속, 자신은 어떤 여인을 만나도 마음을 빼앗기지 않을 거란 약속은 너무 쉽게 머릿속에서 지워졌다.

그저 정략혼의 상대라 여겼던 이화검을 보는 순간, 아름다우면서도 생기로 가득한 활달함에 설우담과는 전혀 다른 매력에 빠져들었던 것이다.

그리고 그런 호감은 자신에게 집착하는 설우담과 달리 자신과의 혼인을 완곡히 거절하는 이화검의 태도에 더욱더 강해졌다.

본래 사람은 자신을 거부하거나 혹은 갖지 못한 것에 강한 소유욕을 느끼게 마련이어서, 무림의 새로운 영웅으로 떠오른 자신을 거부하는 이화검이 오히려 매력적으로 느껴지는 백유검이었다.

그래서 어떡하든 이 혼인을 성사시키겠다고 마음먹고 있을 때, 그 불쾌한 이름을 들었던 것이다.

"지금… 칠선문이라고 하셨습니까?"

백유검만큼이나 당황한 장로 마건이 되물었다.

앞서 이가검문에 백문보의 사신으로 왔던 마건은 월문으로 돌아가지 않고 중도에 백유검과 합류해 다시 이가검문으로 돌아와 있었다.

"역시 아시는 문파구려. 칠선문의 젊은 대협들이 오래전 일이 기는 하나 월문과 적지 않은 인연이 있다고 하더니. 더 깊은 이야기를 하지 않아 궁금해하던 차였소. 칠선문과 월문은 대체 어떤 인연이 있소?"

이장춘이 호기심을 드러내며 물었다.

순간 말문이 막힌 마건이 자신도 모르게 백유검을 돌아봤다.

사실 이 질문은 월문의 입장에서는 너무 중요해서, 마건으로서도 함부로 대답할 수 없었다.

마건의 시선을 받은 백유검이 잠시 마음을 진정시킨 후 담담한 어조로 대답했다.

"오래전… 아버님께서 뛰어난 자질을 가졌지만 불행한 어린 시절을 보내던 일곱 명의 인재를 월문의 문도로 들이신 적이 있습니다. 그들은 아버님의 기대대로 훌륭한 무인으로 성장했고, 강호에선 그들을 칠랑이라는 별칭으로 불렀지요."

"월문칠랑!"

듣고 모용송이 아는 척을 했다.

"월문칠랑이라면 나도 들은 바 있소. 팔구 년 전에 잔마를 베고 만계지마 추격에 나섰다가 돌아오지 못했다고 알려진 그 사람들 아니오?"

이장춘이 물었다.

"그렇습니다. 바로 그들입니다. 사실 이 일에는 제가 설명 드리기 어려운 사건들이 엉켜 있습니다만, 간단히 사정을 말하면 당시 본문에서는 강호에 알려진 대로 칠랑이 만계지마 추격에 나섰다가 그에게 당해 죽었다고 생각했었습니다. 그래서 구원조차 포기했는데, 실제로는 죽은 것이 아니라 치열하게 탈출로를 찾고 있었지요. 당연히 그들은 위기에 빠진 자신들을 월문이 버렸다고 오해할 수밖에 없었을 겁니다."

"음……."

"그런 일이……."

장내의 사람들이 제각기 침음성을 흘렸다.

"그때 위기에 빠진 칠랑을 아마도 칠선문의 사람이 구한 듯합니다. 이후 칠랑은 월문을 떠나 칠선문의 사람이 되었고, 오랜 은거 끝에 최근 들어 다시 강호에서 활동을 시작한 것 같습니다. 얼마 전부터 북방에서 마련의 마인들을 주살했다는 칠랑의 소문이 부쩍 자주 들려왔었지요."

"음… 혹시 월문에서는 최근 그들을 만나보았소? 만나서 지난 오해를 풀 수도 있을 텐데……."

이장춘이 안타까운 표정으로 물었다.

"아버님께서… 얼마 전 조용히 만나긴 하신 모양입니다. 얼추 오해는 풀었지만, 이제 와서 과거로 돌아갈 수 없다는 것을 서로 인정할 수밖에 없었지요. 그때 월문이 칠랑을 구하지 못한 것도 부인할 수 없는 사실이고. 칠랑도 목숨의 은혜를 입어서인지 칠선문에 큰 애정이 있는 듯하고……."

백유검이 어두운 표정으로 말했다.

그의 속내는 복잡할 수밖에 없었다. 그가 하는 말 중 구 할은 거짓이었다.

그럼에도 불구하고 그는 이야기를 만들어낼 수밖에 없었다. 칠랑에 대한 진실을 말하는 순간 월문의 몰락이 시작될 것이기 때문이었다.

그리고 그에겐 한 가지 믿음이 있었다. 칠랑 역시 자신의 이야기를 부인하지 않을 것이란 믿음이었다.

칠랑이 칠선문을 앞세워 강호에 나왔다는 것은 숨어 살지 않겠다는 뜻이었다.

그럼 그들 역시 자신들이 육마의 무공을 수련했다는 것을 숨길 수밖에 없었다. 적어도 마도가 아닌 정파의 일원으로 살아가려면.

그렇게 보면 칠랑과 월문은 서로가 서로의 목줄을 잡고 있는 셈이었다.

"안타까운 일이오. 인연의 엇갈림이란 항상 오해에서 비롯되는 것이기는 하지만."

백유검의 말을 의심 없이 받아들인 이장춘이 진심으로 안타까운 듯한 표정을 지으며 말했다.

그러자 백유검이 조심스럽게 물었다.

"그들이… 이곳에 있습니까?"

"그렇소. 고맙게도 일월문의 도발이 끝날 때까지 본문을 돕기로 했소. 이미 두 번이나 본문을 위기에서 구해줬으니 본문에게는 정말 중요한 은인들이오. 다만, 번잡한 것을 싫어해 장원 외부에 거처를 마련했소이다."

"그렇군요. 하긴 예전부터 조용히 은거해 지내는 것을 좋아들 했었지요."

백유검이 고개를 끄떡였다.

한편으로는 마음이 놓이는 듯했다. 이런 자리에서 칠랑을 마주

한다는 것은 곤욕스러운 일이기 때문이었다.

그런 백유검의 속내를 알 리 없는 이장춘이 장내를 가득 메운 무림의 고수들을 보며 말을 이어 나갔다.

"오늘 이렇게 본문을 돕기 위해 와주신 강호 동도 여러분께 진심으로 감사드리오. 이가검문은 은원의 계산이 확실한 문파요. 오늘 본문에 도움을 주신 분들의 은혜는 결코 잊지 않을 것이오. 마침 점심때가 되었으니 오늘은 모두 함께 식사를 하시며 서로 안면을 익히는 것이 좋을 것 같소이다. 준비는?"

이장춘이 아우 이장룡에게 물었다.

"이미 준비되었습니다."

이장룡이 대답했다.

그러자 이장춘이 고개를 한 번 끄떡이고는 먼저 자리에서 일어나며 말했다.

"자, 함께 가십시다. 음식이 식으면 맛이 떨어지지요. 하하하!"

이장춘의 호탕한 웃음에 장내의 고수들도 웃음을 터뜨리며 이장춘을 따라나섰다.

*　　　　*　　　　*

"아가씨께서 이 시간에 어쩐 일이세요?"

동죽헌에서 시월과 곽부의 밥을 지어주는 찬모(饌母) 이항이 설거지를 마치고 부엌에서 나오다가 바쁘게 들어서는 이화검을 발견하고는 놀라서 물었다.

"식사는 끝났어요?"

이화검이 되물었다.

"그럼요. 벌써 끝났지요."

찬모 이항이 고개를 끄떡였다.

그때 방문이 열리면서 시월과 곽부가 대청마루로 나왔다.

"이 시간에 어쩐 일로……? 무슨 일이 있습니까?"

시월이 놀란 얼굴로 물었다.

보통의 경우 이화검은 저녁 식사 전후에 동죽헌에 들렀다. 낮에는 그녀가 처리할 일이 쌓여 있기 때문이었다.

그런 이화검이 한낮에 동죽헌을 찾아왔다는 것은 특별한 일이 있다는 의미였다.

"물어보고 싶은 게 있어서요."

이화검은 말을 돌리는 법이 없다.

"무엇을 알고 싶으시기에 이렇게 급하게 오셨을까?"

곽부가 미소를 지으며 되물었다.

"오늘 그들이 온 것, 아세요?"

"그들이라면……?"

"월문과 모용가의 사람들이요."

"그건 알고 있습니다."

시월이 고개를 끄떡였다.

찬모 이항은 거의 대부분의 시간을 동죽헌에 머물지만, 하루에 한 번은 이가검문 본가로 가서 신선한 음식 재료를 가져왔다.

시월과 곽부는 그런 찬모 이항에게서 검문의 소식을 듣고 있었다.

"월문 고수들을 이끌고 온 사람이 월문신룡 백유검 소문주라는 것도 아시죠?"

"그야 당연히 알죠."

"그가 시월 대협 등에 대해서 한 말이 있어서요. 그게 사실인
지 알고 싶어서 달려왔어요."

"음… 그가 우리 이야기를 했습니까?"

시월이 얼굴을 굳히며 물었다.

"먼저 이야기를 꺼낸 것은 아니고 아버님이 물어보셨어요."

"그래서 그가 뭐라던가요?"

곽부가 심술 난 사람처럼 물었다. 월문에 대해 결코 감정이 좋
을 리 없는 두 사람이었다.

두 사람의 표정이 그리 밝지 않은 것을 본 이화검이 살짝 긴장
한 표정을 짓다가 짐짓 밝은 표정으로 말했다.

"그런데 그 이야기를 이렇게 마당에 서서 말하라는 건가요."

"아, 이런. 어서 들어오세요."

시월이 놀라서 이화검을 얼른 동죽헌 안으로 들어오라 청했다.

그러자 이화검이 성큼 대청마루로 올라가 동죽헌 안으로 들어
갔다.

제 4장
—
갑작스러운 비무

　이화검은 동죽헌에 저녁까지 머물렀다. 이화검은 일단 동죽헌에 들르면 본가의 일을 잊는 것 같았다.

　지금 이가검문은 사방에서 모여든 무림인들을 대접하느라고 눈코 뜰 사이 없이 분주했다. 그중에서도 특히 이가검문주의 혈통인 사람들은 더욱 바쁘게 시간을 보내야 했다.

　방문객들은 이가검문주의 주요 인척을 만나는 것을 자신들에 대한 최고의 환대로 생각하기 때문이었다.

　그런데도 이화검은 동죽헌에 들르면 돌아갈 생각을 하지 않고 시월, 곽부와 이야기꽃을 피웠다.

　동죽헌에도 땅거미가 내려앉기 시작했다. 찬모 이향은 저녁 식사 준비를 시작했고, 시월 등이 들어 있는 방에 호롱불이 밝혀졌다.

　방에서는 다른 때와 마찬가지로 가끔씩 시끄럽지 않은 웃음소리가 흘러나오기도 했다.

그래도 그 웃음소리가 동죽헌 밖으로 흘러나가지는 않았다.

동죽헌을 둘러싸고 있는 대숲이 바람에 흔들리며 만들어내는 소리는 파도 소리 같아서 세상의 모든 소리를 흡수했다.

그래서인지 어느 틈엔가 동죽헌을 둘러싼 대숲에 나타난 사내가 움직이는 소리 역시 누구에게도 들리지 않았다.

촤아악 촤아악!

한 방향으로 쏠리다가 다시 일제히 다른 방향으로 방향을 바꿔 흔들리는 저녁 대숲의 어지러운 바람 소리 속에서 백유검이 서늘한 눈빛으로 동죽헌을 응시하고 있었던 것이다.

불이 밝혀진 방, 호롱불에 비친 세 사람의 그림자가 창가에 드리워져 있었다.

그리고 백유검 정도의 고수라면 대숲의 바람 소리를 뚫고 방안에서 흘러나오는 목소리들을 얼추 알아들을 수 있었다.

물론 시월 등이 굳이 목소리를 낮춰 이야기를 하지 않는 것도 그가 방안에서 나오는 소리를 들을 수 있는 또 하나의 이유였다.

"아무튼 그래서 지금 이렇게 대단한 무공을 갖게 된 것은 결국 칠선문의 힘이란 거죠?"

대숲에 백유검이 있다는 사실을 상상조차하지 못한 채 이화검이 시월에게 물었다.

"그렇죠. 만계지마 추격에서 큰 부상을 당한 이후 우리 사형제들은 모두 무공을 잃었으니까요. 그 이후에 다시 무공을 회복한 것은 모두 칠선문 덕분이죠. 무공 또한 월문을 떠날 때보다 훨씬 강해졌고요."

시월이 대답했다.

"그런데 정말 월문으로 돌아갈 생각은 안 하셨어요? 칠선문에서 몸을 회복한 이후에 돌아갈 수도 있었잖아요?"

이화검이 물었다.

시월과 곽부는 이화검이 달려와 전한 백유검의 이야기를 굳이 부인하지 않았다. 구 할이 거짓인 이야기지만 칠랑 역시 월문과 자신들 사이에 일어난 일들을 묻어두는 게 필요했기 때문이었다.

그런 면에서 보자면 백유검이 고맙기까지 한 시월이었다. 이야기를 아주 그럴듯하게 지어냈기 때문이었다.

"그즈음 우리는 한 가지 사실을 깨달았지요. 월문에서 우리 사형제들은 마치… 실체는 없고 그림자만 있는 존재였다는 것을요."

"무슨 의미죠?"

"각 문파마다 세상에 드러내지 않고 해야 할 일들이 있잖아요?"

시월이 이가검문에도 그런 일이 있지 않느냐는 듯 물었다.

이화검은 시월의 말을 금세 알아들었다.

"아, 그럼……"

"처음부터 우리 사형제들은 월문의 장원이 아니라 외부에 마련된 비밀 수련처에서 수련을 했지요. 그래서 월문의 문도 중에 우리 존재를 아는 사람보다 모르는 사람이 훨씬 많았어요. 그나마 잔마를 죽인 이후에는… 좀 알려졌지만. 그런데, 어둠은 해가 뜨면 사라지잖아요. 월문이 십대천문 같은 대문파로 성장하면 오히려 우린 더 깊은 어둠 속에 숨겨둬야 할 사람들임을 알게 된 거죠. 그래서 돌아가지 않은 거예요."

"…어려움에 처했을 때 구하러 오지 않았기 때문에 그런 생각이 굳어진 거군요?"

이화검이 얼굴을 굳히며 물었다.

"꼭 그래서라기보다… 월문의 문주께서 비루하게 살던 저희들을 제자로 들이고 무공을 가르쳐 주신 은혜는 대단한 것이죠. 하지만, 그 은혜는 우리 사형제가 여러 가지 일들을 해내는 것으로 충분히 갚았다고 생각했어요. 또, 월문에서 얻은 무공도 만계지마 추격전에서 모두 잃었으니, 더 이상 갚을 빚은 없다고 생각한 거죠. 대신 칠선문에 대한 애정과 의무감이 생겼고요."

시월이 차분하게 자신의 생각을 말했다.

사실 그의 말에는 거짓이 없었다. 배신으로 인한 이별이지만 월문에 대한 칠랑의 마음에는 애증이 섞여 있었다.

"월문은 정말 큰 실수를 했네요. 두 분 같은 고수들을 잃다니……."

"월문에는 재능 있는 문도들이 많으니 크게 아쉽지 않을 겁니다. 천하십대고수에 들었을지도 모른다는 월문신룡도 있고……."

시월이 담담하게 말했다.

"음… 무공이 대단해 보이긴 하더군요."

이화검이 말했다.

"그래서 생각이 변하셨나요?"

시월이 물었다. 백유검과의 혼인에 대한 질문이었다.

"아뇨. 오히려 이 혼사는 거절하는 것으로 생각을 굳혔어요."

"왜요? 훌륭해 보인다고 하셨잖아요?"

곽부가 짓궂게 물었다.

"누가 사람이 훌륭하다고 했나요? 무공이 대단해 보인다고 했

지. 그리고 혼인을 무슨 무공의 고하로 결정하나요? 마음이 통해
야지."

"그야 만나봐야 아는 거잖아요?"

곽부가 다시 물었다.

그러자 이화검이 고개를 저었다.

"만나보나마나 저하고는 맞지 않을 것 같아요."

"왜요?"

곽부가 다그치듯 물었다.

"그냥… 역시, 그에게 이미 부인이 있다는 사실이 가장 크죠.
그런 상황에서 아무리 월문주님의 뜻이라 해도 정략혼에 동의하
고 이곳으로 왔다는 게… 월문에 있는 그의 부인은 얼마나 마음
이 아프겠어요."

"…그야 그렇겠죠."

곽부가 씁쓸하게 말했다.

곽부로선 설우담이 그런 아픔쯤은 당연히 겪어야 한다고 생각
하고 있었다. 사형 소후가 설우담의 배신으로 받은 충격과 아픔에
비할 바가 아니기 때문이었다.

"그리고 월문에 대한 느낌이… 그리 유쾌하지 않아요. 본문의
위기를 이용하려고 했다는 것도 그렇고. 또……."

"월문과 저희들의 관계 때문에요?"

곽부가 물었다.

"그야 뭐……."

이화검이 굳이 부인하지 않았다.

그녀로서는 젊은 제자들을 위기에서 구하지 않고 버려둔 월문

의 처사가 납득이 되지 않는 모양이었다.

"그 외에 또 다른 이유는 또 없습니까?"

곽부가 추궁하듯 계속 질문을 이어갔다.

"그냥 마음이 동하지 않은 거지 다른 이유가 또 뭐가 있겠어요?"

"정말요?"

"대체 무슨 대답을 듣고 싶은 거예요?"

그제야 곽부가 자신에게 듣고 싶은 대답이 따로 있다는 것을 눈치챈 이화검이 정색을 하며 물었다.

그러자 곽부가 잠시 뜸을 들이다가 조심스럽게 물었다.

"혹시… 혹시 말이죠. 다른 사람이 마음속에 들어온 건 아닌가요?"

순간 이화검의 눈동자가 크게 흔들렸다. 얼굴에는 당황한 빛도 역력하다.

"맞죠?"

곽부가 여유를 두지 않고 이화검을 추궁했다.

그러자 이화검이 갑자기 자리에서 벌떡 일어났다.

"그만 가봐야겠어요. 너무 오래 있었군요. 손님을 접대하는 일로 가문의 모든 사람들이 모두 바쁜데!"

갑작스레 작별을 고하고 이화검이 급하게 방문을 열고 나갔다.

"어어! 아직 대답하지 않았잖아요!"

곽부가 황급히 따라 나가면서 이화검을 잡으려 했다.

그러자 시월이 얼른 곽부의 앞을 막아섰다.

"사형! 그만하세요. 장난이 지나치세요."

"아니, 장난이 아니라."

"아이고 참, 정말 그만하시라니까요. 이 여협이 불편해 하시잖아요."

"…그래도 궁금한 건 궁금한 거지."

곽부가 퉁명스레 말했다.

그러고는 이미 동죽헌 마당에 내려선 이화검에게 소리쳤다.

"혹시 마음속에 들어온 사람이 시월인가요?"

순간 이화검이 몸을 움찔하면서 잠시 걸음을 멈췄다가 이내 도망가듯 동죽헌을 벗어났다.

"사형! 왜 그런 걸 물어요?"

시월이 정색을 하며 화를 냈다.

그러나 그런다고 주눅들 곽부가 아니었다.

"너 봤냐?"

"뭘요?"

시월의 퉁명스럽게 되물었다.

"내가 너냐고 물었을 때 이 여협이 잠시 몸을 움찔거렸어. 당황한 듯 말이지. 그 말은 결국 이 여협 마음에 들어온 사람이 너란 뜻이지. 내가 짐작했듯이."

곽부가 득의한 표정으로 말했다.

"글쎄, 그런 허황된 말은 그만 좀 하라니까요? 아무리 우리가 이가검문을 도왔다고 해도 너무 무례하잖아요."

시월이 곽부를 타박했다.

"무례하긴! 오히려 고마워할걸?"

"그건 또 무슨 소리에요?"

"생각해 봐. 널 좋아한다는 말을 본인 입으로 하기 쉽겠어? 그런데 내가 그 말을 대신해 줬으니 얼마나 고맙겠니. 그래서 도와준 김에 내가 조금 더 이 여협을 도와드려야겠다."

곽부가 다부진 표정으로 말했다.

"또 무슨 일을 벌이시려고요?"

"일을 벌이는 것은 아니고! 네 대답도 들어야겠다는 거야. 넌 언제?"

"제가 뭐요?"

"너도 이 여협이 마음에 들어?"

"…이 여협 같은 분을 좋아하지 않을 사람이 있겠어요?"

"젠장, 그런 말이 아니잖아!"

곽부가 소리를 질렀다.

"몰라요. 사형이랑은 더 이상 말하지 않을랍니다!"

시월이 얼른 몸을 돌려 방으로 들어갔다.

"흐흐흐, 저 녀석 보게? 저 녀석도 이 여협을 좋아하는 게 분명해. 어떤 일이 있어도 당황하지 않는 녀석인데… 흐흐흐, 자, 그럼 이제 어떻게 이 둘을 엮어주나? 둘 다 그런 쪽에서는 쑥맥인데. 흐흐흐."

곽부가 능글맞은 웃음을 흘리며 시월을 따라 방으로 들어갔다.

*　　　　*　　　　*

"후우……."

대숲으로 나온 이화검이 길게 한숨을 내쉬었다. 그녀의 얼굴이 다른 때와 달리 붉게 상기되어 있었다.

걸음을 멈춘 이화검의 시선이 동중헌으로 향했다.

귀 역시 동죽헌 방향을 향해 열려 있었다. 동죽헌에서 시월과 곽부가 나누는 이야기를 듣고 싶어 하는 것 같았다.

그러나 시월과 곽부가 방으로 들어간 이후에는 더 이상 두 사람의 대화가 들리지 않았다.

"에이, 괜히 나왔나? 그냥 물어볼걸. 그게 나다운 건데……."

이화검이 투덜거렸다.

동죽헌에서 도망치듯 달려 나온 것을 후회하는 듯한 모습이다.

그러나 이화검이 이내 고개를 저었다.

"아냐, 잘 나왔어. 너무 흥분해서 엉뚱한 말을 할 수도 있었으니까. 그나저나 시월 대협도 내가 싫지는 않다는 거지? 날 좋아하긴 한다고 했으니까. 흐흠……!"

갑자기 이화검이 기분이 좋아졌는지 콧노래를 흥얼거리기 시작했다. 그러고는 이가검문 본가를 향해 걷기 시작했다.

"겨우… 시월 녀석 때문이었다는 건가?"

우직!

백유검이 대나무를 잡고 있던 손에 힘을 주자 대나무가 마른 풀처럼 바스러졌다. 그의 내공과 분노를 여실히 보여주는 모습이다.

백유검의 시선은 시월과 곽부가 있는 동죽헌을 향해 있었다. 그의 눈에서 질투로 인한 적의가 일렁인다.

백유검 역시 이화검을 만날 때까지는 그녀와의 정략혼에 대한 욕심이 그리 크지 않았다.

그녀를 본 적도 없었으므로 아버지 백문보의 계획에 따르는 것 이외의 의미가 없는 혼사였다.

그런데 그녀를 만나는 순간 모든 것이 변했다. 그 자신도 이해할 수 없는 변화였다. 처음 본 여인에게 이렇게 강한 집착을 느끼는 자신이 당황스럽기도 했다.

하지만 이화검에 대한 자신의 감정은 부인할 수 없었다. 어쩌면 그는 그동안 설우담을 힘들어하고 있었을 수도 있었다. 아름답다는 것을 제외하면, 설우담은 백유검을 꽤나 힘들게 하는 사람이기 때문이었다.

그런데 이화검은 설우담과는 다른, 청량한 바람을 만난 것 같은 느낌을 백유검에게 주었다.

그런데 그 이화검이 자신과의 혼사를 거절하고 있었다. 그리고 이유가 시월 때문이라는 것을 알게 되자 시월에 대한 적의를 누를 수 없는 백유검이었다.

그 분노 때문에 지금 그에게 시월과 칠랑이 월문에 의해 비참하게 버려졌다는 생각은 아예 없었다.

다만 그에게 시월은 이화검과의 혼인을 방해하는 장애물일 뿐이었다.

그래서 그 장애물만 치우면 이화검이 즉시 자신의 여자가 될 것 같은 생각이 드는 백유검이었다.

"시월, 나 백유검은 감히 네놈이 오르지 못할 나무라는 것을 가르쳐 주마!"

백유검이 살기까지 드러내며 동죽헌을 향해 걸어가기 시작했다.

*　　　　*　　　　*

　"정말 나랑 말 안 할 거야? 시월! 그렇게 화만 낼 게 아니라니까? 내 말을 좀 들어봐! 이가검문의 사위가 된다는 것은……! 왜?"

　입을 닫은 시월에게 계속해서 말을 걸던 곽부가 갑자기 시월이 손을 들어 올리며 말을 막자 뭔가 이상하다는 것을 눈치채고 되물었다.

　"누가 왔어요."

　시월이 나직하게 말했다. 긴장한 기색이 역력하다.

　동죽헌에 손님이 올 수도 있었다. 그러나 시월의 모습은 손님이 아니라 적의 기척을 느낀 듯한 모습이다.

　그 모습에 놀란 곽부가 감각을 끌어올려 창문 밖을 살폈다. 그러다가 문득 얼굴을 굳히며 중얼거렸다.

　"대단한데?"

　창 밖에서 밀려드는 기세가 대담한 곽부까지 긴장하게 만들었다.

　방문객은 고수고, 이런 기세를 뿌린다는 것은 두 사람에게 적대감을 갖고 있다는 의미였다.

　"동죽헌은 이가검문의 건물인데 이곳까지 와서 우릴 공격하려는 인간들이라면 한 곳 밖에 없죠."

　"일월문?"

　시월의 말에 곽부가 되물었다.

　"예. 그런데… 조금 이상하군요. 마기는 아닌 것 같은데……."

시월이 고개를 갸웃했다.

그러자 곽부가 자리를 털고 일어나며 말했다.

"고민할 게 뭐가 있어. 만나보면 되지!"

웅!

곽부가 옆에 놓아두었던 도끼를 들어 한 차례 허공에 휘두른 후 문을 열고 대청으로 나갔다.

"……."

"……."

대청으로 나온 시월과 곽부가 잠시 말을 잃었다. 달빛이 내리는 마당에 서서 자신들을 바라보고 있는 인물은 그들의 예상과는 전혀 다른 인물이기 때문이었다.

하지만 모르는 사람은 아니다. 아니, 오히려 너무 잘 알고 있는 사람이었다.

월문의 소문주 월문신룡 백유검, 그가 차가운 시선으로 시월과 곽부를 바라보고 있었다.

"후우… 이것 참, 정말 불편한 손님이군."

백유검을 마주한 후 한동안 말이 없던 곽부가 한숨을 내쉬며 중얼거렸다.

"웬일이십니까?"

시월이 백유검에게 물었다.

"내가 오지 못할 곳에 온 것이냐?"

적의가 느껴지는 목소리로 백유검이 물었다.

"…오지 못할 곳은 아니지만, 만나서 유쾌한 사이는 아니지요."

시월이 담담하게 대답했다.

그러자 백유검이 차갑게 말했다.

"나 역시 너희들을 보고 싶은 생각은 없었다. 다만! 너희들이 월문의 이름을 들먹이며 본문을 난처하게 만들고 있으니 찾아오지 않을 수 없었다."

"저희가요?"

시월이 되물었다.

"기왕에 도망을 갔으면 조용히 숨어 살지 왜 강호로 나와 본문과의 인연을 들먹이느냐. 그로 인해 월문이 곤경에 처하길 바라는 것이냐?"

백유검이 따지듯 물었다.

"생각보다 그 곤경을 잘 벗어나셨더군요. 그럴듯한 재미있는 과거를 만들어내셨고… 덕분에 저희도 고민이 줄었습니다. 그런데 이가검문에서는 소문주님의 이야기를 전혀 의심치 않는 것 같던데… 뭐가 문제입니까?"

시월이 담담한 말투로 물었다.

칠랑과 월문과의 관계를 지어서 둘러댄 백유검의 행동을 칭찬하는 것인지 비난하는 것인지 알 수 없는 말투다.

"그러니까 왜 이런 번거로운 일을 만드느냐는 것이다. 당장 검문을 떠나거라!"

"……"

"……"

검문을 떠나라는 백유검의 호통에 시월과 곽부의 말문이 막혔다.

두 사람은 자신들을 배신한 백유검이 버젓이 눈앞에 나타난 것도 믿기 힘든 일이었지만, 월문의 죄악을 덮어 두고, 마치 지금도 두 사람이 월문의 문도인 것처럼 호통치는 백유검의 행동을 이해할 수가 없었다.

"혹시… 어디가 아프신 거요? 아니면, 정신이 이상해진 것이오?"

곽부가 조롱이 아니라 정말 그럴지도 모른다는 생각을 하며 물었다.

"이놈! 미치다니! 너 따위가 감히 날 모욕하느냐?"

백유검이 노기를 감추지 않고 소리쳤다.

"아니, 그렇게 화만 낼게 아니라 이치가 그렇지 않소. 우리 칠랑을 배신하고, 그 미친 늙은이에게 던져준 것이 당신들인데. 이렇게 버젓이 나타나서 뻔뻔하게 우리에게 화를 내고 있으니. 이게… 정상적이 사람이라면 할 수 있는 행동이오? 소문주, 정말… 괜찮은 거요?"

곽부가 진심으로 걱정이 된다는 듯 물었다.

"네놈이 날 조롱하는구나. 내가 네놈 따위에게 조롱당할 사람으로 보이느냐?"

"조롱이 아니라 정말 걱정이 돼서 하는 말이오. 만약 제정신으로 한 말이라면 잘 들으시구려. 우린 이곳을 떠날 생각이 없소."

"정녕 이곳에 남아 계속 월문의 일을 방해하겠다는 말이냐?"

백유검이 지나치게 흥분한 모습으로 호통을 쳤다.

그러자 시월이 침착하게 말했다.

"이해할 수가 없군요. 우리와 월문의 관계는 이미 소문주께서 이가검문주에게 그럴듯하게 설명하셨고. 우리가 이곳에 있는 것은 이가검문을 돕기 위해서인데, 그게 왜 월문의 일에 방해가 된다는 겁니까? 설마, 이가검문이 일월문에게 패하는 걸 바라시는 겁니까?"

"그게 아니라! 네놈들 때문에 나와 이 소저의……."

말을 하다 말고 백유검이 입을 닫았다. 자신도 모르게 숨기고 싶은 속마음이 드러나고 만 것이다.

그러자 유심히 그를 바라보고 있던 곽부가 갑자기 키득거리기 시작했다.

"크크큭! 아, 이제야 알겠네. 소문주가 왜 이렇게 화가 났는지. 그런데! 그런 말을 하는 것이 우담에게 미안하지도 않소?"

키득거리던 곽부가 갑자기 얼음처럼 차가운 어조로 물었다.

백유검이 두 사람을 찾아와 이가검문을 떠나라고 강요하는 이유가 이화검 때문이라는 것을 알았기 때문이었다.

백유검이 어떻게 그의 정략혼이 거절된 이유 중 하나가 시월에 대한 이화검의 마음 때문이란 것을 알았는지는 알 수 없었다.

그러나 그 이유로 시월과 자신에게 화가 난 것은 분명했다.

"네놈이 감히… 날……."

"소문주! 욕심 좀 그만부리시오. 남의 여자 빼앗는 것이 소문주의 주특기인 것은 알고 있지만, 상대가 이가검문의 따님이라면 좀 다르지 않겠소? 특히 이 여협은 자신의 운명을 스스로 결정할 힘이 있는 사람이오. 소문주가 욕심 부린다고 차지할 수 있는 분이 아니란 말이오."

곽부가 냉정하게 말했다.

"그만 돌아가시지요. 비록 외진 곳이기는 하나 사람들의 눈이 없는 것은 아닙니다."

시월이 흥분한 백유검에게 냉정하게 충고했다.

그러자 백유검도 순간 퍼뜩 정신을 차렸다. 시월 말대로 주변에 눈과 귀가 없다고 장담할 수 없었다.

비록 시월과 곽부의 식사를 차려주는 찬모가 잠시 자리를 비웠다지만 언제든 돌아올 수 있었다.

혹은 동죽헌에 머무는 손님에 대한 소문이 이가검문에 파다하니 시월과 곽부에게 호기심을 느낀 사람들이 와볼 수도 있었다.

그런 생각이 들자 백유검이 자신도 모르게 주변을 살폈다. 어둑한 대숲에 달빛만 고고하다.

"돌아가시지요."

시월이 다시 한번 충고했다.

그러자 백유검이 잠시 시월을 노려보다가 물었다.

"결국 떠나지 않겠다는 것이냐?"

"이가검문과 약속을 했고, 또 이번 일을 기회로 칠선문의 이름을 무림에 알릴 생각이어서 소문주님이 원하는 대로 할 수는 없군요."

"칠선문을 무림에 알려?"

"좋은 기회지요. 칠선문이라는 은거 문파를 세상에 알릴 수 있는… 특히 칠선문이 마련을 상대로 싸우는 정파일문이란 사실을 사람들에게 각인시키기에는 말입니다."

"…그래서 무림의 패권에라도 도전하겠다는 것이냐?"

백유검이 비웃듯 물었다.

그러자 시월이 고개를 저었다.

"무림의 패권 같은 것은 우리 관심사가 아니죠. 다만… 혹시 있을지도 모르는 누군가의 모함과 공격에서 자유로워지고 싶을 뿐. 정파일문으로 명성을 얻게 되면 누구든 칠선문을 함부로 공격하거나 모함하지 못할 것 아닙니까?"

시월이 담담하게 말했다.

그 누군가가 바로 월문과 운중오문을 말하는 것임을 모를 리 없는 백유검이다.

그리고 그제야 그는 칠랑이 칠선문이라는 이름으로 이가검문을 돕는 이유를 명확하게 알게 되었다.

"그런 허명이 너희들을 지켜줄 것 같으냐?"

백유검이 겁박하듯 물었다.

"물론 정파일문의 명성을 얻는 것만으로 우리가 안전할 수는 없겠지요. 거기에 더해 우리 자신을 지킬 힘이 있어야겠지요. 그런데 그 힘은… 아시다시피 지금도 충분한 것 같습니다."

"충분? 후후후! 시월, 오만하구나. 아니면 아직 철이 덜 든 것이든지."

"글쎄요. 소문주님의 판단을 뭐라 할 수는 없지만, 저와 사형들은 이제는 자신이 있습니다만……."

"증명해 보겠느냐?"

백유검이 눈빛을 번쩍이며 물었다.

순간 시월은 백유검에게서 강렬한 전의를 느꼈다. 혹은 시월 자신에 대한 적의인지도 모른다.

"…여기서 말입니까?"

"좋지 않느냐? 조용하고……."

"정말 사람들 눈이 두렵지 않으신가 보군요?"

시월이 다시 물었다.

"후후후, 무인에게 비무란 언제든 일어나는 유흥 같은 일이지. 우리 두 사람이 비무를 한다고 해서 이상할 것은 없지 않느냐? 하물며 과거 함께 무공을 수련하기도 했는데……."

"…대체 왜 비무를 하시려는 겁니까?"

단순히 무공을 겨루기 위함이 아니라는 것은 분명했다.

"비무에서 패하면 너희들은 이가검문의 일에서 손을 떼고 당장 이곳을 떠나거라!"

백유검이 차갑게 말했다.

"후우… 만약 소문주께서 패하신다면 어쩌시겠습니까?"

"그럴 일은 하늘이 무너져도 일어나지 않는다."

"만약에 말입니다. 만약에 그런 일이 벌어지면 어쩌시렵니까?"

시월이 다시 물었다.

"…뭘 원하느냐?"

"마침 강호인들이 이가검문에 모여 있으니, 세상에 우리 일곱 사형제에 대해 사죄의 말씀해줄 수 있습니까?"

"뭐?"

"과거 한 일에 대한 사죄 말입니다. 물론… 소문주께서 말씀하신 그 이야기를 바탕으로 해야겠지요. 우리 일곱 사형제를 사지(死地)에 두고도 구원조차 오지 않은 월문의 잘못에 대한 사죄 정도면 족합니다만……."

시월이 깊은 눈으로 백유검을 보며 물었다.

단순한 조건 같지만 절대 단순하지 않은 일이란 걸 백유검도 알고 있다.

사죄를 하는 순간 월문이 칠선문을 공격하는 일은 극히 어렵게 된다.

은밀히 공격한다 해도 혹시 그 일이 세상에 알려지면 한순간에 월문의 명예가 나락으로 떨어질 것이기 때문이었다.

그런데 절대 수락할 수 없는 조건임에도 불구하고 과연 이 조건을 받을 수 있겠냐는 듯 자신을 바라보는 시월과 시선을 마주치는 순간 백유검이 자신도 모르게 대답했다.

"좋다. 그렇게 해주겠다."

거절하는 것은 곧 자신이 시월에게 패할 수도 있다는 것을 인정하는 것이기에 백유검의 자존심이 시월의 조건을 승낙하게 만든 것이다.

"좋습니다. 그럼 소문주께 한 수 배우지요!"

탁!

시월이 가볍게 대청마루를 발로 찼다. 순간 그의 몸이 허공으로 떠오르더니 미끄러지듯 동죽헌의 마당에 내려섰다.

그 가벼운 움직임에 백유검의 눈빛이 살짝 흔들렸다. 하지만 그렇다고 두려움을 느낀 것 같지는 않았다.

"지난번에는 다만 운이 좋았다는 것을 알게 될 것이다."

자신 앞에 내려선 시월을 보며 백유검이 말했다.

칠랑이 잠룡동을 탈출할 때 한 번 충돌했던 두 사람이다.

하지만 당시에는 서로 전력을 다해 싸우기에는 위험부담이 커서 두 사람 모두 싸움을 뒤로 미뤘었다.

"글쎄요. 누가 운이 좋았던 건지는 오늘의 결과가 말해주겠지요."

"후후… 정말 하늘 높은 줄 모르는군. 좋아! 시작하자!"

스릉!

백유검이 검을 빼 들었다.

그러자 시월이 손을 들어 대숲을 가리키며 말했다.

"대숲으로 장소를 옮기죠. 여기서 비무를 하다 자칫 동죽헌에 피해가 발생할 수도 있으니……"

"좋아. 대숲에서라면 거리낌 없이 싸울 수 있을 테니."

백유검이 순순히 동의한 후 훌쩍 대숲을 향해 몸을 날렸다.

*   *   *

후우웅!

대나무 숲에 들어오자 밤바람 소리가 한결 강해졌다. 바람을 맞은 대나무들이 활처럼 휘어져 파도처럼 움직인다.

그 안에서 시월과 백유검이 마주섰다.

조금 떨어진 곳에서 곽부가 두 사람을 긴장한 채 바라보고 있었다.

시월의 무공을 믿기는 하지만, 그래도 상대는 천년화정을 복용한 당대 최고의 후기지수 월문신룡 백유검이다.

더군다나 곽부는 월문에서 버려진 후 백유검의 무공을 제대로 본 적이 없었다.

소문은 언제나 부풀려진다고 하지만 그렇다고 모두가 허황된 것도 아니다. 특히 무공은 언제나 명확한 흔적을 남기는 법이어서 백유검이 강호 최고의 후기지수로 꼽히는 데는 다 그럴 만한 이유가 있을 터였다.

그런데 곽부의 걱정과 달리 시월의 표정은 담담했다. 백유검을 상대하는데 전혀 긴장하지 않은 것 같았다.

그리고 그런 시월의 모습이 백유검의 자존심을 건드려대고 있었다.

"언제까지 그렇게 오만한 얼굴을 할 수 있는지 보겠다."

백유검이 시월을 노려보며 씹어뱉듯 말을 던지고는 가볍게 땅을 찼다.

곽!

백유검의 발끝에서 흙 부스러기들이 패여 올라오는 순간 어느새 백유검은 이미 시월의 눈앞에 도착해 있었다.

팟!

백유검의 검에서 뻗어 나온 푸른색 검기가 창(槍)처럼 시월을 찔러 들어갔다. 비무라고 하지만 전혀 비무 같지 않은 살벌한 공격이다.

검기에 닿는 순간 시월의 몸은 꿰뚫리고 말 것이다.

시월이 우측으로 발을 옮겼다. 순간 그의 몸이 대나무들 사이로 사라졌다.

"놈!"

백유검이 욕설을 뱉어내며 들고 있던 검을 손 안에서 빙글 돌렸다. 그러자 검기의 끝이 마치 채찍처럼 요란하게 좌우로 흔들렸다.

좌악!

좌우로 흔들리는 백유검의 검기에 대여섯 개의 굵은 대나무들이 잘려나갔다.

그리고 검기는 어느새 시월의 목을 향해 닥쳐들었다.

시월은 자신의 목을 베어 오는 백유검의 검기를 바라보며 가볍게 자세를 낮췄다.

팟!

백유검의 검기가 시월의 머리 위를 아슬아슬하게 스치고 지나갔다.

순간 시월이 잘려 나간 대나무들의 밑둥 사이를 바람처럼 스쳐 지나가며 검을 사선으로 쳐올렸다.

번쩍!

대숲 위에 올라온 달을 찌르듯 솟구치는 시월의 검이 푸른 달빛을 받아 눈부신 검광을 뿌렸다.

"흡!"

시월을 몰아붙이던 백유검이 한순간 강렬한 검광에 눈이 부셔 훌쩍 뒤로 물러났다.

그러자 시월이 허공으로 떠오르면서 백유검을 향해 다시 한번 검을 흩뿌렸다.

파파팟!

시월의 검에서 흘러나온 짧게 끊어진 검기들이 유성처럼 백유검을 향해 몰려갔다.

"이놈!"

전신을 파고드는 시월의 검기들을 보며 백유검이 이를 갈았다. 그러면서 두 발을 강하게 땅에 박아 넣은 후 검을 사선으로 그어 올렸다.

웅!

백유검의 검에서 강렬한 검음이 일어나더니 허공에 둥근 만월을 그려냈다. 그렇게 만월의 모양을 만든 검기가 백유검의 몸 전체를 휘감았다.

카카캉!

만월 모양의 백유검의 검기와 시월의 유성 같은 검기들이 날카로운 소리를 내며 충돌하더니 사방으로 불꽃을 튕겨냈다.

그 찰나에 순간에 벌어진 눈부신 격돌 이후 시월이 재빨리 사오 장 뒤로 물러났다.

만월의 검기를 만들어냈던 백유검 역시 반격하지 않고 제자리에서 거칠어진 숨을 골랐다.

"만월검을 완성하셨군요!"

시월이 숨을 고르는 백유검을 보며 말했다.

"본문의 성하검을 쓰다니 염치가 없구나!"

백유검이 대꾸했다.

"배운 무공을 버릴 수는 없지 않습니까?"

시월이 대답했다.

"만약 네 무공이 성하검이 전부라면 넌 절대 날 이길 수 없다. 애초에 성하검은 만월검을 능가할 수 없는 검법이니까."

백유검이 경고했다.

"당연하지요. 만월검은 월문 직계 혈통에게만 전수되는 비전이고, 성하검은 문주의 제자들이나 뛰어난 문도라면 누구나 배울 수 있는 검법이니까 그 위력의 차이는 당연히 존재하겠지요. 하지만 걱정 마십시오. 성하검은 그저 제가 알고 있는 수많은 무공 중 하나일 뿐이니까요."

시월이 담담하게 대답했다.

"그래? 그럼 다른 무공을 구경할까?"

웅!

힘을 회복했는지 백유검이 다시 검에 진기를 주입했다.

그러자 그 즉시 백유검의 검이 푸른 광채에 휘감겼다. 그리고 백유검이 다시 시월을 향해 폭사했다.

콰아아!

시월에게 달려들며 휘두른 백유검의 검이 재차 밤하늘에 만월을 그려냈다.

쩌저적!

백유검의 검기가 앞을 막는 대나무들을 모두 잘라내며 시월을 향해 떨어졌다.

하늘에 떠 있던 달이 자신을 향해 떨어지는 듯한 느낌을 받으며 시월이 몸을 틀었다.

퍽!

백유검의 검기가 시월을 스치며 땅에 박혔다. 그러나 다음 순간 백유검의 검기가 우측으로 밀려오면서 파도처럼 시월을 덮쳤다.

순간 시월이 검을 들지 않은 손으로 잘려 나간 대나무 기둥을 집어 들더니 그 끝을 땅에 박고 대나무의 탄력을 이용해 훌쩍 허공으로 솟구쳐 올랐다.

"잔재주는 통하지 않아!"

백유검이 대나무에 의지해 하늘 높이 떠오르는 시월에게 소리치며 시월이 의지한 대나무 기둥을 잘라 버렸다.

순간 시월이 허공에 정지한 듯 멈춰서더니 잘린 대나무를 들어 올려 아래에서 자신이 떨어지길 기다리는 백유검을 향해 창처럼 내리꽂았다.

콰아!

시월의 손을 떠난 대나무가 날카로운 창으로 변해 백유검의 심장을 파고들었다.

대사형 무광의 십전마공과 소후에게 배운 창술을 뒤섞은 이 공격은 순식간에 백유검을 위기에 빠뜨렸다.

그 강렬하고 변화무쌍한 움직임은 대나무임에도 불구하고 백유검을 위협하기에 충분했다.

"이놈!"

백유검이 당황하면서도 검을 휘둘러 눈부신 검광을 뿌렸다.

파파팟!

백유검이 만든 만월검의 검기가 시월이 던진 대나무를 여러 조각으로 잘라냈다.

그런데 그렇게 잘려 나갔음에도 불구하고 가장 뒤쪽에 남은 대나무 조각은 여전히 힘을 유지한 채 백유검의 심장으로 꽂혀 들었다.

"웃!"

백유검이 다급한 음성을 흘리며 재빨리 몸을 옆으로 굴렸다. 순간 대나무 조각이 아슬아슬하게 백유검의 등을 스치고 지나갔다.

지익!

백유검의 옷자락이 길게 찢어지면서 그의 등에 혈선이 그어졌다.

백유검은 반격할 여유를 찾지 못하고, 다시 몇 차례 몸을 굴려 사오 장 뒤로 물러났다.

그러고는 마치 들짐승처럼 튕겨 오르며 검을 들어 자신의 앞을 막았다.

다행히 시월은 백유검이 땅을 구르는 동안 더 이상의 공격을 하지 않았다.

시월은 땅에 내려선 채 덤덤한 시선으로 백유검이 땅을 굴러 뒤로 물러난 후 급하게 몸을 일으켜 세우는 광경을 바라보고 있을 뿐이었다.

그 사실을 알아채는 순간 백유검의 얼굴이 붉게 달아올랐다. 무인으로서 치욕적인 모습을 보였다는 사실에 참을 수 없는 수치심이 몰려든 것이다. 그리고 그 수치심은 시월을 향한 강렬한 살의(殺意)로 변했다.

"오늘… 널 반드시 죽이고 말겠다!"

백유검의 입에서 살기 가득한 목소리가 흘러나왔다.

"비무일 뿐인데 지나치게 흥분하시는군요."

시월이 차갑게 응수했다. 그 침착함이 백유검을 더욱 흥분시켰다.

"후후, 비무? 너도 알고 나도 아는 사실은 월문과 너희들이 언젠가는 생사결로 악연의 끝을 봐야 한다는 것이다. 그걸 부인할 만큼 순진하지는 않겠지?"

"왜 그래야 합니까? 서로 다른 길을 가면 그뿐인데? 우리 사형제가 배신당한 원한을 잊겠다지 않습니까?"

시월이 이해할 수 없다는 듯 물었다.

"그건… 무림의 일이란 후환을 남길 수 없는 것이기 때문이다. 아버님은 그런 상태를 용납하지 않는 분이란 걸 모르느냐?"

백유검이 살기를 거두지 않고 말했다.

"그래서 꼭 오늘 절 죽이시겠다는 겁니까? 다른 곳도 아닌 이가 검문에서?"

"비무를 하다 보면 종종 사람이 죽기도 하지……."

오늘 시월이 죽어도 아무런 문제가 될 게 없다는 듯 백유검이 대답했다.

그러자 시월이 가만히 백유검을 바라보다 고개를 끄떡였다.

"그렇군요. 저는 미처 그 생각을 못했습니다. 비무를 하다 누군가 죽어도 충분히 변명이 될 수 있다는 사실을… 그럼 다시 시작해 볼까요?"

시월이 마치 죽는 사람은 자신이 아니라 백유검일 거라는 듯 검을 들어 백유검을 겨눴다.

순간 백유검의 눈빛이 흔들렸다. 검을 들어 자신을 겨누는 시월의 모습이 지금까지와는 완전히 달랐기 때문이었다.

마기라고도 할 수 없고, 아니라고도 할 수 없다. 다만 사람의 심장을 얼려 버릴 것 같은 냉정함이 느껴지는 기운이 시월로부터 흘러나왔다.

시월과 백유검의 거리는 육칠 장, 절대 한 번의 도약으로는 닿을 수 없는 거리다. 그럼에도 불구하고 백유검은 시월이 검을 휘두르는 순간 자신의 심장이 베어질 것 같은 공포감에 사로잡혔다.

그래서 검을 든 손에 손잡이를 부술 듯 강한 힘이 들어갔고, 검 끝은 미세한 잔떨림으로 인해 아지랑이처럼 검기가 피어올랐다.

백유검은 감히 시월을 향해 전진하지 못했다. 시월에 대한 살의(殺意)는 여전했으나, 시월이 뿜어내는 정체불명의 기운에 대한 두려움이 그의 몸을 굳게 만들었다.

백유검이 움직이지 않자 시월이 먼저 움직였다. 그는 느리지도 빠르지도 않게 백유검을 향해 걸어갔다.

저벅저벅!

고수의 발자국 소리라고 생각하기에는 지나치게 투박한 소리가 흘러나왔다.

하지만 백유검은 그런 무심한 시월의 발걸음이 더더욱 두렵게 느껴졌다. 시월이 전혀 긴장하고 있지 않다는 의미기 때문이었다.

촤아악!

시월의 움직임에 따라 대나무들도 같은 방향으로 고개를 기울이는 듯했다. 마치 시월에게서 흘러나오는 기운들이 대숲의 움직임까지 통제하는 것 같았다.

대숲이 기울어지자 하늘에서 내려오던 달빛도 가려졌다. 그러자 한순간에 대숲이 어둠에 휩싸였다. 오직 시월과 백유검의 검에서 흘러나온 검광만이 어둠속에서 번쩍였다.

백유검의 오 장 안쪽으로 들어온 시월이 검을 사선으로 기울였다. 공격과 방어가 모두 가능한 기수식이다.

"후욱, 후욱!"

긴장한 백유검의 입에서 자신도 모르게 거친 숨소리가 흘러나왔다. 마치 수백 초를 겨룬 사람의 호흡 소리 같다.

그런 극도의 긴장감이 선공을 취할 수 없을 만큼 백유검을 지치게 만들었다.

그래서 시월이 검을 단 한 번만 제대로 뻗어내면 백유검은 그대로 시월의 검에 가슴을 베일 것 같았다.

그 공포감에 백유검의 얼굴에서 핏기가 사라졌다.

그리고 시월이 백유검을 향해 검을 움직이려는 순간, 갑자기 대숲 저쪽에서 이화검의 목소리가 들려왔다.

"좋은 구경했어요! 대숲이 상한 것은 아쉽지만! 자, 이제 이쯤에서 그만들 하시죠?"

제 5장

—

칠선문의 사형제들

"아이고! 참 대단들 하시네. 무슨 전쟁이라도 하셨어요? 비무 두 번 했다가는 죽림이 남아나지 않겠어요!"

흘연히 나타나 비무를 중지시킨 이화검이 엉망진창으로 변해 버린 대나무 숲을 둘러보며 능청스럽게 말했다.

"여긴 어떻게……?"

시월과 백유검보다 더 놀란 것은 두 사람의 비무를 구경하던 곽부였다.

시월과 백유검이야 비무에 집중하느라 이화검의 등장을 눈치채지 못했지만 구경꾼인 자신도 이화검의 나타난 것을 몰랐다는 것이 당황스러운 듯했다.

"비무 구경에 빠지셔서 제가 오는 것도 모르시더군요. 그렇게 재밌는 구경을 왜 혼자 하세요. 절 좀 부르시지."

"그… 그것이……."

"처음부터 봤으면 좋았을 텐데. 얼마나 지난 거예요? 백 초? 이백 초?"

"그렇게는 안 되고, 수십 초 정도……."

곽부가 대답했다.

"그런데 대숲이 이 지경이라고요?"

이화검이 놀란 듯 물었다. 그녀 말대로 대숲의 상황은 거의 수백 초를 싸운 것 같았다. 잘려 나간 대나무만 수십 그루에 달했다.

"이거… 문제가 되겠지요?"

곽부가 생각해 보니 대숲을 망가뜨린 것이 간단한 문제가 아니다 싶어 조심스럽게 물었다.

사실 동죽헌 주변의 이 대숲은 이가검문에서 무척 소중하게 관리하는 곳이었다.

북방에서는 대숲을 가꾸기도 어려울뿐더러 이가검문에 필요한 여러 자재들을 이 대숲에서 얻기 때문이었다.

그런 곳을 망쳐 놨으니 손님으로서 면목이 없는 일이었다.

"대나무야 다시 자라면 그뿐이니 문제가 될 건 없죠. 하지만 어쨌든 비무는 이쯤에서 그만하죠? 두 분 같은 절대 고수 분들의 비무를 더 구경하고 싶지만, 이 이상 비무를 진행하면 더 많은 사람들이 몰려 올 수도 있어요."

이화검이 경고하듯 말했다.

그러자 시월이 검을 거두며 백유검에게 말했다

"소문주님! 오늘은 이쯤에서 끝내는 것이 좋겠습니다."

"…그러지."

백유검이 핏기 없는 얼굴로 동의했다.

사실 그로서는 최대의 위기에서 벗어난 것이라 비무를 끝내도 아쉬울 게 없었다.

한편으로는 시월이 보여준 기이한 무공의 충격에서 쉽게 벗어나지 못하고 있는 것 같았다.

마지막 순간 이화검이 나타나지 않았다면, 백유검은 처참한 패배를 맛보았을 것이다.

비무의 승패는 갈린 것이나 마찬가지였지만, 그래도 드러난 상황은 마지막 승부 전에 비무를 끝난 것이 되기에 패배가 아니라고 고집을 부릴 수 있었다.

"두 분 모두 다친 곳은… 아! 월문신룡께서는 부상을 입으셨군요?"

이화검이 그제야 발견했는지 옷이 찢기고 피가 흐르는 백유검의 등을 보며 놀란 듯 말했다.

"별것 아닙니다."

백유검이 고개를 저으며 대답했다. 그 부상이 대단하면 대단할수록 자신의 패배를 증명하는 것이기 때문이었다.

"그런데 정말 대단들 하세요. 두 분 나이에 어떻게 이런 무공이 가능할까요? 제가 자괴감이 들 정도예요."

이화검이 부러운 듯 말했다.

그녀의 말은 진심이었다. 그녀는 시월과 백유검 같은 절대 고수들의 비무를 본 적이 없었다. 더군다나 두 사람의 나이는 자신과 비슷했다. 여자가 아닌 무인으로서 자괴감이 들 수밖에 없는 상황이었다.

"비무를 모두 보셨습니까?"

백유검이 조금 걱정스러운 표정으로 물었다. 처음부터 비무를 보았다면 월문과 시월 등과의 관계가 자신이 말한 것 이상으로 심각하다는 것을 알게 되었을 것이다.

"아뇨. 아쉽게도 마지막 십여 초만 보았네요. 처음부터 보았다면 좋았을 텐데……."

이화검이 아쉬운 듯 말했다.

"그렇군요. 그런데 난 이만 가봐야 할 것 같군요."

백유검이 조금이라도 빨리 장내를 벗어나고 싶은지 서둘러 죽림을 떠나려 했다.

"아… 그러셔요. 아무래도 상처를 치료하셔야 하실 테니."

이화검이 얼른 대답했다.

그런 이화검의 대답에 백유검의 얼굴이 굳었다.

상처를 치료하기 위해 떠나야 한다는 말이 마치 자신이 비무에 패했다고 판정하는 것처럼 느껴졌기 때문이었다.

하지만 그렇다고 난 패하지 않았고, 이 비무는 무승부라고 말할 수도 없었다. 그것이야말로 패배보다 더 볼썽사나운 꼴이기 때문이었다.

그로서는 승패에 대해 아무도 말하지 않을 때 이곳을 떠나는 것이 상책이었다.

"그럼."

백유검이 이화검에게 가볍게 고개를 까딱여 보인 후 서둘러 죽림을 떠나기 시작했다.

그런데 백유검이 무성한 대나무 숲 사이로 거의 사라지려는 순간 곽부가 큰 소리로 외쳤다.

"소문주! 약속한 바는 꼭 지켜주시기 바랍니다!"

갑작스러운 곽부의 외침에 백유검이 한순간 걸음을 멈추고 움찔하더니 아무런 대답 없이 자취를 감췄다.

"제길, 사내답지 못하게."

대답 없이 사라지는 백유검을 보며 곽부가 못마땅한 표정으로 투덜거렸다.

"사형!"

투덜대는 곽부를 시월이 제지했다.

"알았어. 말이 그렇다는 거지."

"왜요? 무슨 내기라도 하셨어요?"

이화검이 호기심을 드러내며 물었다.

"뭐, 하기는 했죠."

곽부가 대답했다.

"사형, 그만해요."

시월이 더 이상 백유검과의 일을 말하고 싶지 않은 듯 다시 곽부를 만류했다.

"뭘 그만해. 약속은 약속이지."

"무슨 내기를 했는데요?"

이화검이 시월이 곤란해하는 것을 상관치 않고 계속해서 곽부에게 물었다. 그러자 곽부가 대답했다.

"소문주가 패하면 과거 우리 칠랑을 구하지 않은 일에 대해 사람들 앞에서 공식적으로 사과하기로 했거든요."

"아! 그렇군요. 그럼 시월 대협이 패하면요?"

"그때는 우리가 이곳을 떠나기로 했었지요."

"본문을 떠난다고요?"

"예."

"설마 월문에서 본문의 일을 방해한다는 건가요?"

이화검의 얼굴이 굳어졌다.

지금 이가검문에 모인 강호의 고수들 중 가장 중요한 인물을 꼽으라면 칠선문의 시월과 곽부, 그리고 월문과 모용가의 무인들이었다.

그런데 그렇게 중요한 칠선문의 사람들을 떠나라고 요구한 것은 이가검문에 대한 적대 행위나 다름없었다.

일월문을 상대해야 하는 지금 이가검문은 한 명의 고수라도 더 불러 모아야 할 상황이기 때문이었다.

"그런 의미는 아니고… 우리 존재가 소문주에게 껄끄럽다는 뜻이죠."

곽부가 어깨를 으쓱하며 말했다.

"그 정도로 사이가 좋지 않나요?"

이화검이 의외라는 듯 물었다.

"과거의 감정도 있지만 그것보다는……."

곽부가 이화검을 보며 말꼬리를 흐렸다.

"사형, 이제 정말 그만하시죠."

시월이 곽부가 정말 쓸데없는 말을 할까 봐 걱정이 되는 듯 곽부를 만류했다.

그러자 이화검이 손을 저으며 시월의 말을 끊었다.

"아뇨. 본문과 관계된 일이라면 저도 알아야겠어요. 그가 두 분이 떠나기를 원하는 다른 이유가 뭐죠?"

이화검이 정색을 하며 묻자 오히려 곽부의 표정이 떨떠름해졌다. 자신이 괜한 말을 꺼냈다 자책하는 듯했다.

"말해주세요."

이화검이 곽부를 재촉했다. 그러자 곽부가 시월의 눈치를 보며 입을 열었다.

"…물으시니 답을 드리죠. 소문주는 이 여협이 자신의 청혼을 거절한 이유가 시월 때문이라고 생각하는 것 같습니다."

"뭐라고요?"

이화검이 어이없는 표정으로 되물었다.

"그러니까요. 그런 말도 안 되는 오해를 하고 있더군요."

시월이 재빨리 말했다.

그러자 이화검이 백유검이 떠난 방향을 뚫어지게 바라보다가 나직하게 입을 열었다.

"그는 무공은 뛰어나지만 심성은 무척 소인(小人)이군요. 겨우 그런 개인적인 감정 때문에 일월문과 싸우는 일을 소홀히 생각할 정도로."

"뭐… 소문주가 욕심이 좀 많기는 하죠. 특히 여자에……."

"사형!"

시월이 다시 곽부의 말을 막았다.

그러자 곽부가 시월을 보며 화를 냈다.

"시월, 넌 왜 자꾸 내 말을 막아? 없는 말을 하는 것도 아니고. 소문주를 감싸줄 이유가 없잖아. 소문주가 우담 누이를 차지한 것은……."

"그건 우담 누이도 원한 일이라니까요."

시월이 곽부의 입을 막으려는 듯 급히 말했다.

"어쨌든, 그래도 사람이 그러면 안 되지. 더군다나 그래 놓고
이제 와서 이 여협에 대한 욕심을 이따위 방식으로 드러내는 것
은… 난 이 여협 말에 찬성! 월문신룡은 무슨 말라비틀어질 월문
신룡이냐. 토룡(土龍)이면 몰라도. 에이! 할 말을 다 해버리니까 속
이 시원하다!"

곽부가 자신이 할 말은 다했다는 듯 손바닥으로 툭툭 가슴을
치고는 시월의 시선을 피해 고개를 돌려 버렸다.

그러자 이화검이 두 사람을 물끄러미 바라보다가 물었다.

"그… 월문신룡의 부인이라는 분과도 아시는 사이인 모양이군
요?"

"한때 남매처럼 지냈지요."

곽부가 대답했다.

"그런데 곽 대협께서는 왜 두 사람의 혼인에 불만을 가지시는
거죠? 혹 곽 대협께서 그분을 좋아하셨나요?"

이화검이 다시 물었다.

"내가 아니라 소후 사형의 연인이었어요."

"사형! 이제 정말 그만해요!"

시월이 걸음을 옮겨 곽부와 이화검 사이로 들어서며 말했다.

몸으로라도 곽부의 말을 막아야겠다고 생각한 건, 자칫하면 곽
부가 월문과 칠랑의 구원(構怨)이 백유검이 사람들에게 한 이야기
와 전혀 다르다는 사실까지 말해 버릴 것 같기 때문이었다.

"됐어. 이젠 더 할 말도 없어!"

곽부가 손을 툭툭 털며 말했다.

"그런 일이 있었군요. 말해줘서 고마워요. 아무튼… 이 혼인은 거절하길 잘했군요. 저로선 다행이네요."

이화검이 안도의 숨을 내쉬며 말했다.

지금 와서 생각하니 백유검과의 혼인이 자신의 인생을 불행의 나락으로 떨어뜨릴 수도 있는 일이었다는 것을 알게 된 것이다.

"그래도 월문의 도움이 필요한 시기니 소문주를 함부로 대하지 마세요."

시월이 차분하게 충고했다.

"그야… 뭐, 혼인할 사람도 아닌데 함부로 대할 이유도 없죠. 아무튼 오늘밤은 참 여러 가지 경험을 하네요. 절정 고수들의 비무도 구경하고, 월문에 대해 좀 더 잘 알게 된 것도 같고… 그리고……."

이화검이 무슨 말인가를 하려다가 말꼬리를 흐리며 입을 닫았다.

"그런데 왜 다시 동축헌으로 돌아온 겁니까?"

시월이 물었다. 이화검의 반응을 보면 자신이 백유검과 비무를 한다는 사실을 알고 온 것 같지는 않았다.

"아! 아버님이 두 분을 초대하셨어요. 그래서 그 말을 전하러 왔다가 비무를 보게 되었죠."

"초대라면……?"

"본문을 돕기 위해 오신 손님들을 모시고 연회를 열 생각이세요. 내일 오후에 연회가 있으니 꼭 와주세요. 번거롭겠지만… 사람들도 칠선문에 대해 궁금해하고 있고요."

"……."

이화검의 말에 시월과 곽부가 대답을 하지 않았다.

"왜요? 내키지 않으세요?"

이화검이 망설이는 두 사람을 보며 물었다.

"더 이상 소문주를 보고 싶지 않아서요."

곽부가 중얼거리듯 대답했다.

"그렇다고 본문에 계시는 동안 아주 안 볼 수는 없잖아요? 일월문과의 싸움이 언제 끝날지 모르는데……."

"그렇긴 하지요."

곽부가 고개를 끄떡였다.

"잠깐만 다녀가세요. 너무 숨어 지내면 사람들이 칠선문에 대해 오해들을 할 수 있으니까요. 또 내일 연회에는 많은 사람이 모일 테니 월문신룡과 마주칠 일도 거의 없을 거예요."

"어쩌지?"

곽부가 시월에게 물었다.

"검문주께서 초대하시는데 거절하는 것도 예의는 아니죠."

"그렇지? 그럼 잠깐 다녀오자."

곽부가 결정을 내렸다.

그러자 이화검이 미소를 띠며 말했다.

"고마워요. 아버님이 두 분을 꼭 모셔 오라고 했거든요. 전 이만 가볼게요. 이래저래 너무 늦었네요."

"그렇게 하시죠. 그런데 오늘 비무에 대해서는……."

"알겠어요. 다른 사람에게 말하지 않을게요."

이화검이 고개를 끄떡이고는 몸을 돌려 죽림을 떠나기 시작했다. 그런데 이화검이 사오 장 정도 움직이다가 갑자기 걸음을 멈추고 고개를 돌리더니 시월을 향해 소리쳤다.

"그런데 월문신룡의 생각 말이에요. 틀린 건 아니에요!"

그 말을 남기고 이화검이 갑자기 몸을 날려 바람처럼 죽림을 떠났다.

"저 말이 무슨 뜻이죠?"

시월이 멍한 표정으로 중얼거렸다.

그러자 곽부가 대답했다.

"멍청한 녀석! 이 여협이 널 좋아한다는 거 아니냐. 크크!"

＊　　　＊　　　＊

비무가 벌어진 다음 날 죽림을 벗어난 시월과 곽부는 찬모 이항의 안내를 받아 이가검문으로 향했다.

이가검문의 장원 앞으로 인공적으로 만든 거대한 저수지가 펼쳐져 있고, 그 너머로 크고 작은 마을들이 형성되어 있는 환무산 남쪽의 정경이 아름답게 펼쳐졌다.

이가검문의 장원은 그런 환무산 기슭에 형성된 무성한 송림에 둘러싸여 있었다.

"칠선문의 대협들이세요."

장원의 동쪽 출입구로 다가선 이항이 경비 무사에게 시월과 곽부의 신분을 밝혔다.

그러자 다섯 명의 경비 무사가 놀란 표정으로 시월과 곽부에게 정중한 포권을 해보였다.

"어서 오십시오! 칠선문의 협사 분들을 뵙게 되어 영광입니다."

"반겨주셔서 감사합니다."

경비 무사들의 환대에 시월과 곽부가 어색한 표정으로 마주 포권을 했다.

그러자 경비 무사들이 얼른 문을 열었다.

"들어가시죠."

"일단 아가씨의 처소로 모실게요. 연회장에는 아가씨와 함께 가시는 것으로……."

경비 무사가 문을 열자 이항이 말했다.

"알겠습니다. 그렇게 하죠."

곽부가 얼른 대답했다.

어찌 보면 단순하고 투박해 보이지만 결코 허술하지 않은 장원이다.

수백 년을 이어온 건물들은 기둥 하나하나에서 전통이 느껴졌고, 하늘을 향해 치솟은 처마들은 검문의 기개를 조용히 드러내고 있었다.

그러면서도 환무산의 정경과 잘 어우러지는 순박한 느낌의 이가검문 장원이었다.

이항은 만들어진 연대가 상이한 건물들 사이를 빠르게 지나 장원 서쪽의 작은 별채로 두 사람을 데려갔다.

장원 안의 별채, 겨우 방 하나와 마루 그리고 부엌이 전부인 있는 별채가 이화검의 거처였다.

"아가씨! 칠선문의 손님들을 모셔왔습니다."

이항의 말이 채 끝나기도 전에 방문이 열리면서 이화검이 마루로 나왔다.

"어서 오세요. 기다리고 있었어요. 올라오세요."

"바로 연회장으로 가는 것이 아니었습니까?"

시월이 되물었다.

"그 전에 소개시켜드릴 분이 있어서요. 두 분이 번거로운 걸 싫어하시는 건 알지만… 하도 조르는 바람에……."

"누구길래……?"

이가검문에서 이화검을 상대로 고집을 부릴 사람은 많지 않다.

어쩌면 외부 인물일 수도 있었다. 하지만 시월과 곽부의 성정을 안다면 외부 인물을 따로 시간을 내 소개하는 것은 어려운 일이었다.

"일단 들어오실래요?"

이화검이 조심스럽게 시월과 곽부에게 요청했다.

그런데 그때 두 사내가 이화검의 방에서 나왔다.

"화검! 어차피 연회에 가야 하니 안으로 모실 것이 아니라 밖에서 인사를 드리는 것이 좋을 것 같구나."

"하아! 그사이를 못 참고 나왔어요! 도대체 이 집 남자들은 참을성이 없어."

이화검이 두 사내를 보며 짜증을 냈다.

"참을성으로 말할 것 같으면 너도 나을 것이 없다. 그러니 그만 화내고 얼른 두 분께 소개나 해줘."

사내의 말에 이화검이 사내들을 한 번 노려보고는 시월과 곽부에게 미안한 표정을 지으며 말했다.

"이 사람들이에요. 두 분을 뵙고 싶어 한 사람들이. 음… 절 아주 귀찮게 만드는 이가검문의 사내들이죠. 이쪽은 제 큰오라버니, 그리고 이쪽은 둘째 오라버니예요. 셋째 오라버니도 오고 싶어 했는데, 큰 오라버니가 연회 준비 일을 모두 맡겨 버리는 바람에 오지 못했어요. 또 지난번 수곡원에서 돌아올 때 셋째 오라버니와는 인사들을 하셨으니까."

이화검의 소개에 시월과 곽부가 놀란 눈으로 두 사내를 바라봤다.

하나 같이 대호(大虎)의 기백을 지닌 두 사람이다.

"아! 이가검문의 공자님들이셨군요. 칠선문의 곽부라고 합니다. 이쪽은 제 사제인 시월이고… 늦게 인사드립니다."

곽부가 놀라는 와중에도 정중하게 두 사람에게 자신들을 소개했다.

이화검은 시월과 곽부와 비슷한 또래였지만, 이가검문주의 아들들은 두 사람과 열 살 이상의 나이 차이가 난다.

대공자 이해검과 둘째 이봉검은 마흔을 넘겼고, 셋째 이광검도 삼십 대 중반을 넘은 나이였다.

"반갑소이다. 이해검이라 하오. 이쪽은 둘째 봉검이고, 셋째 광검은 연회 준비를 하느라 오지 못했소이다. 본문에 큰 도움을 주신 칠선문의 협사들께 미리 인사를 드리고 싶어 화검을 졸랐소이다. 무례했다면 용서하시기 바라오."

"아닙니다. 무례라뇨. 이렇게 특별히 환대를 해주시니 감사할 뿐입니다."

곽부가 평소 그답지 않게 정중하게 대답했다.

그러자 이해검이 웃으며 다시 입을 열었다.

"사실 서둘러 동죽헌으로 두 분을 뵈러 갈까 했는데 화검이 워낙 반대를 하는 바람에⋯ 두 분은 사람들 만나기를 싫어하신다고 하면서 말이오. 그런데 이제 보니 꼭 그런 것도 아닌 것 같은데. 화검! 왜 두 분을 꽁꽁 숨기려 했느냐?"

"무슨 말이에요? 제가 두 분을 숨기다뇨. 두 분은 정말 동죽헌에서 조용히 지내기를 원하셨다고요. 그렇죠?"

이화검이 시월에게 물었다.

"이 여협의 말씀이 맞습니다. 저희들이 이 여협께 부탁드린 일입니다. 그런데 이제 와서 생각해 보니 저희들이 실수를 한 것 같군요. 적어도 이가검문의 세 분 공자님과 노고수님들께는 인사를 드렸어야 했는데. 사과드립니다!"

시월이 정중하게 고개를 숙여 보였다.

그러자 곽부도 덩달아 고개를 숙였다.

"아, 아니오! 원망하려고 한 말이 아니니 오해 마시오. 그저 막내를 놀릴 생각으로 한 말이오. 하하하!"

이해검이 당황한 듯 웃음을 터뜨렸다.

그러자 이화검이 눈을 흘기며 타박했다.

"하여간 오라버니들은 다른 사람 불편하게 하는데 재주가 있다니까. 항상 말을 조심하고 진중하게 행동하라고 제가 누누이 말했잖아요!"

"아이고, 알았다. 알았어! 어떻게 아버님, 어머님보다 잔소리가 많느냐?"

"오라버니들이 제대로 하면 이런 잔소리를 하겠어요?"

"후우… 그래그래, 우리가 못나기는 했지. 그래서 항상 아버님이 화검 네가 아들이 아닌 것을 안타까워하시는 거고."

이해검이 빙글거리며 말했다.

"그 이야기는 또 왜 해요?"

이화검이 듣기 싫다는 듯 퉁명스럽게 말했다.

"그냥 그게 그렇다는 거야. 네가 우리보다 뛰어나다는 말인데 왜 화를 내. 그나저나 손님 모셔놓고 남매끼리 말다툼이나 하고 있으면 안 되지 않겠느냐?"

이해검이 웃으며 이화검에게 말했다.

그러자 이화검이 잔소리를 하려다 말고 애써 참으며 시월과 곽부를 돌아봤다.

"죄송해요. 못난 오라버니들 때문에……."

"하하, 아닙니다. 오히려 보기 좋습니다. 이가검문의 남매 분들 사이가 이렇게 유쾌하니 아마도 이가검문은 크게 번성할 것입니다."

곽부가 덕담을 늘어놨다.

"칠선문의 사형제들도 우리와 다르지 않나요?"

이화검이 되물었다.

"그야 뭐… 사실 우리 사형제의 우의도 남다른 면이 있긴 하지요. 워낙 어려서부터 생사고락을 함께 해서……."

곽부가 대답했다.

"그래서 두 분 모습이 보기 좋았어요. 일단 들어가서 차라도 한잔하고 갈까요? 오라버니, 그 정도 시간이 될까요?"

이화검이 이해검에게 물었다.

"그건 아무래도 어려울 것 같구나. 연회가 곧 시작될 거야. 그 때 우리가 없으면 안 되니까."

"그렇군요. 주인이 없는 연회는 말이 안 되죠. 그럼 지금 연회장으로 가요."

이화검의 시월과 곽부를 보며 말하자 두 사람이 가볍게 고개를 끄떡였다,

*   *   *

일월문과의 싸움에서 이가검문을 돕기 위해 모여든 강호 고수들 숫자가 근 백여 명에 달했다.

물론 그중 삼분지 일은 모용세가와 월문의 고수들이었다. 그 두 문파를 제외하고는 열 명 이상의 무인을 보낸 문파는 없었다.

대부분 이가검문과 인연이 있어 삼삼오오 찾아온 무인들이었고, 평소 이가검문과 가까운 거리에서 관계를 이어온 문파들이 적게나마 몇 명씩의 고수들을 파견했다.

마련의 발호로 자파의 안위를 지키기도 버거운 상황에서 대규모의 고수를 이가검문에 보낼 문파는 없었다.

덕분에 연회 자리에 모인 사람들은 각양각색의 신분을 가지고 있었다. 그리고 서로 안면이 있는 사람들도 있었지만, 평소 친분이 없는 사람들이 더 많았다.

그런 사람들에게 이런 연회는 모르는 사람들과 인맥을 맺을 수 있는 좋은 기회였다.

특히 이가검문을 돕는다는 하나의 목적을 공유한 사람들이어

서 금세 친해질 수 있었다.

연회장은 정식으로 연회가 시작되기 전임에도 새로운 인연을 맺으려는 무인들의 대화로 시끌벅적했다.

그런데 그 소란스러움 속에서도 돋보이는 사람들이 있었다.

월문과 모용세가의 무인들이 그들이었다.

양 문파의 무인들 숫자가 많기도 하거니와 그들의 수뇌들이 이가검문의 문주 이장춘과 같은 단상에 자리를 잡고 있기 때문이기도 했다.

그들에 대한 그런 특별한 대우에 대해 불만을 품는 무인들은 없었다. 양 문파는 의천무맹 십대천문들로서 이들과 한자리에 있다는 것만으로도 무인들에게는 영광스러운 일이기 때문이었다.

양 문파의 고수들에 대한 이장춘의 대접은 극진했다.

특히 당금 무림의 떠오르는 젊은 영웅 월문의 소문주 월문신룡 백유검과, 뒤늦게 이가검문에 도착한 모용세가의 이공자 모용무룡에게는 특별히 더 정중한 이장춘이었다.

애초에 모용세가는 방계의 중견 무사 모용송을 인솔자로 정해 자파의 무인들을 파견했지만, 이가검문이 수곡원에서 일월문을 상대로 큰 승리를 거두었다는 소식이 전해지자 부랴부랴 이공자 모용무룡을 보냈다.

이가검문이 단독으로 일월문을 상대할 수 있다는 것을 알게 된 이상, 도움을 대가로 흥정할 수 있는 여지가 없다고 판단한 것이다.

이럴 때는 최대한의 성의를 보여 향후 이가검문과 우호적인 관계를 형성할 기회를 만드는 것이 좋기 때문이었다.

"마치 싸움이 모두 끝난 것 같군요."

이가검문의 장원 앞마당에 마련된 연회장에 도착한 시월이 말했다.

"아무래도 그렇지?"

곽부가 고개를 끄떡였다.

"좋지 않군요. 이럴 때 기습이라도 당하면, 설혹 기습이 아니라도 이렇게 흐트러진 상태에서는……."

시월이 말꼬리를 흐렸다,

그러자 앞서가던 이화검이 뒤를 돌아보며 미소를 지었다.

"소협께서는 너무 걱정 마세요. 오늘 하루가 지나면 본문의 무인들은 다시 잘 벼린 칼처럼 날카로워질 테니까. 그리고 일월문이 기습하는 것도 쉽지 않을 거예요. 오늘 연회를 안전하게 열기 위해 본문의 검객들이 사방 십 리 밖까지 경계를 나가 있어요."

"아, 그렇군요. 역시 철저히 준비를 하고 있었군요."

"아버님은 생각보다 주도면밀하신 분이에요."

이화검의 말에 시월이 고개를 끄떡였다.

그사이 일행은 칠선문을 위해 준비된 자리에 도착했다.

두 사람을 위한 자리는 월문과 모용세가 고수들이 있는 곳과는 조금 떨어 있었지만, 그래도 다른 무인들의 자리와 구분된 귀빈석이었다.

그래서 자연스럽게 사람들이 시선이 두 사람에게로 향했다.

더군다나 두 사람을 이화검과 이가검문의 두 아들이 안내해 왔으므로 더더욱 사람들이 관심이 집중되었다.

특히 그중에서도 두 사람이 장내에 나타나는 순간부터 눈을 떼지 않는 사람이 있었다.

월문신룡 백유검이었다.

백유검은 시월과 곽부가 이화검의 안내를 받으며 연회장에 도착하는 순간부터 마치 불구대천의 원수를 본 듯 적의를 담은 눈으로 두 사람의 일거수일투족을 지켜보고 있었다.

"어서 오시오. 두 분! 기다리고 있었소이다."

시월과 곽부가 도착하자 문주 이장춘이 일어나서 두 사람을 맞았다.

"초대해 주셔서 감사합니다."

곽부가 사형으로서 이장춘의 환대에 답례를 했다.

"두 분은 본문의 가장 귀중한 손님이신데 어찌 초대하지 않을 수 있겠소. 자! 여러분! 모두 궁금하셨을 겁니다. 이미 두 번이나 본문을 위해 일월문의 마인들을 물리쳐 주신 칠선문의 젊은 영웅분들이 바로 이분들입니다."

이장춘이 연회에 모인 무인들에게 시월과 곽부를 소개했다.

"저렇게 젊다니. 듣자하니 일월문의 마인들을 손쉽게 물리쳤다던데……."

"칠선문이란 곳이 어떤 곳이기에 저렇게 젊은 고수들을 배출한 것일까?"

연회장 곳곳이 칠선문에 대한 호기심으로 술렁였다.

갑작스레 사람들의 관심을 받게 된 시월과 곽부가 내심 당황했지만 재빨리 정신을 차리고 무림인들을 향해 정중하게 인사를 한 후, 더 이상 사람들의 관심을 받고 싶지 않다는 듯 이화검이 마련한 자리에 조용히 자리를 잡고 앉았다.

*　　　　　*　　　　　*

　백유검은 강렬한 질투심에 사로잡혀 있었다.

　시월과 곽부가 연회장에 모인 사람들의 관심을 한 몸에 받는 것도 못마땅했지만, 그들 옆에 꼭 붙어 있는 이화검의 모습을 보는 것은 더 참기 어려웠다.

　이상하게도 시월과의 비무 이후 이화검에 대한 욕망이 더욱 강해진 백유검이었다.

　모든 사람들이 그러하듯 가질 수 없는 것에 대한 욕망은 본래의 탐욕보다 훨씬 강렬하기 마련이었다.

　"생각보다 어리군요."

　이가검문을 도운 칠선문의 무인들에 대한 소문을 들어 알고 있던 모용무룡이 어느새 자신 곁에 다가와 자리를 잡고 앉은 이가검문의 일공자 이해검에게 말했다.

　"다들 놀라더군요. 젊다고는 해도 저렇게 젊을 줄은 몰랐다고……."

　이해검이 미소를 지으며 대답했다.

　"후후, 저도 강호에 나가면 젊은 축에 드는데, 오늘은 제가 무척 늦은 것처럼 느껴지는군요. 월문신룡께서도 이렇게 젊으시고, 칠선문의 두 사람까지… 아! 월문과 인연이 있는 사람들이라고 했지요?"

　모용무룡이 타오르는 질투의 감정을 애써 억누르고 있는 백유검에게 물었다.

그러자 백유검이 감정을 누르며 대답했다.

"어릴 때, 함께 수련한 사람들이지요. 한때는 월문칠랑이라 불리며 본문의 동량(棟梁)이 될 것이라 기대했는데… 약간의 오해가 있어서 본문을 떠나게 되었지요."

연배로 보면 월문신룡 백유검이 모용무룡에 비해 십여 세 이상 어리다. 그래서 강호에서의 명성은 백유검이 모용무룡을 능가하고 있었지만, 연장자에 대한 예의를 지키는 백유검이었다.

적어도 백유검은 시월 등 칠랑을 상대하는 것만 아니라면 이렇게 침착하고 여유 있는 젊은 고수였다.

"오! 생각보다 인연이 깊군요. 그런데 오해라면……?"

모용무룡이 재차 질문을 던졌다.

아마도 그는 백유검이 칠선문의 젊은 고수들 이야기를 하는 것을 불편해한다는 걸 눈치챈 모양이었다.

백유검이 시월에 대해 강한 질투와 적의를 가지고 있는 것처럼, 모용무룡 역시 월문신룡 백유검에게 질투심을 느끼고 있는 모양이었다.

백유검에 비해 나이도 많고, 그의 가문 모용세가는 늘 그 전통과 세력에서 월문을 앞서 있었다.

그런데 최근 들어 무림에선 월문신룡 백유검의 이름이 그 자신보다 훨씬 더 중요하게 받아들여지고 있었다.

지난 몇 년간 백유검이 마련의 마인들을 상대로 얻어낸 여러 건의 승리들이 두 사람의 명성에 차이를 만들어내고 있었던 것이다.

그래서 모용무룡은 백유검이 불편해하는 칠선문 젊은 고수들에 대한 이야기를 계속해서 입에 올리는 것이다.

그런 모용무룡의 마음을 백유검이 모를 리 없었다.

그렇다고 지금 대답을 회피하더라도 그가 이가검문에 머무는 동안 계속 같은 질문을 받게 될 것이 분명했다.

그런 생각이 들자 갑자기 백유검이 뭔가 결심을 한 듯 무겁게 입을 열었다.

"저들과 월문의 인연에 대해 지난번 이가검문의 문주님께 드린 설명이 부족한 모양이군요. 이 일을 제대로 설명하지 않으면 향후에도 계속 강호의 형제들이 본문과 칠선문 문도들의 관계를 오해할 수 있으니 오늘 이 일을 정확하게 마무리지어야 할 것 같군요."

"…그게 무슨 말이오?"

갑작스러운 백유검의 말에 놀란 모용무룡이 당황한 표정으로 되물었다. 그는 백유검이 자신의 질문에 곤란해하며 대답을 회피할 거라 생각했던 것이다.

그런데 오히려 백유검은 전혀 당황하지 않고 칠선문과 월문의 관계를 명확하게 밝히겠다고 선언한 것이다.

당황하는 모용무룡을 무시하고 백유검이 자리에서 일어났다.

그리고 술병을 들고 천천히 걸음을 옮겨 시월과 곽부 그리고 이화검이 함께 있는 곳으로 이동했다.

"사제들!"

갑작스러운 백유검의 행동에 시월과 곽부가 놀란 얼굴로 백유검을 바라봤다.

그런 두 사람을 백유검이 미소를 지으며 바라보고 있었다. 하지만 그 미소 뒤에 강렬한 적의가 숨어 있다는 것을 모를 리 없는 두 사람이다.

"하하하! 뭘 그렇게 당황해. 어릴 때는 늘 그렇게 불렀는데……."

백유검이 당황하는 시월과 곽부의 반응이 마음에 드는지 큰 웃음까지 터뜨렸다.

"그렇긴 하지만, 이제는 서로 그렇게 부를 사이는 아니지요."

만약 사람들이 보고 있지 않았다면 곽부의 입에서 욕설이 터져 나왔을 것이다. 백유검의 뻔뻔함에 소름이 끼치는 곽부였다.

"물론 지난 십 년간 많은 것이 변했지. 이제 사제들이 월문 사람들도 아니고… 아! 물론 칠선문의 문도가 되었다고 사제들을 탓하는 것은 아니야. 그 일은… 누가 뭐래도 우리 월문에서 잘못한 일이니까. 만계지마의 함정에서 사제들을 구하지 못한 것은 분명 큰 실수지. 늦었지만 그 일은 내가 아버님을 대신해 사과하지. 그때는 정말 미안했어!"

백유검이 사과를 하며 가볍게 고개까지 숙여 보였다.

장내가 술렁이기 시작했다.

현 강호에서 가장 추앙받는 젊은 고수가 백유검이다. 더군다나 십대천문 월문의 후계자. 그런 신분의 사람은 아무리 잘못이 있다 해도 쉽게 머리를 숙이지 않는다.

그런데 백유검은 사람들이 보는 앞에서 월문의 과거 잘못을 사과하고 있었다.

'점점 문주를 닮아가는군.'

백유검의 사과를 받으며 시월이 속으로 쓴웃음을 지었다. 이런 백유검의 행동이 치밀한 계획하에 이뤄지는 일임을 모를 리 없는 시월이다.

아마도 이 사과로 인해 백유검의 명성은 더욱 높아질 것이다.

십 년 전의 잘못까지 사과하는 젊은 영웅. 자신의 부끄러운 과거를 인정할 줄 아는 정대한 젊은 고수. 아마도 오늘 연회가 끝나면 월문신룡 백유검의 정대함이 얼마 지나지 않아 강호에서 또 다른 미담으로 회자될 것이다.

"이미 오래전 일인데 미안할 것이 있나요. 더군다나 소문주께서 결정하신 일도 아니고… 함정에 빠져 월문에서 얻은 모든 무공을 잃었을 때는 월문을 원망하기도 했지만 전화위복이라고 칠선문의 선인(仙人)을 만나 목숨을 구하고 칠선문의 무공을 배워 지금처럼 사람들을 도울 수 있는 무인이 되었으니 결과로 보면 나쁜 것만은 아니지요. 그러니 저희들에게 미안해하실 필요 없습니다. 물론 소문주께서 과거의 일을 사과하시는 게 마음 편하시다면 그 사과는 받겠습니다."

시월의 침착한 대답에 백유검의 눈빛이 흔들렸다.

시월의 말 속에는 이제 자신들은 월문과 아무런 인연이 남아 있지 않고, 오직 칠선문의 문도일 뿐이라는 의미와 과거의 일은 월문의 명백한 잘못이라는 뜻이 담겨 있기 때문이었다.

특히 사람들이 당시 월문의 배신이 칠랑을 얼마나 혹독한 위험에 빠뜨렸는지 상상하게 만들 수 있는 말이었다.

하지만 그렇다고 시월과 말싸움을 할 수는 없었다.

"모든 게 좋게 풀렸다니 다행이구나. 그런 의미에서 내가 술 한 잔 따라주고 싶은데……."

"아시겠지만 저희들은 평소 술을 즐기지는 않지요. 하지만 소문주께서 따라주시는 술을 거절할 수는 없군요."

시월이 일어나서 백유검에게 술잔을 내밀었다.

그러자 백유검의 등장에 불쾌한 마음이던 곽부도 실실 웃으며
몸을 일으켜 술잔을 들었다.

백유검이 술병을 들어 두 사람에게 번갈아 술을 따랐다.

그런데 가늘게 흘러나오는 술 줄기가 잔에 닿는 순간 시월과 곽
부는 그 가는 술 줄기에서 천근의 무게를 느꼈다. 백유검이 술을
따르며 진기를 움직인 것이다.

먼저 술을 받은 곽부의 손이 가늘게 떨렸다. 하지만 그럼에도
그는 술잔을 놓치지 않고 백유검의 술을 끝내 받아냈다.

반면 시월은 전혀 미동 없이 자연스럽게 술잔에 술을 받았다.

그런 시월의 모습에 오히려 술병을 든 백유검의 손이 흔들렸다.

주륵!

술병이 흔들리자 술잔에 닿는 술 줄기가 흐트러지며 잔을 벗어
났다.

그러자 시월이 가볍게 술잔을 좌우로 흔들어 술잔을 벗어나는
술들을 한 방울도 남김없이 받아냈다.

순간 백유검이 비무에서 패한 것보다 더 당황한 눈빛으로 재빨
리 술병을 들어 올렸다.

"고맙게 마시겠습니다."

백유검이 술병을 거두자 시월이 술잔에 담긴 술을 한 번에 입에
털어 넣었다.

곽부 역시 뒤를 이어 술잔을 비웠다.

"아이고 쓰다! 크으……."

곽부가 손으로 입술을 훔치며 중얼거렸다.

이가검문에서 연회를 위해 준비한 술이 쓸 리 없다. 곽부의 말은 다분히 백유검의 치졸한 행동을 비꼬는 말이었다.

"저도 한 잔 따르겠습니다."

술잔을 비운 시월이 술병을 들며 말했다.

"좋지."

백유검이 거절하지 않고 식탁에 있는 술잔 하나를 들어 올렸다. 순간 그가 든 술잔이 조금 투명하게 변하는 듯했다.

앞서 자신이 한 행동이 있기에 시월도 술을 따를 때 자신의 공력을 시험할 거라 생각해 미리 진기를 끌어올린 것이다.

하지만 시월은 백유검의 예상과 달리 두 손으로 정중하게 술을 따를 뿐 어떤 공격도 하지 않았다. 그러자 오히려 술잔에 진기를 주입해 준비한 백유검이 민망해졌다.

백유검이 남들 모르게 진기를 풀자 술잔이 본래의 색을 되찾았다. 그사이 술잔은 이미 가득 차 있었다.

"칠선문의 문도로서 강호에 나온 이후 소문주님의 명성이 강호를 뒤덮고 있음을 알게 되었습니다. 무척 반갑더군요. 앞으로도 소문주님의 무운이 계속되기를 바랍니다."

술을 따른 시월이 덕담까지 했다.

"고맙다."

백유검이 짧게 대답하고는 단번에 술잔을 비웠다. 그리고 술잔을 탁자에 내려놓으며 다른 사람이 들을 수 없을 정도로 작은 목소리로 물었다.

"이제 약속을 지킨 것이냐?"

"…어제 한 약속 때문이었습니까?"

시월이 되물었다.

그러자 백유검이 대답을 하려다 말고 시월을 한 차례 노려보고는 몸을 돌리며 말했다.

"좋을 대로 생각해라."

그 말을 남기고 백유검이 빠르게 걸음을 옮겨 모용무룡과 이해검 등이 있는 곳으로 돌아갔다.

"흐흐흐… 결국 패배를 인정한 거네."

닭다리를 뜯다 말고 곽부가 실실거렸다.

"그만하세요. 소문주도 큰 용기를 낸 건데."

시월이 자리에 앉으며 말했다.

"용기? 무슨 용기? 사람들에게 멋있게 보이려고 수를 쓴 거지."

"어쨌든 사과는 했잖아요. 공개적으로……."

"그야 그렇지만……."

곽부가 여전히 백유검이 못마땅한지 자리에 돌아가 앉은 백유검을 노려봤다.

"재밌는 구경이었어요."

문득 옆에서 이화검이 두 사람의 대화에 끼어들었다.

"그러셨나요?"

시월이 가볍게 미소를 지으며 되물었다.

"그럼요. 그 어떤 고수들의 비무보다도 치열한 승부였잖아요. 제 손에 땀이 다 나던걸요."

"아… 그걸……."

"설마 제가 무슨 일이 있었는지 모를 거라고 생각했나요? 그럼

너무 실망인데… 저도 술을 따르는 사이에 일어나는 내공의 흐름
쯤은 읽을 수 있어요. 그것도 바로 옆에서 보았는데……."

이화검이 자신을 너무 무시하지 말라는 듯 말했다.

그런데 그때 갑자기 이가검문의 문도 한 사람이 연회장으로 뛰
어 들어오더니 문주 이장춘에게 달려가 다급하게 입을 열었다.

"일월문… 혼천마가 사람을 보내왔습니다!"

제6장

—

혼천마의 도전장

　늦봄 화려하게 피었던 꽃들이 한차례 폭우에 씻겨 흩어지듯, 연회의 흥청거림이 한순간에 가라앉았다.

　대신 그 자리에 팽팽한 긴장감과 마인을 향한 적대감, 그 적대감으로부터 만들어진 전의(戰意)가 들어찼다.

　이가검문의 큰 마당에 모인 강호의 고수들의 시선이 연회장 한복판을 당당히 걸어가는 마인에게 쏠렸다.

　두 명의 수하를 데리고 온 마인은 이가검문의 문주 이장춘 앞에 가서도 고개를 숙이지 않았다.

　대신 그는 마치 황제의 칙서를 가져온 칙사처럼 도도하면서도 음산한 목소리로 말했다.

　"이가검문의 문주께 위대하신 혼천마님의 서찰을 가져왔소."

　"이놈! 무례하다!"

"예의를 갖추지 못할까!"

사방에서 혼천마의 사신을 비난하는 호통이 터져 나왔다.

하지만 그 소란은 이장춘이 손을 들어 올려 좌중의 무인들을 자제시키는 것으로 가라앉았다.

"전하라!"

이장춘이 혼천마의 사신에게 명령하듯 말했다.

그러자 혼천마의 사신이 품속에서 붉은 봉투를 꺼내 가볍게 이장춘에게 던졌다.

팟!

사신의 손을 떠난 서찰이 비도처럼 이장춘을 향해 날아갔다. 하지만 이장춘은 눈 한 번 깜빡이지 않고 가볍게 서찰을 낚아챘다

그러고는 봉투를 열어 그 안에 든 혼천마 모웅의 서찰을 꺼내 읽었다.

"흠… 안 하던 짓을 하는군. 어울리지 않게."

이가검주 이장춘이 모호한 표정을 지으며 중얼거렸다.

"뭐라고 하는지요?"

대공자 이해검이 물었다.

"비무를… 하자는구나. 서로 세 명씩의 고수를 내어서."

"비무… 라니요?"

이해검이 되물었다. 비무 요구는 이장춘이 말한 대로 혼천마 모웅이나 삼십육마 같은 잔악한 마인들에게는 어울리지 않은 방식이었다.

무림에서 은원을 해결할 방법으로 비무를 선택하는 경우가 적지는 않지만, 일대거마들이 비무를 통해 무림의 일을 해결하는 경

우는 거의 없는 일이었다.

그들에게 어울리는 것은 협박과 강요, 그에 응하지 않을 때는 조건 없는 살육이었다. 비무처럼 격식을 차린 무공 대결은 그들의 방식이 아니었다.

"혼천마가 정말 비무를 원하는 것이냐?"

이장춘이 서찰을 들고 온 혼천마의 사신에게 물었다.

"그렇소."

혼천마의 사신이 도도하게 대답했다.

그는 적진 속에 들어와 있으면서도 어떤 위압감도 느끼지 않는 듯 보였다.

"비무 장소는 구하목이고?"

이장춘이 다시 물었다.

"서찰에 쓰인 대로요. 구하목은 사방이 뚫려 있어 매복을 두기 어렵고, 기습을 할 수 없으니 술책이 통하지 않는 장소라 하셨소."

"후후, 술책은 내가 걱정해야지 너희들이 걱정할 일은 아니지. 마련의 종자들은 술책이 무공보다 편한 자들이 아니냐?"

"정파의 위선만 하겠소?"

혼천마의 사신이 한마디도 양보하지 않고 대꾸했다.

"이놈이 정말 목이 잘려야 말버릇을 고치겠구나!"

장내에 고수 중 한 명이 더 이상 일월문 마인의 태도를 참지 못하겠다는 듯 검을 뽑으며 자리에서 벌떡 일어났다.

그러자 그의 옆에 있던 다른 고수들도 자리를 박차고 일어났다.

그럼에도 불구하고 혼천마의 사신은 어떤 동요도 없었다. 오히려 그는 태연하게 이장춘에게 따졌다.

"설마 명문정파라 자부하는 이가검문에서 상대의 사신을 죽이려는 거요?"

사신의 말에 이장춘이 다시 손을 들어 흥분한 고수들을 진정시켰다.

"대협들께선 진정해 주시오. 혼천마는 아마도 이 자가 이곳에서 죽기를 바랄 것이오. 그래야 본문을 비난하며 일월문 마인들의 복수심을 자극할 수 있고, 또 마련의 거마들을 데려올 수 있을 테니 말이오."

이장춘이 손을 들며 자제를 부탁하자 장내의 고수들이 하나둘 자리에 앉았다.

그렇게 장내를 진정시킨 후 이장춘이 일월문의 사자에게 물었다.

"죽음을 각오하고 왔을 것인데 살아서 돌아가야겠구나. 가서 혼천마에게 전하라. 원하는 대로 구하목에서 보자고!"

"알겠소!"

이장춘의 말에 자신이 죽음의 위기에서 벗어났다는 것을 실감한 사신이 얼른 대답했다. 그리고 급히 떠나려는데 다시 이장춘의 말이 들렸다.

"가기 전에 네 이름은 남기고 가거라."

그러자 일월문의 사신이 잠시 망설이다가 짧게 대답했다.

"난 모왕이라 하오."

그 말을 남기고 사신이 바람처럼 연회장을 떠나 정문으로 이동했다. 그를 따라온 일월문의 마인들 역시 서둘러 모왕이란 자의 뒤를 따라 이가검문을 벗어났다.

"모왕이라면… 혹 예전에 수귀라 불리던 자일까요?"

이장춘의 아우 이장룡이 일월문의 사신이 떠나자 이장춘에게 물었다.

"아마도 그런 것 같네. 지난번 수곡원에 과거의 거마 운귀 마백이 나타났으니, 수귀 모왕이 나타난 것이 이상한 것은 아니지."

"…그자가 과거에 요동 일대에서 활동하던 마인들을 일월문으로 끌어들인 모양이군요."

이장룡이 굳은 얼굴로 말했다.

"그런 것 같네. 어렵지 않았을 것이네. 그동안 요동의 마인들은 구심점이 없어 늘 의천무맹의 눈을 피해 숨어 살아야 했으니까. 그런 자들에게 혼천마와 일월문은 큰 그늘이지."

이장춘이 고개를 끄떡였다.

그러자 이장춘의 또 다른 아우 이장종이 조심스럽게 물었다.

"정말 비무에 응하실 겁니까?"

"제대로만 진행된다면 그게 가장 좋은 방법이지. 문도들의 피해를 최소한으로 줄일 수 있을 테니까."

"하지만 만약에……."

패하면 어떻게 할 거냐는 말이 입안까지 올라왔으나, 차마 밖으로 뱉지 못한 이장종이 걱정스러운 표정으로 이장춘을 바라봤다.

"걱정 말게. 비무에서 패할 일은 없을 테니. 검웅께서 계시는 한……."

"그러나 비무는 삼인의 대결이지 않았습니까?"

"한 판은 내가 맡을 걸세!"

이장춘이 대답했다.

"안 됩니다, 형님!"

이장종이 큰 소리로 만류했다. 그러자 첫째 아우 이장룡 역시 놀란 얼굴로 반대했다.

"장종 아우의 말이 맞습니다. 형님은 검문의 기둥이신데 비무에 나서는 것은 너무 위험한 일입니다."

"장수가 싸우지 않으면 어떤 병사가 뒤를 따르겠는가? 이가검문의 문주가 마인이 두려워 비무에 나서지 않았다는 오명을 남길수는 없네. 설사 내가 패하더라도……."

이장춘이 단호하게 말했다.

"하지만 승패에 따라서 본문의 운명이 결정됩니다. 비무 자체도 신중해야 할 일이었습니다."

이장룡이 쉽게 비무를 받아들인 이장춘의 판단을 걱정했다.

"이 비무를 받지 않으면 강호의 모든 사람들이 본문을 비웃을걸세. 아우들도 알다시피 본문은 언제나 도전을 회피하지 않았네. 최후의 한 사람이 남아도 적을 피해 검을 거두고 도주하지 않는 것이 본문의 전통이네."

이장춘의 일갈에 그의 아우들이 더 이상 반박을 하지 못했다.

일단 투지를 드러낸 이장춘은 마치 백두에 사는 대호 같아서 그 기세가 지금까지 사람들이 알고 있던 사람이 맞나 의심이 갈 정도였다.

그리고 그 순간 시월은 깨달았다.

이장춘이 검웅에 육박하는 고수라는 것을. 다만 그 무공이 제대로 드러나지 않았을 뿐.

"알겠습니다. 우리 이가검문의 전통이 그러하니 문주님의 결정을 더 이상 반대하지 않겠습니다. 그런데 문주님과 검웅 어르신 외에

한 사람이 더 비무에 나서야 하는데 누가 나서는 게 좋겠습니까?"

이장룡이 조심스럽게 물었다.

그러자 이장춘이 잠시 생각에 잠겼다.

그로서도 세 번째 비무자를 결정하는 것은 어려운 일이었다. 이가검문에서 검옹 천복과 문주 이장춘의 무공은 독보적이었다. 검문의 문도 중 두 사람의 무공에 필적할 만한 사람은 없었다.

반면 일월문에서 비무에 나설 자가 누구인지 알 수 없지만 마련의 지원을 받는 이상, 혼천마에 버금가는 거마들이 비무에 나설 가능성이 농후했다.

그래서 이가검문의 문도 중에서 무공이 떨어지는 누군가가 세 번째 비무자로 나선다는 것은 너무 위험한 선택이었다.

다행히 검옹과 이장춘이 비무에서 이긴다면 세 번째 비무를 패해도 되지만, 그렇지 않다면 세 번째 비무가 이가검문의 운명을 가를 수 있기 때문이었다.

당연히 이장춘으로서는 세 번째 비무자를 결정하는 데 고심할 수밖에 없었다.

그런데 그때 뜻밖의 인물이 비무를 자청하고 나섰다.

"무례하지 않다면 제가 세 번의 비무 중 하나를 맡을 수 있기를 청합니다!"

한순간 흘러나온 말에 사람들의 시선이 일제히 입을 연 주인에게로 향했다. 그리고 다음 순간 사람들의 입에서 저마다 탄성이 흘러나왔다.

"오! 월문신룡!"

"월문신룡이라면… 필승이지!"

세 비무 중 하나를 맡겠다고 나선 사람은 백유검이었다. 그의 말투는 정중했지만, 눈에선 감출 수 없는 욕망이 일렁였다.

사람들은 알지 못했지만 백유검이 비무에 나서겠다고 한 이유는 분명했다. 그는 이가검문을 위해 이 비무를 책임진 후 그 대가로 다시 한번 이화검과의 혼인을 요구할 것이 분명했다.

그 속내를 모르지 않는 이장춘은 그래서 백유검의 청을 쉽게 받아들일 수 없었다.

그런데 그 순간 다시 한번 또 다른 사람이 자리에서 일어났다.

"저 역시 이 비무를 맡고 싶군요."

백유검의 뒤를 이어 비무에 나서고 싶다고 청한 사람은 모용세가의 이공자 모용무룡이었다.

그에게는 이화검에 대한 욕심은 없었지만, 월문신룡 백유검에게 뒤질 수 없다는 의지가 보였다.

같은 십대천문으로서 북방의 패권을 두고 보이지 않은 경쟁 관계가 형성된 월문과 모용세가이기 때문이었다.

이가검문이 어느 편에 서는가에 따라서 북방의 패권이 달라질 수 있기에, 모용무룡 역시 뒤로 물러나 있을 수만은 없었던 것이다.

그렇게 백유검과 모용무룡 두 사람이 비무에 나서길 청하자 이장춘의 표정이 난감해졌다.

장내의 고수들은 이장춘이 누굴 선택할지 호기심 어린 눈으로 지켜보고 있었다.

잠시 고민에 잠겼던 이장춘이 갑자기 자리에서 일어나 백유검과 모용무룡 두 사람에게 포권을 해보이며 입을 열었다.

"먼저 본문을 위해 극악한 마인들을 상대로 비무에 나서길 자청하신 두 분의 호의에 감사드리겠소. 그러나 일단 비무자를 정하는 문제는 시간을 두고 생각해 봐야 할 것 같소이다. 혼천마가 요구한 비무 일이 이틀 뒤이니 시간을 두고 비무자를 누구로 할지 고민을 해보도록 하겠소.

이장춘의 말에 백유검은 물론 모용무룡과 장내의 고수들 얼굴에 실망의 빛이 떠올랐다.

이렇게 흥미롭고 중요한 결정을 미룬다는 것이 일종의 고문처럼 느껴지는 모양이었다.

그러자 이장춘이 다시 말을 이었다.

"본문으로서는 심사숙고할 수밖에 없는 일이란 것을 이해해 주시기 바라겠소."

이장춘이 정중하게 양해를 구하자 서운한 빛을 보이던 백유검이 얼른 대답했다.

"물론 그러셔야지요. 오히려 검문의 일에 주제넘게 관여한 것이 아닌가 그것이 걱정일 뿐입니다."

"저 역시, 거마들에 대한 호승심에 무례를 범한 것은 아닌지 걱정입니다."

백유검의 뒤를 이어 질세라 모용무룡이 입을 열었다.

"하하하, 아니외다. 본문을 위해 싸워주시겠다는 분들이 이렇게 많으니, 먹지 않아도 배가 부르구려. 여러분! 이제 다시 연회를 시작합시다. 강호의 뭇 영웅들께서 이렇게 본문을 도와주고 계시니 혼천마 따위를 두려워할 필요가 없을 것이오!"

이장춘의 호기로운 선언에 장내의 고수들이 마음이 놓이는지 다시금 연회의 흥겨움 속으로 빠져들기 시작했다.

"어떻게 생각하세요?"

연회가 다시 시작되고, 사방이 시끄러워지자 문득 이화검이 시월에게 물었다.

"비무 말입니까? 음… 검옹 어르신과 장주님이시라면 최소한 패하지는 않을 것 같습니다만."

시월이 대답했다.

"패하지 않는다? 이길 것이라는 확신도 없다는 뜻이네요?"

"상대를 정확히 모르니까요."

"검옹 할아버지는 확실히 승리하시겠죠?"

"…아마도……."

시월이 조심스럽게 인정했다.

"그럼 비무에서 이길 수 있는 확실한 방법이 있네요."

이화검이 확신하듯 말했다.

"그 방법이 뭡니까?"

옆에서 곽부가 물었다.

"검옹 할아버지와 비슷한 무공을 가진 사람이 비무에 참가하는 거죠. 검옹 할아버지의 승리가 확실하다면, 그분의 승리도 확실한 거니까요. 아닌가요?"

이화검이 시월에게 물었다.

순간 시월은 깨달았다. 이화검이 자신에게 비무에 나서달라고 부탁하고 있다는 것을.

*　　　　　*　　　　　*

연회가 끝난 늦은 밤, 이가검문의 문주 이장춘의 방에 이가검문의 수뇌들이 모였다.

　장주 이장춘 주위에 그의 세 아우와 세 아들, 그리고 검옹과 이화검이 모여 있었다.

　늦은 밤임에도 불구하고 이들이 모인 이유는 혼천마의 일월문과 있을 비무 때문이었다.

　검옹 천복과 이장춘 두 명의 확실한 비무 참가자를 제외하고 또 다른 한 명을 선택해야 하기 때문이었다.

　처음에는 백유검과 모용무룡 둘 중 한 명을 비무에 내보내는 일을 논의하려했는데, 이화검이 새로운 사람을 입에 올리는 순간 두 사람에 대한 관심은 완전히 뒤로 밀렸다.

　"그가 비무에 나서 준다는 확답을 주었느냐?"

　이장춘이 긴장한 표정으로 이화검에게 물었다.

　"본문에서 원한다면 거절하지는 않겠다고 했습니다. 다만……."

　"조건이 있느냐?"

　이장춘이 긴장한 표정으로 다시 물었다.

　생각해 보면 조건을 거는 것은 당연했다. 다른 문파의 비무에, 그것도 상대가 일대거마일 것이 분명한 비무에 조건 없이 나선다는 것이 오히려 이상했다.

　"아뇨. 그분은 뭘 바랄 분은 아니에요. 다만 그분 생각에는 혹 본문에 드러나지 않은 고수가 있다면 가능하면 본문 사람이 비무에 나서는 게 좋지 않겠냐고 하더군요. 하지만 월문신룡이나 모용무룡 대협에게 부탁해야 한다면 차라리 자신이 하겠다고는 했어요. 그분도 그 두 사람이 비무에 나설 경우 향후 본문에 큰 부담이 될 거라고 하더군요."

"음… 그 외 달리 원하는 건 없고?"

이장춘이 물었다.

이화검이 말한 사람은 시월이었다.

시월의 무공은 검옹 천복이 확인했으니 믿을 수 있지만, 비무자가 대가를 바라지 않는다는 것이 오히려 찜찜한 이장춘이었다.

"그분은 비무에 나서는 것만으로 자신들에게 큰 이득이 있다고 하더군요. 지금 같은 난세에 칠선문 같은 작은 문파가 생존하려면 정파 무림의 일파로 인정을 받아 강호에 든든한 친구를 많이 만드는 것이 제일 좋은 방법인데, 이런 비무는 그러기 위한 좋은 기회라고요. 그리고 솔직히 이번에 이가검문을 돕고 있는 이유도 그것 때문이라고 말했어요."

"그건… 틀린 말이 아니군요."

이장춘의 아우 이장룡이 납득이 간다는 듯 고개를 끄떡였다.

"물론 가장 큰 이유는 화노라는 분과 검옹 할아버지의 인연 때문이고요."

이화검이 시월이 단지 자신들의 이득을 위해서만 이가검문을 돕는 것이 아니라는 듯 말했다.

그러자 이장춘이 검옹에게 물었다.

"어떻게 생각하십니까?"

이장춘의 질문에 사람들의 시선이 일제히 검옹에게로 향했다.

이가검문의 사람들 중 이화검을 제외하고 칠선문의 두 젊은 고수에 대해 가장 정확한 평가를 내릴 수 있는 사람이 검옹 천복이기 때문이었다.

"그에게 한 판을 맡기시지요."

천복이 망설이지 않고 대답했다.

검웅 천복은 이장춘에 비해 십여 세 이상 많은 나이였지만, 가문의 문주인 이장춘에게 항상 존대를 하는 사람이었다.

망설임 없는 천복의 대답에 이장춘이 놀란 표정을 지었다.

"그렇게 믿을 만한 사람이었습니까?"

이장춘이 되물었다.

"제가 그와 비무를 한 것은 아시지요?"

"그건 알고 있지만 그가 검웅님과 평수를 이룬 것은 검웅님께서 사정을 봐줬기 때문이겠지요. 물론 그래도 평수라면 대단한 것이지만."

이장춘이 대답했다.

그러자 검웅 천복이 고개를 저었다.

"문주께서 잘못 알고 계시는군요."

"……?"

"그와 평수를 이룬 것은 제가 그의 사정을 봐준 것이 아니라 그가 날 배려한 결과입니다. 제대로 겨뤘다면 아마도… 제가 패했을 가능성이 큽니다."

"설마!"

"음……."

검웅 천복의 말에 장내의 사람들이 모두 당황한 표정을 지었다.

현재 이가검문 제일고수는 누가 뭐래도 검웅 천복이다.

그런데 그런 검웅이 새파랗게 젊은 칠선문의 무인에게 패한다는 것은 전혀 생각지 않았던 일이었다.

"하지만 그때 비무에서는 할아버지가 계속 공세였잖아요. 시월 소협의 반격은 거의 없었고요."

이화검이 자신이 보았던 비무이기에 천복의 평가가 동의할 수 없다는 듯 반문했다.

"처음 오십여 초는 확실히 내가 우세했지. 하지만 이후에는 아니었다. 그가 수세에 있었던 것은 다만 그가 날 공격할 의사가 없기 때문이었다. 그는 자신이 전력을 다해 공격을 할 경우 우리 둘 중 한 명은 큰 부상을 입을 것이란 걸 알고 있었다. 그래서 다만 수비에 비중을 두고 비무를 마무리 지었던 것이다."

"…그래도 전 할아버지의 패배는 생각할 수 없어요."

이화검이 시무룩하게 말했다.

그러자 천복이 웃으며 말을 이었다.

"후후, 물론 정말 생사결을 하면 반드시 내가 패할 거란 말은 아니다. 다만… 그가 이길 확률이 조금 더 높다는 거지. 아무튼 그를 비무자로 내세우면 그 누구보다 확실한 승산이 있을 겁니다. 다만……."

"우려되시는 바가 있으신지요?"

이장춘이 물었다.

그러자 검옹 천복이 조심스럽게 말했다.

"다만… 월문과 모용세가에서 어찌 생각할지 그게 걱정이군요. 자신들의 도움을 거절하고 칠선문의 도움을 받는다면 그들의 자존심이 무척 상할 겁니다."

"그건 걱정 마십시오. 둘 중 한 곳만 비무자로 나서길 청했다면 그럴 수도 있지만, 두 문파 모두 나섰으니 오히려 거절하기가 편합니다. 두 문파 중 한 곳을 선택하는 것은 다른 한 문파를 무시하는 일이 될 수 있으니 모두 거절하는 편이 낫다는 것을 그들도 인정할 겁니다."

"…하긴 그렇기도 하군요."

검옹 천복이 고개를 끄떡였다.

"그럼 시월 소협에게 비무를 맡기는 것으로 결정한 건가요?"

이화검이 눈을 반짝거리며 물었다.

"내가 그를 한번 만나야겠다."

이장춘이 이화검에게 말했다.

"아버님이요?"

"당연한 일이 아니냐? 가문의 대사를 맡기는 것인데 그에게 직접 부탁하지 않으면 예의가 아니지."

이장춘이 단호하게 말했다.

"알았어요. 그럼 내일 아침 제가 동죽헌으로 모실게요."

"그렇게 하자꾸나."

"저도 동행하지요. 그와는 인연이 있으니 제가 가면 좀 더 편하게 이야기를 할 수 있을 겁니다."

검옹 천복이 말했다.

"검옹께서 함께 가주신다면야……."

이장춘이 반가운 표정을 지었다.

"그럼 내일 아침에 모시러 올게요."

이화검이 말하자 이장춘이 장내의 사람들을 돌아보며 말했다.

"비록 비무가 결정되기는 했지만 상대는 마계의 거두이고 음모에 뛰어난 혼천마다. 모두 경계를 소홀히 하면 안 된다. 오늘 밤부터 당장 경계를 더 강화시켜라. 그자가 기습을 하지 않으리란 보장이 없으니까."

*　　　*　　　*

시월은 이른 아침부터 대숲에 들어와 검을 들고 무공을 점검하고 있었다.

내공을 끌어올리지 않은 상태에서 휘두른 검임에도 불구하고 그의 검 끝에 베여 나가는 대나무 잎들이 꽃잎처럼 바람에 휘날렸다.

그의 움직임은 마치 무게가 없는 사람처럼 가볍게 느껴졌다. 대나무 숲 사이로 빠르게 움직이고 있음에도 대나무들은 전혀 흔들림이 없었다.

그 모습을 턱을 괸 채 바라보고 있던 곽부가 문득 중얼거렸다.

"변했어. 역시 우리와는 달라."

곽부의 말투에는 부러움과 자랑스러움이 뒤섞여 있었다. 그리고 희망도 느껴졌다.

"시월이 할 수 있다면 언젠가는 우리도 할 수 있겠지… 어?"

그 순간 시월에게 집중되어 있던 곽부의 감각 속으로 외부인의 인기척이 느껴졌다.

곽부가 얼른 시선을 돌려 인기척이 느껴지는 방향으로 시선을 돌렸다.

그러자 대나무에 가려 완전히 보이지는 않지만 몇 사람이 시월과 곽부가 있는 곳으로 다가오는 것이 보였다.

"누구지?"

곽부가 등에 멘 도끼를 붙잡으며 중얼거렸다.

동죽헌은 이가검문의 권역이므로 외부인이 침입하는 것은 쉽지 않다. 그럼에도 이곳까지 외인이 왔다면 일월문의 마인들일 수도 있었다.

그즈음 시월도 불청객의 등장을 알아챘는지 검을 거두고 숨을 고르며 곽부 옆으로 다가왔다.

"이 여협 같은데?"

시월이 다가오자 곽부가 말했다. 언뜻 대나무 숲 사이로 보이는 옷차림이 그동안 익숙해진 이화검과 비슷하기 때문이었다.

"그런 것 같군요."

시월이 대답했다.

"아마… 비무 때문에 오는 것 같아. 그런데 정말 할 거야?"

곽부가 시월을 보며 물었다.

"좋은 기회잖아요. 사람들이 다치지 않고도 싸움을 끝낼 수 있으면 좋은 거죠."

"그렇긴 한데, 왜 네가 해야 하냐 이거지. 그 위험한 일을! 물론 비록 이 여협과 네가 특별한 관계가 될 수도 있지만."

"또 그 소립니까? 이건 그 문제하고는 달라요. 내가 나서는 것은 칠선문에 도움이 될 것 같아서죠. 우리가 이가검문을 도우러 온 목적을 가장 쉽게 달성할 수 있잖아요. 내가 비무에 나가서 일월문의 마인을 꺾으면!"

"그야 그렇지. 그렇게 되면 아마 우리 칠선문은 장성 이북은 물론 천하무림에 이름이 알려질 거야."

"그럼 월문과 운중오문에게서 좀 더 자유로워지겠죠."

"후우… 너에게 모든 짐을 미루는 것 같아서 난 마음이 편치 않아. 그리고……."

"그리고요?"

시월이 웃으며 물었다.

"솔직히 우리가 너무 소극적인 게 아닌가 싶어. 월문과 운중오문에 대해서. 그들의 추격이나 공격을 걱정할 게 아니라 우리가 먼저 공격을 하는 방법도 있잖아?"

곽부가 답답한 듯 말했다.

"그럴 수도 있죠. 하지만 그 끝이 결코 좋지 않을 거란 것도 아시잖아요."

"…결국 패할 거란 말이지?"

"월문의 문주를 벨 수도 있고, 운중오문의 수장들을 죽일 수도 있겠죠. 하지만 그래도 결국에는… 우리 사형제들 모두 죽게 될 겁니다. 그 세력은 우리들이 감당키 어려우니까요."

"죽으면 그뿐이지 뭐!"

곽부가 퉁명스럽게 말했다.

"원한을 묻어두기 쉽지 않으시군요?"

시월이 걱정스럽게 물었다.

"그들이 진심으로 용서를 빌면 모를까. 이렇게 사냥꾼에게 쫓기듯 살아가야 하나 싶은 생각인 거지."

"그래서 칠선문의 이름을 강호에 알리려는 거잖아요. 은둔 고수들이 즐비한 정파의 신비지문으로."

시월이 설득하듯 말했다.

"그렇게 한들 그들이 포기할까?"

"그렇진 않겠죠. 하지만 함부로 도발은 못할 것이고, 얼마간의 시간은 벌 수 있을 거예요. 사형들이 모두 절정의 경지에 오를 수 있는 시간, 화노님의 도움이 있으니 결국 그때가 올 텐데 그때가 되면… 어쩌면 사형이 원하는 대로 할 수도 있겠죠. 그러니 조금 참으세요."

시월이 곽부를 다독거렸다.

"하긴 너 같은 경지의 고수 일곱이 있으면 뭐든 할 수 있지. 물론 우리가 모두 너처럼 되긴 어렵겠지만……."

곽부가 고개를 끄떡였다.

그사이 이화검이 문주 이장춘과 검옹 천복을 데리고 두 사람 앞에 이르렀다.

"어서 오십시오!"

시월과 곽부가 이장춘에게 가볍게 고개를 숙여 보였다.

그러자 이장춘이 너그러운 미소를 지으며 입을 열었다.

"지난밤 연회로 피곤할 텐데 아침부터 수련 중이셨소?"

"피곤을 쫓기에는 오히려 가벼운 수련이 좋을 때도 있어서요."

시월이 담담하게 대답했다.

"하하하, 맞소. 무인에겐 그게 휴식일 때도 있지."

이장춘이 호탕하게 웃으며 말했다.

그러자 두 사람을 지켜보던 검옹 천복이 시월을 보며 물었다.

"화검에게 이야기는 들었네만… 정말 본문을 위해 비무에 나설 생각이 있나?"

　　　　　*　　　　*　　　　*

　창!

　백유검이 휘두른 손에 화병(花甁)이 걸려 이삼 장을 날아간 후, 벽에 부딪혀 산산조각 났다. 꽃은 흐트러지고, 화병의 물이 벽을 타고 바닥으로 흘러내렸다.

　"진정하십시오."

　장로 마건이 백유검의 소매를 잡으며 말했다.

　아침 일찍 이가검문의 문주 이장춘을 만나고 온 백유검은 화를 가누지 못하고 있었다.

　이장춘으로부터 일월문과의 비무에 백유검과 모용무룡이 아닌 칠선문의 시월을 내보내겠다는 이야기를 들었기 때문이었다.

　물론 그 이유는 그럴 듯 했다.

　"칠선문의 시월 소협이 두 분보다 무공이 뛰어나다고는 생각지 않소. 하지만 나로서는 월문과 모용세가 중 어느 한 곳을 선택해야 한다는 부담을 감당하기 어렵소. 한 문파를 선택하면 다른 문파와는 아무래도 불편한 관계가 될 수 있지 않겠소? 그래서 아예 제삼자를 선택하기로 한 것이오."

　이장춘이 시월을 비무자로 선택한 이유를 설명했을 때, 모용무룡은 담담하게 그 선택에 수긍했다.

　솔직히 그로서는 백유검만 아니라면 굳이 자신이 비무에 나서고 싶은 생각도 없었다.

　일월문에서 어떤 마두를 비무에 내보낼지 모르는데 그 위험을 감수하고 싶은 생각이 없었기 때문이었다.

하지만 백유검은 달랐다.

이장춘을 만난 자리에선 순순히 그의 뜻을 받아들이는 것 같이 행동했지만, 내심으로는 화를 참을 수 없었다.

그럴 수밖에 없는 것이 그가 비무에 나서려고 한 것은 비무에 이긴 후 그 공을 바탕으로 다시 한번 이화검과의 혼인을 요구하기 위해서였기 때문이었다.

그런데 시월이 비무자로 결정되면서 그 기회가 시월에게 주어지게 되었던 것이다.

더군다나 시월의 무공은 자신을 능가한다.

일월문에서 어떤 마인을 내세운다 해도 시월을 감당하기 쉽지 않다는 것을 누구보다 백유검 자신이 잘 알고 있었다.

"그놈이 사사건건 본문의 발목을 잡는군요."

장로 마건의 만류에 그나마 한 호흡을 가다듬은 백유검이 이를 갈며 말했다. 생각할수록 시월에 대한 적의가 끓어오르는 백유검이었다.

"비무의 승패는 누구도 장담할 수 없습니다. 어쩌면… 이 기회에 시월이 죽을 수도 있겠지요. 차도살인이라고, 일월문의 손을 빌어 시월을 제거할 수도 있습니다."

마건이 위로하듯 말했다.

그러자 백유검이 고개를 저었다.

"아뇨. 그놈은 이길 겁니다. 그 사실이 절 더 화나게 하는 겁니다."

"그 정도로 강해졌습니까?"

마건이 의문스러운 표정으로 물었다. 그는 시월에 대한 백유검의 평가가 지나치다고 생각하는 듯했다.

하지만 백유검의 생각은 확고했다.

"인정하기 싫지만… 놈은 나보다 한 수 앞서 있습니다."

"설마! 그럴 리 없습니다!"

마건이 이번만큼은 절대 동의할 수 없다는 듯 소리쳤다.

그동안 백유검의 강호행에 간혹 동행했던 마건이다. 그래서 백유검의 무공이 얼마나 강한지 그 누구보다 잘 알고 있었다.

무공으로만 보자면 문주인 백문보를 넘어선 지 오래인 백유검이었다.

백유검이 월문신룡이라 불리며 강호십대고수로 언급되는 것은 결코 과장된 것이 아니었다.

천년화정의 정기와 월문 조사 검선 백월의 무공이 어우러졌을 때 만들어낼 수 있는 최고의 경지에 도달한 백유검이었다.

한낱 쓰고 버리는 도구에 지나지 않았던 시월이 그런 백유검을 능가한다는 것은 있을 수 없는 일이었다.

"믿지 못하겠지요? 저 역시 지금도 그놈의 무공을 믿을 수가 없습니다. 하지만 그렇다고 있는 사실을 부정할 수도 없지요."

"어떻게 그게 가능하단 말입니까?"

마건이 따지듯 물었다.

"그러게 말입니다. 어떻게 그게 가능한지 저도 잘 모르겠습니다. 하지만 생각해 보면… 놈이 신검산 석실에 칠랑과 함께 갇혀 있을 때, 그들로부터 육마의 무공을 모두 전수받았고, 이후 지난 십여 년 동안 그 무공들을 자신만의 특별한 무공으로 재창조한 것이 분명합니다. 그놈과 겨룰 때… 마기조차 느끼지 못했지요."

"…마기를 느끼지 못하셨다고요? 설마 극마의 경지라는 겁니까? 그건 절대 불가능합니다. 그 나이에……."

마건이 강하게 부정했다.

"믿을 수 없어도 어쨌든 그게 사실입니다. 그래서 일월문에서 어떤 마인을 내세워도 놈을 이길 수 없습니다. 솔직히 저라도 일월문에서 내세우는 자가 누구든 이길 자신이 있으니까요."

백유검이 단호하게 말했다. 자신의 무공에 대한 자신감은 설혹 시월이 그를 능가한다고 해서 사라진 것은 아니었다.

"…정말 그렇다면 이 비무가 문제가 아니군요."

마건이 심각한 표정으로 말했다. 그 정도의 무공이라면 시월이 월문에 직접적인 위협이 될 수 있었다.

"다행인 것도 있지요."

백유검이 조금 우울한 표정으로 말했다.

"……?"

"두 가지 면에서 놈은 본문에 함부로 도전하지 못할 겁니다. 하나는 비록 녀석의 무공이 대단하다고해도 겨우 그놈 하나… 십대천문인 본문의 세력은 한 사람의 무공으로 감당할 수는 없습니다."

"그렇긴 하지요. 아무리 고수라 해도……."

마건이 고개를 끄떡였다.

"두 번째는 녀석도 그 사실을 알고 과거의 복수보단 현재의 안위를 우선한다는 겁니다. 그래서 이름도 없던 칠선문을 앞세워 강호에 나온 겁니다. 이가검문을 도와 칠선문이 정파일문으로 인정되면 본문이나 운중오문이나 드러내 놓고 칠랑을 공격할 수 없으니까요. 그건 결국 칠랑이 복수보다 생존을 먼저 생각한다는 뜻입니다."

"자신들의 안전을 보장하면 과거는 잊을 거라는 뜻이군요."

"그렇게 말하더군요. 지난번에……."

"그나마 다행이군요. 녀석들이 목숨을 걸고 복수하자고 들면 본문도 큰 손실을 감수해야 했을 테니……."

마건이 안도의 숨을 내쉬며 말했다.

"그래도 결국에는 어떤 식으로든 해결을 봐야 할 관계지요."

백유검이 차갑게 말했다.

"그야……."

마건이 말꼬리를 흐렸다. 그는 월문의 문주인 백문보를 포함해 월문의 백씨 일족의 집요함을 누구보다 잘 알고 있었다.

백문보가 수십 년간 자신의 야심을 감추고 모용세가나 다른 천문들의 비위를 맞추는 것을 옆에서 지켜보았기 때문이었다.

그렇게 해서 결국 월문을 십대천문의 반열에 올려놓은 백문보였다. 보통 집요한 성격이 아니라면 벌써 포기했을 일이었다.

그런 백문보의 아들이므로 백유검 역시 어떤 일이든 하고자 하는 일은 반드시 하고 마는 성정이었다.

오늘날 그가 젊은 나이에도 불구하고 천하십대고수로 거론되는 무공을 가진 것도 그런 집요함 때문이었다.

물론 가끔 젊음이 보이는 허술함이 있기는 하지만, 그 허술함도 시간이 지나면 극복될 것들이었다.

그런 백유검이 칠랑에게 보이는 이 적대적 감정이 마건은 걱정스러웠다.

그 역시 칠랑을 알고 있었다. 하나 같이 마음이 여린 녀석들. 그래서 월문이 더 이상 공격하지 않으면, 월문에 대한 원망도 묻어둘 녀석들이었다.

그럼에도 백유검이 칠랑을 제거할 생각을 버리지 않는다면 결국 칠랑은 월문의 가장 큰 우환이 될 것이다.

하지만 그런 말을 백유검에게 할 수는 없었다. 이미 분노가 극에 달한 백유검의 반발만 일으킬 것이기 때문이었다.

"일단 비무 결과를 보고 나서 다음 계획을 세워보죠."

마건이 다른 생각을 하고 있다는 것을 눈치채지 못한 백유검이 말했다.

"알겠습니다. 궁금하기도 하군요. 혼천마가 어떤 자를 데려올지."

마건이 마음속에 드는 불길한 생각을 털어내며 대답했다.

*   *   *

약속한 비무 날이 되자 이화검이 서너 명의 이가검문 무인들을 데리고 동죽헌으로 왔다. 시월과 곽부가 비무장소인 구하목까지 타고 갈 말도 끌고 왔다.

시월과 곽부는 아침 일찍 일어나 요기를 한 후, 동죽헌 대청마루에 걸터앉아 두런두런 이야기를 나누고 있다가 이화검을 마중했다.

"준비는 되었나요?"

대청마루에 앉아 있는 시월을 본 이화검이 조금 긴장한 표정으로 물었다.

비록 시월의 무공을 믿고 있지만, 그래도 절대마인들과의 비무는 긴장하지 않을 수 없었다.

"준비는 벌써 끝났지요. 슬슬 지루해지던 참이었습니다."

시월 대신 곽부가 훌쩍 자리를 박차고 일어나며 말했다.

뒤를 이어 시월도 대청마루에서 일어나 곽부의 뒤를 따라 마당으로 나왔다.

"그럼 가죠!"

이화검의 말에 따라온 무인들이 두 필의 말을 시월과 곽부에게 데려왔다.

시월과 곽부가 능숙하게 말에 올랐다. 애초에 북방에서 자라고 수련한 두 사람이어서 말을 다루는 데 무척 능숙했다.

"가요."

시월과 곽부가 말에 오르자 이화검이 이가검문의 무인들에게 고개를 끄떡이며 말했다.

그러자 이가검문의 무인들이 앞장서서 말을 몰아 동죽헌을 벗어났다.

시월 일행이 이장춘 등 이가검문의 고수들과 비무를 구경하기 위해 몰려드는 강호 무인들을 만난 것은 환무산 자락 아래에 도착했을 때였다.

이가검문의 무인들과 합류한 시월과 곽부는 그때부터는 속도를 높여 구하목을 향해 말을 달렸다.

이가검문에서 구하목까지의 거리는 말을 달리면 한 시진이 채 걸리지 않는다.

이가검문의 문도들은 휴식 없이 말을 달려 정오가 되기 전에 구하목의 푸른 풀밭에 도착했다.

"아직 놈들이 보이지 않습니다."

이장춘보다 먼저 새벽같이 말을 달려와 구하목 주변을 살피고 있던 이장룡이 이장춘을 마중하기 위해 달려와 말했다.

"…정오까지는 아직 시간이 좀 있으니 기다려 보세."

이장춘이 말했다.

"혹 놈들이 본문의 주력을 이쪽으로 유인하고 환무산 장원을 치는 것이 아닐지 걱정입니다."

이장룡이 의심 가득한 표정으로 말했다.

"그에 대한 대비도 따로 해놨으니 걱정 마시게. 만약 그자가 이곳으로 오지 않고 환무산으로 갔다면 오히려 내가 만든 함정에 빠지게 될 걸세. 우리가 돌아갈 때까지 발이 묶일 것이고, 우린 놈을 앞뒤로 협공할 수 있을 거야. 그것이야말로 사실 내가 바라는 바네."

이장춘이 담담하게 말했다.

"역시, 형님께서도 그런 변수를 염두에 두고 계셨군요."

"당연한 일 아닌가. 혼천마 같은 마두를 온전히 믿을 수는 없지."

"알겠습니다. 그럼 걱정할 일이 없겠군요. 오히려 이번 기회에 일월문을 제거해 버릴 수 있으면 좋겠습니다."

이장룡이 전의를 드러내며 말했다.

그런데 그때 검웅 천복이 조용한 목소리로 이장룡에게 말했다.

"그 바람은 이뤄지기 어려울 것 같구만."

"……?"

천복의 말에 이장룡이 시선을 돌려 천복을 바라봤다.

그러자 천복이 손을 들어 동쪽 강변을 가리키며 말했다.

"그가 오고 있네."

보통 사람이라면 사람의 형체도 알아보기 어려울 거리였다. 그
먼 곳에서 아지랑이처럼 아른거리는 검은 형체들이 보였다.

"놈들일까요?"

이장룡이 사람의 얼굴을 확인할 수 없어 답답한지 손으로 햇볕
을 가리며 물었다.

그러자 검옹 천복이 무거운 목소리로 대답했다.

"그자가 맞는 것 같군. 저렇게 먼 곳에 있음에도 감출 수 없는
마기가 느껴지는 것을 보면."

제7장
—
빛을 가르는 검

"대체 저게 뭐하는 짓일까?"

곽부가 짜증난 목소리로 중얼거렸다.

챙챙챙챙!

요란한 금속음을 만들어내며 강변을 따라 올라오는 일월문 마인들의 행색은 요사하기 이를 데 없었다.

해와 달을 그린 깃발이 휘날리고, 붉은 천으로 지붕을 만들어 해를 가린 세 대의 가마를 각각 여덟 명의 장정들이 메고 있었다.

가마 위에는 화려한 태사의를 올려놓고 세 명의 마인이 누운 듯 앉아서 유람을 나온 마냥 느긋하게 이가검문의 문도들을 향해 다가왔다.

이가검문의 무사들이 전마(戰馬)를 타고, 전의를 불태우는 모습과는 너무나 다른 이질적인 일월문의 행차였다.

"두려움을 주려는 거죠."

이화검이 차갑게 말했다.

비무에 대한 절대적인 자신감을 드러냄으로서 상대에게 두려움을 안겨주려는 행동이라고 생각한 모양이었다.

"이 비무가 어떤 비무인데 저런 모습에 두려움을 느끼겠어요. 쓸데없는 짓을 하는 거죠."

곽부가 중얼거렸다.

그러자 시월이 주변을 돌아보며 말했다.

"그나마 매복은 확실하게 없는 것 같아요."

"이미 본문의 문도들이 샅샅이 조사를 했어요. 매복은 걱정 안 해도 될 거예요."

이화검이 대답했다.

"다행이군요. 비무에만 집중할 수 있으니."

시월이 다시 시선을 돌려 세 대의 가마에 올라 있는 마인들을 주시하며 말했다.

세 대의 가마는 이가검문 문도들의 이십여 장 앞에서 멈췄다.

그리고 나서 다시 요란한 쇳소리가 강변에 울려 퍼지더니 한 사내가 달려 나와 큰 소리로 외쳤다.

"이가검문의 문주는 앞으로 나와 고귀하신 일월문주 혼천마님께 인사를 드리시오!"

쟁쟁쟁쟁!

사내의 말이 끝나자마자 다시 요란한 쇳소리가 일월문 문도들 사이에서 흘러나왔다.

"저런 건방진 놈들이!"

"마귀 놈들, 하는 짓이 요사스럽기 그지없구나!"

이가검문의 무사들이 일제히 일월문 마인들을 향해 욕설을 쏟아냈다.

그러자 이장춘이 손을 들어 문도들의 소란을 멈추게 한 후 천천히 말을 몰아 사오 장 앞으로 나간 후 큰 소리로 외쳤다.

"혼천마! 요사한 짓거리는 그만두고 무인답게 비무에 나서라. 비무할 생각이 없다면 이가검문은 돌아가겠다!"

이장춘의 사자후가 일월문 마인들이 만들어내는 요사한 쇳소리를 집어삼켰다.

그러자 세 대의 가마 중에서 가운데 가마 위에 앉아 있던 부드러운 인상을 가졌지만, 왠지 모르게 소름이 돋는 미소를 띤 초로의 노인이 가마 위에 앉은 채로 물었다.

"그대가 이장춘인가?"

"비무할 생각이 없는 것이냐?"

입을 연 자가 혼천마 모용이라 생각한 이장춘이 되물었다. 이장춘은 혼천마와 말거리를 할 생각은 전혀 없었다.

싸울 생각이 없다면 정말 말을 돌려 문도들을 데리고 이가검문으로 돌아갈 기세였다.

"후후, 역시 듣던 대로 성급한 성격을 가지고 있군. 비록 적이지만 처음 만났으면 이런저런 이야기를 나누면서 인사를 하는 법이건만!"

"비무할 생각이 없는 것 같으니 난 이만 돌아가겠다! 모두 장원으로 돌아간다!"

어쭙잖은 말씨름 따위는 하지 않겠다는 듯 이장춘이 단호하게 명을 내리고 말머리를 돌렸다.

순간 혼천마 모용이 지금까지와는 전혀 다른, 마치 일월문 마인들이 울려대던 쇳소리 같은 음성으로 소리쳤다.

"잠깐! 좋다! 무공 대결을 원한다면 그렇게 해주지! 사제! 부탁하네. 겨우 저자 따위를 내가 상대하고 싶지는 않군!"

혼천마의 말을 들으며 이장춘이 혼천마를 향해 말머리를 돌렸다.

혼천마가 모욕적인 말을 뱉어냈음에도 불구하고 다시 그를 마주한 이장춘의 얼굴에는 오히려 승자의 미소가 떠올라 있었다.

그의 단호함에 혼천마가 굴복한 상황이기 때문이었다.

그사이 왼쪽 가마에 앉아 있던 초로의 노인이 가마 위에서 가볍게 도약하더니 강변의 푸른 풀밭에 사뿐히 내려섰다.

혼천마 모용과 닮았으면서도 그보다 좀 더 교활해 보이는 눈을 가진 자였다.

상대가 가마에서 내려서자 이장춘도 천천히 말 위에서 내려와 혼천마가 사제라 부른 노인 앞에 섰다.

"난 영마 월만이라고 한다. 위대한 혼천마님의 유일한 사제지! 내 손에 죽게 된 것을 영광으로 알거라!"

"너희들 사형제는 참 말이 많군! 무인은 검으로 말을 대신하는 법이다!"

창!

이장춘이 가볍게 검을 뽑아들었다.

"검문 문주님의 저 성품은 정말 내 마음에 꼭 들어! 무림의 영웅호걸이라면 두 말이 필요 없지. 저 시원시원한 성품은… 이 여협이 물려받으셨군요?"

곽부가 대화를 막고 검을 뽑아드는 이장춘의 행동에 감동을 받은 표정으로 말했다.

그러자 이화검이 미소를 지으며 대답했다.

"그런 셈이죠. 반면 오라버니들은 어머니의 성격을 물려받아서 신중한 편이에요."

"아하! 그래서 문주께서 이 여협님을 특별히 아끼시는군요?"

"아끼는 것이 아니라 걱정하시는 거죠. 당신께서는 이 화급한 성격이 자칫 큰 사고로 이어질 수 있다는 걸 경험으로 알고 계시니까요. 오히려 오라버니들의 진중한 성정을 크게 믿고 계세요."

"음… 소문과는 다르네요? 소문에는 문주께서 이 여협이 남자로 태어나지 않을 것을 안타까워한다고 하던데. 남자로 태어났으면 검문의 후계자가 되었을 거라면서……."

"소문을 항상 믿을 수는 없죠. 그런데 또 아버님이 제가 남자로 태어나지 않은 걸 아쉬워하기는 하세요. 하지만 그 이유가 내가 뛰어나서가 아니라 걱정이 되어서 그런 거죠. 남자라면 이런 괄괄한 성격도 어느 정도 쓸모가 있으니까요. 반면 여자로서는……."

이화검이 어깨를 으쓱하며 말꼬리를 흐렸다.

그녀 자신은 자신이 여자로서 매력이 없다고 생각하는 듯했다. 그러면서 그녀의 시선이 자연스레 시월에게로 향했다.

하지만 시월은 곽부와 이화검의 대화에는 관심을 두지 않고 있었다.

그의 시선은 내내 이장춘과 그의 상대로 나선 영마 월문이란 마인에게 고정되어 있었다.

영마 월만이라 이름을 밝힌 마인도 더 이상 입을 열지 않았다.

그는 잠시 이장춘을 노려보다 넓은 옷소매 속에서 은빛으로 반짝이는 두 개의 륜을 꺼내 양손에 들었다.

본래 혼천마 모용도 병기로 괴병인 륜을 다루는 것으로 유명했다.

다만 차이가 있다면 혼천마는 금빛 륜을 쓰고, 영마 월만은 은빛 륜을 쓴다는 것이었다.

영마 월만이 두 개의 륜을 손에 들자 이장춘이 검을 수평으로 들어 월만의 이마를 겨누었다.

그러자 영마 월만이 비웃듯 미소를 씩 짓더니 한순간 두 개의 륜을 교묘하게 기울였다.

번쩍!

두 개의 은빛 륜이 작렬하는 태양빛을 반사시켜 이장춘의 시야를 어지럽혔다.

이장춘이 짧은 순간 눈부심으로 시력을 잃자 재빨리 뒤로 물러나며 상대의 공격에 대비했다.

그런데 그 짧은 순간의 허점을 영마 월만은 놓치지 않았다. 영마 월만이 두 개의 륜을 번개처럼 날렸다.

쐐애액!

두 개의 은빛 륜이 살아 있는 생물처럼 신경을 긁는 파공음을 만들어내며 이장춘의 목과 심장을 파고들었다.

그러자 이장춘이 뒤로 물러나면서도 벼락같이 검을 휘둘렀다.

카캉!

삭!

이장춘이 검으로 두 개의 류을 막았지만, 검에 막혀 옆으로 흘러나가는 류 중 하나가 이장춘의 우측 어깨 옷자락을 자르고 지나갔다.

그런데 그 순간 이장춘이 자신의 어깨가 은류에 베인 것에 아랑곳하지 않고 영마 월만을 향해 도약했다.

"노마! 얕은 술수는 안 통한다!"

이장춘의 노성이 허공으로 퍼져나가기도 전에 그의 검이 폭풍처럼 영마 월만을 휩쓸었다.

콰아아!

"흡!"

거센 파도처럼 밀려드는 이장춘의 공격에 영마 월만이 숨을 들이쉬며 재빨리 뒤로 물러났다.

뒤로 물러나는 영마 월만의 허벅지에 아슬아슬하게 이장춘의 검기가 걸렸다.

삭!

허벅지 쪽 옷자락이 잘려나가면서 그 안쪽에서 붉은 피가 흘러나왔다.

하지만 깊은 상처는 아니라서 월만의 움직임을 제약하지는 못했다.

"죽여주마!"

허벅지가 베인 것에 화가 났는지 허공에 떠오른 월만이 노성을 터뜨렸다. 그의 손에는 어느새 새로운 은빛 류이 들려 있었다.

파팟!

월만이 허공에서 자신을 향해 날아오르는 이장춘을 향해 다시 한번 두 개의 륜을 날렸다.

처음처럼 눈부신 광채가 사람들의 눈을 현혹시킨다.

하지만 이장춘은 달랐다. 처음에는 모르고 당했지만 두 번 당할 이장춘이 아니었다. 이장춘이 눈을 가늘게 뜨고 눈부심을 피하면서 날아오는 두 개의 륜을 향해 무서운 속도로 검을 휘둘렀다.

콰아아!

이장춘의 검이 광풍처럼 두 개의 륜을 휩쓸었다.

카카캉!

이장춘의 검과 격돌한 은륜이 폭발적인 회전력을 보이면서 밀려나지 않으려 몸부림을 쳤다. 덕분에 두 개의 병기가 마찰하면서 소름끼치는 굉음을 만들어냈다.

하지만 결국 사람의 손에서 벗어난 륜이 먼저 힘을 잃었다.

퍼퍽!

이장춘의 검기에 밀린 두 개의 륜이 앞서와 마찬가지로 허공으로 튕겨 나가 땅에 박혔다.

이장춘은 그 여세를 몰아 영마 월만을 향해 진격했다.

그런데 갑자기 이장춘이 당황한 듯 진격을 멈췄다. 이장춘이 두 개의 륜을 밀어내는 사이 거짓말처럼 영마 월만의 몸이 여러 개로 불어나 있었기 때문이었다.

"환영술……!

이장춘의 입에서 나직한 경계의 목소리가 흘러나왔다. 그는 혼천마 모습의 금륜이 무섭기는 하지만 사실 그의 가장 무서운 무공은 환영술이라는 것을 알고 있었다.

환영술로 상대의 눈을 현혹시키고 금륜으로 당황한 적의 급소를 베는 것이 혼천마 모용의 유명한 수법이었다.

영마 월만은 그런 혼천마 모용의 사제이므로 같은 무공을 익혔을 것이 분명했다. 그래서 그의 환영술을 경계할 수밖에 없는 이장춘이었다.

스슥!

영마 월만을 향해 진격하던 이장춘이 오히려 뒤로 물러났다. 그리고 검을 앞으로 세우며 자세를 가다듬었다. 명확하게 수비의 기수식이다.

대책 없이 영마 월만이 만들어 놓은 환영들 속으로 뛰어 들었다가는 치명적인 허점을 노출할 수 있기 때문이었다.

그런데 그렇게 뒤로 물러나 수비 자세를 취한 이장춘을 향해 영마 월만 역시 쉽사리 공격을 가하지 못했다.

영마 월만의 환영술은 적을 끌어들여 싸우는 방식이어서 공격에 나서는 순간 환영술이 깨질 수 있기 때문이었다.

덕분에 두 사람의 초식 교환 없는 이상한 대치가 시작됐다.

이장춘도 월만을 향해 다가가지 못했고, 월만 역시 이장춘을 공격하지 않았다.

그 지루한 대치는 장장 일각이나 이어졌다.

그리고 그 지루함을 참지 못한 사람은 이장춘이나 월만이 아니라 혼천마 모용이었다.

"지루하군. 그만하지!"

땅에 내려진 가마 위에 앉은 채로 혼천마 모용이 소리쳤다.

그러자 일각이나 팽팽한 긴장감 속에 서로를 견제하던 이가검문주 이장춘과 영마 월만이 갑자기 숨이 트인 듯 길게 숨을 내쉬며 서로에게서 대여섯 걸음 뒤로 물러났다.

모용의 개입으로 인해 두 사람 모두에게 숨 돌릴 틈이 생긴 것이었다.

"생각보다 뛰어나군. 사제의 무공을 감당할 수 없을 거라 생각했는데. 역시… 이가검문의 저력이 대단해. 변방에 치우친 문파만 아니라면 십대천문에도 들었을 실력이야."

혼천마 모용이 마치 아랫사람을 칭찬하듯 이장춘의 무공을 칭찬했다.

하지만 이장춘은 그런 혼천마에게는 시선도 주지 않았다. 대신 영마 월만을 주시하며 물었다.

"혼천마의 명에 따라 비무를 접겠는가?"

"패배를 인정하란 거냐?"

월만이 절대 인정할 수 없다는 듯 물었다.

그러자 다시 뒤쪽에서 혼천마 모용의 목소리가 들렸다.

"패배는 무슨! 서로 싸울 생각이 없으니 그만두라는 거지. 이 비무는 무승부다! 인정하느냐?"

모용이 이장춘에게 물었다.

그러자 이장춘이 잠시 월만과 모용을 노려보다 검을 거두며 대답했다.

"인정하지."

*　　　　*　　　　*

첫 번째 비무가 무승부로 끝나자 장내의 분위기는 한층 더 날카로워졌다.

두 번째 비무에 대한 긴장감은 첫 번째 비무에 비할 바가 아니었다. 두 번째 비무에서 이기는 쪽은 더 이상 패배를 걱정하지 않아도 되기 때문이었다.

두 번째 비무만 승리하면 세 번째 비무에서 패해도 적어도 지는 싸움이 되지 않기 때문이었다.

반면 두 번째 비무에서 패하는 쪽은 세 번째 비무에 큰 부담을 안을 수밖에 없었다. 승부를 원점으로 만들려면 세 번째 비무를 반드시 이겨야 하기 때문이었다.

그래서 두 번째 비무가 사실상 오늘 비무 전체의 승패를 결정한다고 할 수 있었다.

혼천마 역시 그를 알기에 신중한 표정으로 옆 가마에 앉아 있는 사내와 뭔가를 상의하고 있었다.

그리고 잠시 후 이야기를 끝낸 혼천마가 큰 소리로 외쳤다.

"이가검문에 검옹이라는 숨은 고수가 있다던데 오늘 이곳에 왔는가?"

혼천마의 외침에 검옹 천복이 앞으로 나서며 가볍게 검을 뽑아 들었다.

"나와 상대할 마음이 있다면 모용은 나오너라!"

검옹의 짧고 싸늘한 말투가 한순간에 장내 분위기를 휘어잡았다. 그의 말은 검과 같아서 그 말을 듣는 사람 모두가 흠칫한 느낌을 받았다.

그건 그가 목소리에 자신의 기운을 실어 보낼 수 있는 절정 고수라는 뜻이었다.

이가검문의 문도들조차도 검옹 천복의 이런 사자후는 예상치 못했다는 듯 놀라는 사람이 적지 않았다.

그리고 그런 검옹의 무공에 가장 긴장한 사람은 당연히 혼천마 모융이었다.

"네가 검옹이란 늙은이냐?"

혼천마 모융이 가마 위 의자에 앉은 채 물었다.

"말이 많구나. 나서라! 무인은 검으로 말을 할 뿐이다!"

검옹이 혼천마 모융을 재촉했다.

그러자 모융이 비릿한 미소를 지으며 말했다.

"후후, 걱정 말거라. 어차피 넌 내가 상대해 줄 것이니까. 하지만 이번 판은 아니다. 두 번째 비무는 일월문의 귀빈이신 화중마께서 해주실 거니까. 늙은이는 잠시 기다리고 다른 자를 내세워라. 이가검문 최고의 고수라는 널 손님께 부탁할 수는 없으니까."

혼천마 모융이 검옹 천복에게 물러나기를 요구했다.

순간 이가검문 쪽 고수들이 웅성거리기 시작했다.

"화중마라면 설마 삼십육마의 그……?"

"그자가 왔다고?"

이가검문 고수들이 놀람과 두려움을 감추지 못하고 중얼거렸다.

화중마 백우양은 과거 무림을 피로 물들였던 삼십육마의 일인이자 마도 최악의 음마(淫魔)로서 타의 추종을 불허하는 악명을 떨친 자다.

그는 전설의 미남에 버금간다는 외모를 가진데다 감언이설에도 능해 어떤 여인이든 취할 수 있다고 알려져 있었다. 실제로 그에게 빠져 몸과 마음이 망가진 강호의 여고수들이 한둘이 아니었다.

그에게 버림을 받은 이후에도 그에 대한 애정을 버리지 못하는 사람도 여럿 있을 정도였다.

누군가는 그가 젊은 여고수들의 정혈을 취해 극강의 내공을 쌓았다고 하지만 그와 관계를 맺었던 여인들이 세상의 손가락질을 피해 숨어 살기는 해도 죽은 것은 아니어서 그 소문이 사실인지는 확인되지 않고 있었다.

아무튼 그런 희대의 음마가 나타났으니 장내가 술렁이는 것은 당연한 일이었다.

검옹 천복이 모용과 그 옆에 앉아 있는 화중마 백우양을 잠시 바라보다 고개를 돌려 시월에게 말을 건넸다.

"화중마는 기본적으로는 연검을 쓰네. 하지만 연검은 그저 화려한 초식으로 상대의 시야를 어지럽히는 용도지. 그의 진정한 무공은 필살의 비도술이네. 상대를 연검으로 어지럽힌 후 비도를 날려 목숨을 끊는 것으로 알려졌네. 혼천마의 무공은 그의 사제가 싸우는 모습을 보았으니 알 것이고… 내 생각에는 자네가 화중마를 맡아주면 좋겠네. 이 사단의 원흉인 혼천마는 내가 상대하고 싶군."

"그렇게 하지요."

검옹 천복의 말에 망설이지 않고 대답한 시월이 훌쩍 말에서 날아내려 천복 옆으로 다가왔다.

그러자 천복이 나직하게 말했다.

"강한 자니 조심하게. 삼십육마의 명성이 그냥 생긴 것이 아니네. 좀 전에도 말했지만, 그의 연검술보다 숨겨진 비도가 위험하니 그것을 조심하게."

검옹 천복이 신중하게 조언했다.

"알겠습니다. 너무 걱정 마십시오."

시월이 담담하게 대답했다.

천복의 경고에도 상대에 대한 두려움을 크게 느끼는 것 같지 않은 시월이다.

그런 시월을 보며 천복이 한숨을 내쉬었다.

"후, 자네 실력을 누구보다 잘 알고 있으면서도 걱정을 하고 있군. 자네 마음껏 싸워보게. 저 정도 고수를 상대할 기회는 많지 않으니까."

"알겠습니다."

"자넬 믿네."

검옹 천복이 시월의 어깨를 두드리고는 뒤로 물러났다.

그러자 시월이 조금 더 앞으로 걸어 나갔다.

"네가 날 상대하겠다는 거냐?"

어느새 가마에서 내려 비무를 위해 공터로 나와 있던 화중마 백우양이 시월을 보며 의아한 표정으로 물었다.

"그렇소."

"설마 이번 판 비무는 포기한 건가?"

백우양이 시월의 뒤쪽에 있는 이가검문의 문주 이장춘을 보며 물었다.

"비무가 끝나면 그 말이 얼마나 가소로운 말이었는지 알게 될 것이다. 사악한 음마 따위에겐 과분한 비무일 거다."

이장춘이 벌레 보듯 백우양을 보며 말했다.

그러자 백우양이 잠시 이장춘을 노려보다가 고개를 돌려 혼천마에게 물었다.

"저자에게 절색의 딸이 있다고 하던데… 이 비무가 끝나면 그 딸을 내가 취해도 되겠소? 아비가 날 모욕한 대가를 그 딸에게 받아야겠소."

"그렇게 하시오."

혼천마가 흔쾌하게 대답했다.

그러자 다시 이장춘에게로 시선을 돌린 백우양이 서늘한 목소리로 말했다.

"아이는 부모를 잘 만나야 하는 법인데 네 딸이 불쌍하구나. 부모가 입을 잘못 놀린 대가로 큰 곤욕을 치러야 할 테니… 다만 네 딸이 날 만족시킨다면 또 모르지. 얼마간 내 곁에 둘지도……."

백우양의 협박을 들은 이장춘이 다시 입을 열려는데, 갑자기 시월의 검이 백우양을 향해 날아들었다.

쩌적!

미처 시월의 공격에 대비하지 못한 백우양을 향해 시월의 검이 벼락처럼 떨어졌다.

"이놈이!"

시월의 기습에 놀란 백우양이 욕설을 내뱉으며 다급하게 우측으로 이동했다.

쿵!

강력한 시월의 검기가 백우양이 서 있던 자리에 커다란 웅덩이를 만들었다.

그리고 다음 순간 시월이 거짓말처럼 뒤로 물러났다.

측면으로 이동해 시월의 다음 공격을 대비하던 백우양은 멀뚱

한 표정으로 시월이 물러나는 것을 지켜볼 뿐 어떤 반격도 하지 못했다.

펄럭!

그런데 시월이 사오 장 뒤로 물러나 처음 있던 곳에 멈춰 서자 백우양의 등 옷자락이 강바람에 깃발처럼 펄럭였다.

백우양이 시월의 공격을 급하게나마 피한 것처럼 보였지만, 어느새 시월의 검이 백우양의 등을 베어냈던 것이다.

물론 옷자락은 크게 베였지만, 몸에 상처는 거의 없는 부상이었다.

하지만 그럼에도 불구하고 삼십육마의 일인 백우양을 단 일 초의 공격으로 곤경에 빠뜨린 시월의 무공은 사람들을 놀라게 만들기에 충분했다.

"이놈… 어린놈이 정파 운운하는 늙은 것들에게서 못된 짓만 배웠구나!"

백우양이 무심하게 자신을 응시하고 있는 시월을 보며 소리쳤다. 분노로 끌어올린 진기에 옷자락들이 바람에 날리듯 허공으로 휘날렸다.

"못된 짓은 모르겠고, 사람 구실하지 못하는 마졸에겐 몽둥이가 약이라고 배우기는 했소."

시월이 덤덤하게 대답했다.

그러자 이가검문의 문도들 사이에서 키득거리는 웃음소리가 흘러나왔다. 더불어 백우양의 등장으로 만들어졌던 긴장감도 한결 풀어진 것 같았다.

졸지에 사람 구실 못하는 마졸이 되어 버린 백우양의 잘생긴 얼굴이 벌겋게 달아올랐다.

삼십육마의 난 때 이미 사십대 중반이었던 백우양은 이제 육십을 바라보는 나이, 그럼에도 백우양은 젊은이처럼 탄력 있는 흰 피부를 가지고 있었다.

하지만 시월에게 일격을 당한 후, 그는 얼굴색이 변하고, 표정을 일그러졌다. 여인들을 유혹하던 부드러운 말과 여유 있는 태도도 더 이상 존재하지 않았다.

"네놈을 갈기갈기 찢어 물고기 밥으로 던져주겠다."

흥분한 백우양이 이를 갈며 협박을 퍼부었다.

"일월문의 마졸들은 늘 검보다 말이 앞서는군. 그럴 거면 애초에 왜 비무를 청했을까. 연검을 쓴다던데 한번 구경해 봅시다!"

시월이 백우양을 도발했다.

"오냐. 원하는 대로 해주마!"

백우양이 대답을 하면서 요대 부근으로 손을 가져갔다. 그러고는 자신의 요대에서 연검(軟劍)을 뱀처럼 끌어냈다.

차르릉!

백우양이 연검에 검기를 주입하자 연검이 날카로운 파공음을 만들어냈다. 연검을 뽑아든 백우양이 이번에는 먼저 선공에 나섰다.

차르릉!

다시 한번 백우양의 연검이 허공에 맑은 검음을 만들어내는 순간, 그의 검이 수십 개로 갈라지듯 환영을 만들었다.

그리고 그 검의 환영들은 마치 물길을 거슬러 오르는 연어처럼 시월의 전신을 휘어 감기 시작했다.

시월은 백우양의 검기들이 자신의 몸을 감싸기 시작하자 좌우로 움직이며 검을 휘둘렀다.

그렇게 시월의 검이 한 번씩 휘둘러질 때마다 기이한 현상이 일어났다.

좌측에서는 푸른색 검광이 우측에서는 붉은 기운이 도는 검광이 교차하며 나타난 것이다. 마치 두 명이 각기 다른 검식을 펼치는 듯한 모습이다.

그런데 그 두 검기들이 묘하게 섞여 들면서 시월 주위에 단단한 검망(劍網)을 형성했다.

그렇게 만들어진 검망은 시야를 어지럽히며 닥쳐드는 백우양의 모든 검기들을 빈틈없이 막아냈다.

카카캉!

시월이 만든 기이한 검망과 백우양의 연어 떼 같은 검기들이 격돌하면서 날카로운 파열음이 터져 나왔다.

그리고 두 사람은 그렇게 격돌한 채 일진일퇴의 공방전을 시작했다.

시월과 백우양은 끊임없는 검기의 흐름 속에서 한동안 풀밭 위를 오고 갔다. 어찌 보면 서로 미리 연습한 검무를 추는 것처럼 보이기도 했다.

하지만 그 움직임 속에서 두 사람 모두 한순간에 생사가 결정되는 치명적인 허점을 찾고 있다는 것을 모르는 고수는 없었다.

"이놈, 정파에 속한 놈이 어떻게 이런 요상한 검법을 알고 있느냐?"

치열한 공방 속에서도 백우양이 입을 열어 말을 건넸다.

비무에 집중하고 싶은 것은 그 역시 마찬가지였지만, 시월의 이

기이한 검법의 연원이 궁금할 수밖에 없었다.

"남의 무공에는 관심 끊고 당신의 그 가여운 목숨이나 잘 지키시오."

시월이 대답 대신 경고를 했다.

사실 대답해 줄 수도 없었다. 지금 그가 펼치고 있는 검법은 쌍둥이 사형들인 무릉과 도원이 수련한 일월쌍마의 혼천음양공을 검법으로 변환시킨 것이기 때문이었다.

하지만 장내의 그 누구도 시월의 검법 속에서 일월쌍마의 혼천음양공을 떠올리지는 못했다. 왜냐하면 일월쌍마는 수공과 장법의 달인들로서, 단 한 번도 검을 들고 싸운 적이 없는 마인들이기 때문이었다.

"이놈! 정말 하늘 높은 줄 모르는구나!"

자신의 질문을 무시하는 시월에게 욕설을 퍼부으며 백우양이 좀 더 빠르게 검을 휘둘렀다.

차르르릉!

백우양의 검기들이 그의 몸 주위로 모여들며 무지갯빛을 만들어냈다.

순간 시월의 눈빛이 반짝였다.

눈부신 무지갯빛 검기 속에서 백우양의 한 손이 자신의 품속으로 들어가는 것이 보였던 것이다.

'승부!'

시월이 한순간 검망을 풀고, 백우양을 향해 일직선으로 검을 뻗어냈다.

순간 약속이나 한 것처럼 백우양도 왼손으로 한 줄기 빛덩이를 시월을 향해 흩뿌렸다.

그렇게 두 사람에게서 뻗어 나온 빛줄기들이 일직선을 그리며 서로를 빨아들이듯 충돌했다.

*　　　　*　　　　*

파직!

빛처럼 날아가던 비도가 반대쪽에서 뻗어 나온 빛줄기와 닿는 순간 거짓말처럼 산산조각났다.

그러고도 비도를 파괴한 빛줄기는 힘이 남아 비도의 파편들을 뚫고 비도의 주인을 향해 꽂혔다.

팟!

"욱!"

비도의 주인, 화중마 백우양의 입에서 묵직한 신음이 터져 나왔다.

자신의 비도가 시월의 검기에 닿아 부서지는 순간 몸을 틀었지만, 시월의 검기는 매섭게 그의 오른쪽 어깨를 뚫고 지나갔던 것이다.

챙그렁!

그의 오른손에 들려 있던 연검이 땅에 떨어졌다.

무인이 손에서 병기를 놓친다는 것은 일생일대의 치욕이다. 그러나 화중마는 수십 년 사용한 애병인 연검을 회수할 생각조차 하지 않고 다급하게 뒤로 물러났다.

그러면서 그의 왼손이 연이어 세 개의 비도를 앞으로 던졌다.

쐐애액!

허공을 가르는 비도가 날카로운 파공음을 일으켰지만, 그 위력은 앞서 기습적으로 던졌던 비도에 비해 한참 떨어졌다.

다급하게 던져낸 비도들은 시월을 공격하는 것이 목적이 아니라 다만 시월의 걸음을 늦추기 위한 것이었다.

차창!

시월이 간결하게 검을 휘둘러 날아오는 비도들을 쳐냈다.

그사이 화중마 백우양은 어느새 자신이 타고 온 가마 바로 앞까지 물러나 있었다. 그 정도 위치까지 물러났다면 화중마 백우양이 비무를 포기한 것이라 봐도 무방했다.

시월이 걸음을 멈췄다.

완벽한 승리를 위해서라면 승기를 잡은 지금 화중마 백우양을 몰아쳐야 하지만 그러려면 적진에 뛰어들어 싸워야 했다.

그렇게 되면 비무가 순식간에 전면전으로 이어질 가능성이 있었다.

애초에 비무로 양 문파 간 싸움을 종결지으려 한 것은 문도들의 손실을 막기 위함이었기에 시월로서는 적진까지 뛰어들어 화중마 백우양을 공격하기 어려웠다.

스슥!

시월이 화중마 백우양을 따라가는 대신 대여섯 걸음 뒤로 물러났다. 그리고 나서 검을 내리며 화중마 백우양에게 물었다.

"더 하겠소?"

짧은 물음이지만 패배를 인정하라는 냉정한 경고다.

시월의 질문에 백우양의 얼굴이 일그러졌다. 새파란 애송이에게 패배를 인정하는 것은 마도의 세계에서 그의 명성을 크게 떨어뜨릴 것이다.

어쩌면 마도 무림에서 그를 더 이상 삼십육마의 일인으로 인정하지 않을 수도 있었다.

그러나 그렇다고 다시 싸우려니 용기가 나지 않았다.

회심의 일격으로 날린 비도를 박살 내며 자신의 어깨를 뚫어버린 시월의 검기를 다시는 경험하고 싶지 않은 백우양이었다.

솔직히 그런 초식의 무공은 그가 평생 단 한 번도 겪어보지 못한 것이었다. 만약 다시 격돌한다면 상대의 검기가 이번에는 자신의 어깨가 아니라 심장을 꿰뚫을 것 같았다.

그래서 이러지도 저러지도 못하는 백우양을 혼천마 모용이 구해줬다.

"화중마께서 더 싸우실 수도 있겠지만, 불운하게 어깨에 부상을 입으셨으니, 이 싸움은 우리가 양보하는 것으로 합시다!"

"아니오, 더 싸울 수 있소이다."

뒤늦게 화중마 백우양이 싸움을 고집했지만, 그게 그의 진심이 아님을 누구보다 혼천마가 잘 알고 있었다.

"아니외다. 이번 싸움의 주관자로서 이미 부상을 입으신 화중마께 더 이상 비무를 부탁드릴 수는 없소. 물론 억울하시겠지만, 이 비무는 이쯤에서 멈춥시다. 비무의 주관자로서 부탁드리겠소. 만약 계속 비무를 하신다면 마도의 형제들이 부상 입은 손님을 비무로 내몰았다고 나 모용을 비난할 것이오."

혼천마가 가마에서 일어나면서까지 백우양을 만류했다.

그제야 백우양이 어쩔 수 없다는 듯 슬그머니 꼬리를 내렸다.

"그렇게까지 말씀을 하시니 알겠소이다. 손님은 주인의 말을 따라야 하는 법이지요. 승리를 선물하지 못해 미안하오."

"아니외다. 아직 한 판의 비무가 더 남아 있으니 너무 마음 쓰지 마시구려."

혼천마가 고개를 젓고는 일어난 김에 비무를 하려는지 앞으로 걸어 나왔다.

"넌 대체 누구냐?"

혼천마가 물러나지 않고 강변 풀밭 위에 서 있는 시월을 보며 물었다.

두 번째 비무의 패배에 대한 분노보다는 정말 시월의 정체가 궁금한 듯 보이는 혼천마다.

"칠선문의 제자요."

"칠선문······! 그럼 네놈이 바로 본문의 일을 두 번이나 방해한 바로 그놈이구나!"

혼천마가 뒤늦게 분노했다.

그동안 혼천마는 이가검문을 향해 두 번의 계책을 썼다.

한 번은 지난겨울 이화검을 납치하려 했던 일이고, 다른 한 번은 얼마 전 이가검문의 식량 창고인 수곡원을 공격한 일이었다.

그 두 번의 계책이 성공했다면 단번에 이가검문과의 싸움에서 우위에 설 수 있었다.

그런데 그 두 번의 계책이 모두 실패했고, 공교롭게도 그때마다 혼천마 모웅의 귀에 들려온 이름은 칠선문이라는 듣도 보도 못한 문파의 이름이었다.

자신의 모든 계획을 망쳐놓고, 또 오늘 비무에까지 나서 한 판의 비무를 가져간 시월에게 분노하지 않을 수 없는 혼천마였다.

"그렇소. 내가 수곡원에서 일월문의 공격을 방해한 사람이오."

시월이 담담하게 자신이 일월문의 일을 방해한 사람이라는 것을 시인했다.

그러자 혼천마의 양손에 어디서 나타났는지 눈부신 금륜 두 개가 들렸다.

"이놈! 본문의 일을 방해한 대가를 치러주겠다!"

"원한다면 상대해 주겠소. 그런데 이 도전은 세 번째 비무인 것이오?"

시월이 담담하게 검을 들어 올리며 물었다.

"도전? 이런 건방진… 머리에 피도 안 마른 놈이 운 좋게 한 판의 비무에서 이득을 보았다고 기고만장하는구나! 내가 오늘 네놈에게 지옥을 보여주마!"

창!

혼천마 모용이 두 개의 금륜을 부딪혔다. 그러자 금륜이 엇갈리며 불꽃이 터져 나오고, 사람의 신경을 긁는 마찰음이 흘러나왔다.

그 소름 끼치는 소리에 장내의 무인들이 눈살을 찌푸리며 서너 걸음씩 뒤로 물러났다.

단지 소리를 만들어내는 것만으로도 사람들을 움직이게 만드는 혼천마의 무공은 명성대로 그의 마공이 극에 달했음을 보여주고 있었다.

그래서 시월도 방심할 수 없었다.

시월이 검을 들어 자신의 가슴 어림을 비스듬하게 가렸다. 공수가 모두 가능한 기수식, 어떤 변화에도 임기응변으로 대응할 수 있는 자세였다.

그런데 당장 불꽃 튀는 격돌이 시작될 것 같은 분위기가 한 사람의 등장으로 인해 깨졌다.

"잠깐 기다리게!"

혼천마 모용과 싸우려는 시월을 검옹 천복이 나서며 말렸다.

그제야 시월은 자신이 한 가지 사실을 잊고 있었다는 것을 깨달았다. 세 번째 비무의 주인은 자신이 아니라 검옹 천복이었던 것이다.

"우리 대결은 다음으로 미뤄야 할 것 같소. 당신을 상대할 사람은 이미 정해져 있으니!"

시월이 혼천마 모용에게 말을 건네고는 서너 걸음 뒤로 물러났다.

그러자 어느새 다가온 검옹 천복이 시월의 앞에 서며 말했다.

"수고했네. 그리고 고맙네. 비무를 이겨줘서. 덕분에 난 아주 편한 비무를 할 수 있게 되었네."

"어르신의 신비로운 검법을 다시 볼 수 있게 되어 영광입니다. 그래도 조심하십시오. 간계가 뛰어난 자이니……."

시월이 당부했다.

"알겠네. 삼십육마, 그중에서도 열 손가락 안에 꼽히는 자를 어찌 조심하지 않을 수 있겠나. 후후!"

검옹이 가볍게 미소를 지으며 대답했다.

"알겠습니다. 그럼!"

시월이 검옹에게 가볍게 고개를 숙여 보인 후 뒤로 물러났다.

"늙은이가 이가검문이 숨겨 놓은 절대 고수라는 검옹이란 자냐?"

천복이 시월을 대신하자 혼천마 모용이 금륜을 내리며 천복에게 물었다.

"그렇다. 그런데 대체 왜 변방의 문파인 이가검문을 노려 나 같은 늙은이까지 귀찮게 하는지 그 이유를 알 수 없군."

검옹이 깊은 눈으로 혼천마를 응시하며 물었다.

사실 그 사실은 이가검문의 무인들도 의아하게 생각하는 일이었다.

혼천마 모용은 일월문을 이끌고 등장하기 전에는 요동에서 활동한 적이 없는 마인이었다. 삼십육마의 난 때에도 그는 장성 이남에서 활동했지, 요동에는 발걸음을 들이지 않았었다.

그런 그가 요동에서도 가장 동쪽에 치우친 이가검문을 공격하는 것은 이상한 일이었다.

"과거의 잘못을 반복하지 않겠다는 것이다. 마련은 무림 전체를 공략할 것이다. 과거처럼 한곳에 모여 있다가 집중적인 공격을 당하는 어리석음을 반복할 이유가 없지."

과거 삼십육마가 한데 어울려 다니다가 의천무맹의 토벌대로부터 집중적인 공격을 받고 패퇴한 일을 말하는 듯했다.

"그렇다고 해도 그대 같은 명성을 지닌 자가 가장 먼 변방이라니… 설마 마련의 권력 다툼에서 밀려난 것인가?"

검옹 천복이 물었다. 궁금하기도 했지만, 혼천마의 심기를 흔들려는 의도도 있는 질문이었다.

"후후후, 감히 누가 날 마련의 중심에서 몰아낼 수 있단 말이냐? 내가 이 땅에 온 것은 이곳이 내 고향이기 때문이다."

"…요동이 그대의 고향이라고?"

"물론 어릴 때 떠나기는 했지만, 나이가 드니 고향 땅이 그립더군. 그래서 고향 땅에 돌아와 노년을 보낼 생각을 하고 있었는데, 천추산 이가검문의 장원이 제법 쓸 만하더군. 또 이가검문을 복속시키면 제법 괜찮은 노예들도 여럿 얻게 될 것이고⋯⋯."

혼천마도 지지 않고 검옹 천복의 심기를 긁었다.

그러나 천복이 그럼 심리전에 흔들릴 사람은 아니었다.

"그게 이유 전부는 아니겠지?"

천복이 되물었다.

"아니, 정말 이게 다야. 이가검문과 그 장원이 너무 갖고 싶었으니까."

혼천마가 다시 말했다. 그런데 이상하게 그의 말이 진심으로 느껴졌다.

순간 천복이 눈을 가늘게 뜨고 혼천마 모습을 뚫어지게 바라보다가 물었다.

"어린 시절 이 땅을 떠날 때 좋게 떠난 것이 아닌 모양이군. 이가검문에 원한이 있었더냐?"

천복의 물음에 혼천마의 눈빛이 깊은 곳에서 한 차례 흔들렸다. 하지만 그는 그 감정의 동요를 드러내지 않고 심드렁하게 말했다.

"글쎄⋯ 원한까지는 아니고. 쓸 데가 없는 사람은 버려지는 것이 세상의 법칙이니까."

"이가검문에 버려졌다? 어떤 사연인지 궁금하군."

"후후후, 말해도 너희들은 모를 일이다. 이가검문의 병든 소작인 한 사람이 죽었고, 그의 어린 아들은 졸지에 거지가 되었지. 그 아이에게 대 이가검문은 어떤 도움도 주지 않았어. 아니, 그 아이가 홀로 남겨졌고 굶어 죽지 않기 위해 결국 비럭질을 하며 고향을 떠났다는 사실조차 알지 못했겠지. 그렇다고 이가검문을 원망하는 것은 아니다. 다만 힘이 생겼으니 그 반대의 삶도 살아보고 싶은 거지."

혼천마가 심드렁한 미소를 지으며 말했다.

어쩌면 그의 말은 모두 진심일 수도 있었다. 원한 때문이 아니라 강호를 뒤흔드는 절대 마인으로서 과거와 정반대의 삶에 흥미를 느끼고 있을 수도 있기 때문이었다.

"…능력이 된다면 어디 가져 보든지!"

천복이 말했다.

"당연히… 내 것이 될 거다. 이가검문의 모든 것이……."

혼천마 모융이 두 개의 금륜을 들어 올리며 말했다.

제 8장
—
도화(桃花) 꽃잎 흩날리는 밤

두 개의 금륜이 새로운 세상을 만들어 낸 것 같았다.

사방을 금빛으로 물들이며 두 개의 금륜이 살아 있는 생물처럼 움직였다.

두 개의 금륜은 수시로 교차하며 눈에 보이지 않는 빠른 속도로 검웅 천복을 향해 날아들었다.

사람들의 눈에는 그저 금빛 빛줄기 두 개가 허공을 가로지르는 것처럼 느껴졌다,

하지만 누구라도 혼란스럽게 만들 혼천마 모용의 화려한 무공 앞에서 검웅 천복은 침착했다.

그는 눈앞에서 일어나는 어떤 움직임에도 현혹되지 않고, 금륜이 만들어내는 빛의 장막 안에서 폭사하는 금륜들을 막아낼 뿐이었다.

천복은 움직임을 최소한으로 줄여 그의 몸 주위를 어지럽게 움직이는 금륜을 막아내면서 반격할 기회를 엿보고 있었다.

그런 수비적인 천복의 움직임 때문에 비무 시작 초기에는 혼천마의 압도적인 우세처럼 보였다. 어지럽게 움직이는 모용의 금륜을 천복이 언제까지 막아낼 수 있을까 걱정을 하는 사람들도 여럿 있었다.

그런데 그렇게 근 삼십여 초 동안 숨 쉴 틈 없이 이어지는 금륜의 공격을 막아내던 검웅 천복이 어느 순간부터 조금씩 앞으로 전진하기 시작했다.

카캉!

시간이 지나도 여전히 혼천마 모용의 금륜은 화려하고 강렬했다. 하지만 천복의 무공 역시 놀라워서 모용의 파상적인 공격으로 그의 옷자락을 잘려나가는 순간에도, 실상 그의 몸은 어떤 상처도 입고 있지 않았다.

스슥!

천복의 전진은 아주 느리게 이어졌지만, 간혹 금륜의 공격이 조금 늦춰질 때는 한 걸음에 반장 이상 전진하기도 했다.

천복은 마치 거친 폭포를 거슬러 오르는 물고기 같았다.

모용이 만들어내는 눈부신 금륜의 빛들은 천복의 느린 전진을 막아내지 못했다.

그래서 다시 오십여 초의 공수가 이어졌을 때, 천복은 모용의 삼 장 앞까지 접근해 있었다.

천복이 자신을 향해 전진해 오는 것을 두 눈으로 보면서도 모용은 뒤로 물러날 수 없었다.

비무를 시작할 때 만들어져 그의 몸을 감싸고 있는 빛의 장막이 그가 뒤로 물러나는 순간 흩어질 것이고 그럼 완벽한 자유를 얻은 검옹 천복의 검을 피할 수 없을 거란 걸 알기 때문이었다.

설혹 운 좋게 첫 번째 반격을 피한다 해도 천복은 한 번 잡은 자신의 허점을 절대 놓치지 않을 것이다.

사실 모용에게 빛의 장막은 무척 중요한 의미가 있었다.

빛의 장막 안에서 그의 금륜은 그에 의해 완벽하게 통제되어 평소보다 서너 배의 위력을 발휘한다.

하지만 장막이 사라지면 그의 금륜은 보통 고수들의 륜과 다를 바가 없게 된다. 그렇게 되면 전세는 완전히 역전될 것이다.

모용이 뒤로 물러나지 않고 필사적으로 검옹 천복의 전진을 막고 빛의 장막을 유지하려는 이유였다.

하지만 검옹 천복의 뚝심은 대단했다. 그는 사방에서 몰아치는 모용의 금륜 공격을 힘겹게 막아내면서도 전진을 멈추지 않았다.

멀리 떨어져 있을 때는 금륜 공격에 옷깃 정도만 베였던 그였지만 이제는 그의 몸에도 조금씩 상처가 나기 시작했다.

그래도 그는 전진을 멈추지 않고 혼천마 모용을 향해 묵직한 걸음을 옮기고 있었다.

그리고 드디어 검옹 천복이 그와 모용 사이를 가르고 있는 빛의 장막 바로 앞에 도달했다.

순간 천복이 자신의 검을 불쑥 앞으로 내밀었다.

쩌저적!

정말 유형의 장막이 있었던 것처럼, 천복의 검이 빛의 장막에 닿자 빛의 장막에서 얼음 갈라지는 소리가 일어났다. 그리고 뒤를 이어 천복의 검이 장막을 뚫고 푹 앞으로 뻗어 나갔다.

"이런 괴물 같은 늙은이!"

천복이 검이 장막을 뚫고 자신의 심장을 향해 뻗어오자 모용이 욕설을 퍼부으면서 다급하게 뒤로 물러났다.

그러자 한순간에 혼천마의 빛의 장막이 와해됐다.

"머리는 놓고 가거라!"

천복의 입에서 노성이 터져 나오면서 그의 몸이 뒤로 물러나는 모용을 향해 무서운 속도로 폭사했다.

"이 빚은 반드시 갚아주마! 네놈은 반드시 내 손에 죽을 것이다."

어느새 바람처럼 강변을 따라 도주하는 모용이 큰 소리로 외쳤다. 순간 천복이 모용을 향해 검을 던졌다.

번쩍!

천복의 검이 눈부신 광채를 만들어내며 모용을 향해 날아갔다.

모용이 재빨리 달리는 방향을 틀어 천복의 검을 피하려 했지만, 천복의 검은 벼락처럼 모용의 옆구리를 베고 지나갔다.

"욱!"

모용의 입에서 신음 소리가 흘러나왔다. 하지만 그는 달리는 속도를 늦추지 않았다. 속도를 줄이는 순간 천복에게서 벗어날 수 없다는 것을 알고 있기 때문이었다.

부상을 입은 모용이 부상당하지 않았을 때보다도 빠르게 달려 한순간 초록이 무성한 숲속으로 사라졌다.

그러자 그를 따라온 일월문의 마인들도 도주하기 시작했다.

그런 그들을 이가검문의 고수들이 공격했다.

순식간에 강변이 전쟁터로 변했다. 물론 피를 흘리고 쓰러지는 사람들 대부분은 일원문의 마인들이었다.

이가검문 고수들의 공격을 벗어난 마인들은 뒤도 돌아보지 않고 사방으로 흩어져 달아났다.

"더 이상 추격하지 마라!"

한순간 이장춘의 사자후가 터져 나왔다.

그러자 승리감에 도취되어 적을 추격하려던 이가검문의 무인들이 정신을 차리고 이장춘 주위로 모여들었다.

"서둘러 장원으로 돌아간다. 놈이 어떤 간계를 꾸밀지 모르니!"

이장춘이 이가검문의 무인들에게 명했다.

명을 받은 이가검문의 무인들이 서둘러 말에 올라 장원을 향해 출발했다.

그렇게 무겁게 시작됐던 비무가 광풍 같은 혼란으로 끝을 맺었다.

"끝난 건가?"

곽부가 복귀를 서두르는 이가검문의 무인들을 보며 입을 열었다.

"그런 것 같아요. 혼천마도 달리 준비해 둔 계책은 없는 것 같군요. 다행스럽게도……."

"아마도 놈은 이 비무에서 자신들이 승리할 거라 확신했던 모양이군. 그러니까 아무 준비도 해두지 않았지. 크크크!"

곽부가 고소하다는 듯 웃음을 흘렸다.

그러자 곁에 있던 이화검이 말했다.

"시월 소협과 검옹 할아버지의 존재를 너무 가볍게 생각했던 거죠. 설마… 두 분이 삼십육마쯤은 가볍게 물리칠 고수라고 생각이나 했겠어요?"

"쉽게 이긴 것은 아닌데……."

시월이 머리를 긁적이며 말했다.

"아, 물론 소협의 노고를 인정하지 않은 것은 아니에요. 오해하지 마세요. 다만, 시월 소협의 무공이 제가 생각했던 것보다 훨씬 강했다는 거죠."

이화검이 얼른 변명했다.

"운이 좋았을 뿐입니다."

시월이 대답했다.

"아뇨. 한 번은 운일 수 있지만 두 번은 아니죠. 그런데 난 벌써 소협의 무공을 세 번이나 보았어요. 아니, 지난번 월문신룡과의 비무까지 치면 네 번째군요. 그런데 소협은 볼 때마다 더 강해지는 것 같아요. 그건 실력이죠. 그리고… 아직도 보여주지 않은 뭔가가 더 있을 수도 있고요."

"그럴리가요. 전 언제나 모든 싸움에 최선을 다합니다."

시월이 가볍게 미소를 지었다.

"그런가요? 그렇다면 아직도 하루하루 무공이 발전한다는 건데… 시월 소협의 말을 믿어도 되나요?"

이화검이 당사자의 말은 믿을 수 없다는 듯 곽부에게 물었다.

그러자 곽부가 고개를 갸웃거리며 대답했다.

"글쎄요. 그 문제에 대해선 저희 사형제도 모두 궁금해하고 있죠. 시월의 무공이 완성된 것인지 완성되어가는 중인지 의견이 분분해요. 그런데 여기서 더 발전할 수 있다는 게 말이 되는 것 같지도 않고… 또 무척 우울한 일이죠."

곽부가 맥 빠진 표정을 지었다.

"우울하다뇨? 사제의 무공이 발전하는 게 우울한 일인가요?"

이화검이 이해가 되지 않는다는 듯 물었다.

"뭐… 사실 예전에는 이 녀석 무공이 우리 사형제 중에 제일 약했거든요. 그런데 어느새 나 같은 사람은 감당할 수 없을 만큼 강해졌는데 거기서 더 강해지고 있다는 것이… 기쁜 일이지만 한편으로는 같은 무인으로서 우울한 거죠."

곽부가 어깨를 으쓱하며 말했다.

"사형들도 곧 그렇게 될 거예요. 몇 분은 저보다 더 강해질 거고."

"처음에는 그런 생각을 아주 안 했던 것도 아닌데 요즘은 아예 불가능할 거 같다는 생각을 하게 됐구나."

곽부가 대답했다.

"늘 말했지만 그건 사형이 게을러서일 거예요."

시월이 곽부를 놀렸다.

"글쎄 나도 아침저녁으로 열심히 수련한다니까! 내가 게으른 것이 아니라 네 재능이 뛰어난 거야!"

곽부가 투덜거렸다.

"타고난 자질로 보면 사형이 우리 사형제 중 제일이죠. 내공이 없어도 내공에 버금가는 신력을 타고났으니까. 그걸 믿고 게으르신 것 아니에요?"

시월이 다시 따져 물었다.

"제길, 아무리 장사로 태어났어도 근육의 힘은 내공의 힘과는 다른 거지. 아무튼 난 사제만큼 강해지지는 못할 것 같아."

곽부가 고개를 저었다.

"두 분 모두 행복한 고민을 하시네요. 전 두 분 모두에게 훨씬 미치지 못하는데……."

이화검이 투덜댔다.

"이가검문 최고의 기재라는 이 여협께서 그런 말씀을 하시면 다른 사람들이 욕합니다. 그러니 그런 말씀은 거두시죠. 흐흐, 아! 그나저나 이제 그자는 어떻게 할까?"

곽부가 화제를 돌렸다. 비무에서 패퇴한 혼천마 모용의 다음 행보가 궁금한 것이다.

"일월문을 데리고 요동을 떠나지 않을까요?"

시월이 되물었다.

"설마! 비무에서 패했다고 요동을 떠날 자가 아니야. 분명 다른 계책을 세워서 다시 도전할 거야."

곽부가 시월의 의견에 반대했다. 그러자 시월이 다시 입을 열었다.

"물론 그간 그의 행보를 보면 그럴 것 같기는 하지만 오늘 모습을 보니 어쩌면 요동을 떠날 것도 같아요."

"오늘 모습? 검옹께 패한 거 말이야?"

"패한 것이 중요한 게 아니죠. 싸움 중에 도주했잖아요. 그건 곧 그가 자신의 목숨을 무척 소중하게 생각한다는 거죠. 무림의 평판에는 신경도 쓰지 않을 만큼."

"그래서?"

"오늘 그는 이가검문의 저력이 생각보다 훨씬 깊고 강하다는 것을 직접 확인했잖아요. 그래서 계속 이가검문에 도전하다가는 자신의 목숨이 위태로울 수 있다는 것도 알았을 겁니다. 사실 이가검문에서 당장 그의 추격에 나설 수도 있고요. 또 오늘 비무 소

식이 강호에 전해지면 요동 각지의 문파들이 이가검문의 그늘에
들기 위해 몰려들 거고요. 그로서는 아무리 머리를 써도 전세를
뒤집기 어려울 겁니다."

시월이 차분하게 말했다. 그러자 이화검이 말했다.

"소협의 말대로 됐으면 좋겠어요. 사실 그가 요동에 남아 있으
면 늘 불안할 거예요. 그렇다고 마련이 득세하는 시절에 제대로
된 추살대를 꾸리는 것도 어렵고……."

"그래도 당분간은 이가검문이 위험할 일은 없을 겁니다. 그래
서 요동으로 오는 정파의 무인들이 많아질 수도 있을 거구요. 혼
란한 시기에 이가검문의 그늘은 안전하다고 생각할 테니까요."

시월이 말했다. 그러자 곽부가 얼른 말을 이어받았다.

"혹시 이가검문도 천문의 지위에 오르지 않을까?"

"천문이요?"

예상치 못한 질문에 시월이 되물었다.

"응, 월문도 마련의 발호를 앞장서서 막아섰기 때문에 천문에
올랐잖아. 그런데 이가검문도 일월문을 물리치고 요동을 안정시켰
단 말이지. 그럼 당연히 천문의 자격이 있는 것이 아닐까? 월문이
나 모용세가라도 단독으로는 이런 성과를 얻기는 힘드니까."

그러자 이화검이 고개를 저었다.

"그건 쉽지 않을 거예요."

"왜요?"

곽부가 안될 이유가 없지 않냐는 듯 되물었다.

"일단… 아버님이 천문에 들길 원치 않으셔요. 아버님은 이가
검문이 세상의 관심에서 벗어나 오랫동안 가문의 전통을 이어가

기를 원하세요. 그런데 천문이 되는 순간 무림의 중심에서 벗어날 수 없게 되죠. 천문으로서 해야 할 의무 같은 것이 있으니까요. 그리고 두 번째 이유는 아마도 월문과 모용세가에서 동의하지 않을 거예요."

"하긴… 그들이 방해할 수도 있겠군요."

곽부가 고개를 끄떡였다.

"아마 그들은 오늘 이후로 저희 이가검문을 잔뜩 경계할 거예요. 마련과 싸움 중이라도 의천무맹 내의 패권 다툼은 여전히 치열하니까요. 하지만 뭐, 아버님께서 천문이 되는 일에 전혀 관심이 없다는 것을 알게 되면 그들도 관심을 거두겠죠."

이화검이 시선을 돌려 백유검과 모용무룡을 바라보며 말했다.

시월과 곽부도 이화검을 따라 두 사람을 바라봤다.

순간 줄곧 세 사람을 주시하고 있던 백유검이 황급히 시선을 다른 곳으로 돌렸다.

*　　　　*　　　　*

며칠 축제의 시간이 이어졌다.

마련의 발호로 강호에 짙은 어둠이 드리워져 있었지만, 먼 변방의 무가(武家) 이가검문만은 달랐다.

마련의 실체가 완전히 드러난 것이 아니지만 혼천마 모용은 과거 삼십육마의 일인이었으므로 마련의 수뇌부일 것은 분명했다.

그런 혼천마 모용이 세운 일월문을 이가검문이 격파했으니 문도들의 기세가 하늘을 찌를 것은 당연한 일이었다.

더불어 이가검문을 돕기 위해 사방에서 모여든 무인들 역시 기분 좋은 시간을 보내고 있었다.

사실 혼천마의 일월문과 싸우는 것은 목숨을 걸어야 하는 일이었다.

그런데 정작 큰 싸움도 없이 단 한 번의 비무로 싸움의 승패가 결정되었으므로 이가검문에 모인 무인들이 목숨 걸 일도 없어졌다.

그러면서도 그들은 위험한 시기 이가검문을 돕기 위해 달려왔다는 영예는 고스란히 얻었다. 그야말로 앉은 자리에서 큰 이득을 본 것이다.

또한 싸우지 않았음에도 이가검문의 대접은 극진했다.

어려울 때 달려와 준 친구를 싸움이 끝났다고 박대할 이가검문이 아니었다.

그래서 주인도 손님도 흥겨운 축제의 시간이 비무가 끝난 후 며칠간 이어졌다.

그 축제의 시간을 시월도 즐기고 있었다.

시월은 여전히 동죽헌에 머물렀다. 비무가 있기 전보다 그를 만나고 싶어 하는 사람들이 적지 않게 늘었지만 번잡함을 싫어하는 그를 배려한 이가검문주 이장춘의 배려로 그를 만나는 사람은 극소수에 지나지 않았다.

물론 그 와중에 아무런 방해 없이 동죽헌을 드나들 수 있는 사람이 있었다.

이화검이었다.

이화검은 일월문과의 비무가 끝난 이후에는 거의 동죽헌에서 살다시피 했다.

일월문과의 싸움이 마무리되었기 때문에 이가검문에서 그녀가 해야 할 일도 크게 줄어 있었다.

그렇게 여유가 생긴 이화검은 남는 시간을 거의 모두 동죽헌에서 보냈다.

시월과 곽부 역시 그런 이화검을 반겼다.

이화검은 명문가의 여인이었지만 성정이 남자 이상으로 호방해서 그녀와 함께 있으면 자연스럽게 기분이 좋아지는 두 사람이었다.

그런데 이화검이 동죽헌에서 지내는 시간이 많아지자 시월과 이화검은 자신들도 모르는 사이에 서로에 대한 호감이 깊어져 갔다.

당사자들을 몰랐지만 그 변화를 가장 정확하게 알아채고 있는 사람은 곽부였다. 그는 두 사람 옆에 늘 붙어 있어서 두 사람의 표정과 행동, 말투를 모두 볼 수 있기 때문이었다.

그런 곽부가 언제부턴가 두 사람과 거리를 두기 시작했다. 둘만의 시간을 주려고 외부로 나돌기 시작한 것이다.

그는 이가검문의 본가를 구경 가기도 하고, 검옹 천복을 찾아가 무공에 관한 이야기를 나누었으며, 종종 이가검문주 이장춘의 세 아들과 어울려 술잔을 기울이기도 했다.

그렇게 곽부가 일부러 자리를 비우면 시월과 이화검은 동죽헌 대청에 앉아서 대나무 숲을 지나는 바람 소리를 들으며 차를 마시거나, 기분이 동하면 돗자리 하나 챙겨 들고 죽림을 산책하다 풍광 좋은 곳에 앉아 이야기를 나누었다.

하지만 두 사람은 그 시간이 그들의 인생에 불현듯 찾아온 가장 아름다운 시간이라는 것을 깨닫지 못하고 있었다.

오늘도 시월과 이화검은 동죽헌을 둘러싼 대나무 숲 경계에 돗

자리를 깔고 앉아 화무산을 물들여 가는 석양을 바라보고 있었다.

죽림 서북쪽은 환무산에 드리우는 석양을 가장 잘 볼 수 있는 곳이었다.

비무가 끝난 이후 여러 날 동안 많은 이야기를 나누어서인지 두 사람 사이에 대화가 많지는 않았다.

간혹 이화검이 질문을 던지면 시월이 짧은 대답을 하는 정도였다. 사실 두 사람에게 대화는 더 이상 필요치 않았다.

두 사람은 같은 공간에 있다는 충만한 감정만으로 수천 번의 대화를 대신할 수 있기 때문이었다.

물론 그래도 완전한 침묵할 수는 없었지만.

"어릴 때 가끔 동죽헌에서 검옹 할아버지의 가르침을 받았어요. 그때 수련이 지겨워지면 할아버지 몰래 동죽헌을 벗어나 이곳에 와서 석양을 구경하거나 혹은 복숭아를 몰래 따먹고는 했죠. 물론… 검옹 할아버지가 그걸 몰랐을 거라고는 생각지 않지만요."

"복숭아요?"

이화검이 어린 시절의 이야기를 꺼내자 시월이 호기심을 드러냈다.

그러자 이화검이 손을 들어 노을에 붉게 물들어 가는 환무산 중턱 한 곳을 가리켰다.

"저기요. 복숭아나무들이 많아요. 본문에서 키우는 것은 아니고 자연적으로 생겼는데 오히려 그래서인지 복숭아들이 훨씬 맛이 좋죠. 그리고 이 계절이면 도화꽃이 아름다워서 본문의 젊은이들이 즐겨 산책하는 곳이에요."

"아! 저게 복숭아꽃이었군요?"

시월이 환무산 자락 한 곳을 분홍빛으로 물들이고 있는 꽃이 도화꽃인 것을 알고는 탄성을 흘렸다.

무성한 것은 아니지만 다른 수목들과 어우러진 분홍빛의 복숭아 꽃들은 이화검의 말대로 그 주변 풍광을 특별하게 만들고 있었다.

"본문의 젊은 연인들이 어른들의 눈을 피해 몰래 만나는 장소기도 하죠."

이화검이 입가에 미소를 지으며 말했다.

"가볼까요? 우리도?"

"…우리도요?"

시월의 갑작스러운 제안에 이화검이 당황한 듯 되물었다.

"지금이 가장 아름다울 때라면서요?"

"그렇긴 하죠……."

이화검이 말꼬리를 흐렸다.

그러자 시월이 자리를 털고 일어난 후 이화검에게 손을 내밀었다.

"가봐요. 마침 오늘은 보름이기도 하니까 해가 지고 달이 뜨면 달빛 아래에서 보는 도화꽃들이 더 아름다울 거예요."

시월이 이화검을 재촉했다.

그러자 이화검이 잠시 망설이다가 시월이 내민 손을 잡고 일어났다.

"좋아요. 가봐요. 나도 밤에 가보는 것은 처음이라 기대가 되네요."

이화검이 말했다.

그러자 시월이 잠시 잡았던 이화검의 손을 놓고 돗자리를 둘둘 말아 들어 올렸다.

"가요. 야생의 숲이라 길이 없으니까 잘 따라와야 해요."

이화검이 앞장서서 걸음을 옮기기 시작했다.

야생의 숲이라 해도 무공을 수련한 무인에게 어려운 길은 아니다. 그래도 시월은 앞서가는 이화검의 발자국을 그대로 따라갔다.

자신과 이화검, 두 개의 발자국이 겹칠 때마다 시월은 이화검과 자신이 하나가 되는 느낌을 받았다.

사형제들인 칠랑에 대해 사형제 이상의 친밀감과 애정을 갖고 있는 시월이지만 이화검에게 느끼는 이 감정은 칠랑에게서는 경험해 보지 못한 것들이었다.

이화검을 생각하면 자신도 모르게 미소가 지어졌고 이화검의 얼굴을 보면 그녀의 눈 속에 빠져들어 가는 것 같았다.

그녀의 손짓 하나, 발걸음 하나에 가슴이 두근거리기도 했고 간혹 그녀의 손을 잡거나 안고 싶다는 충동이 초대하지 않은 손님처럼 불현듯 그의 마음속에 일어나곤 했다.

"이곳부터는 조금 험해요."

문득 걸음을 멈춘 이화검이 시월을 돌아보며 말했다.

시월은 이화검의 발자국만 보며 걷고 있다가 그녀의 말에 퍼뜩 정신을 차리고 고개를 들어 이화검을 바라봤다.

어느새 노을도 진 어스름한 저녁, 그 희미한 어둠 속에서 이화검의 눈이 별처럼 빛나고 있었다.

"다른 생각을 하고 있었군요? 무슨 생각을 했어요?"

놀란 듯한 시월에게 이화검이 물었다.

"그냥… 아무 생각 없이 따라 걷고 있었어요."

시월이 대답했다.

"음… 역시 앞서가는 사람만 고생하게 마련이군요. 억울해서
안 되겠어요. 이젠 같이 걸어요."

이화검이 시월을 향해 투정을 부리듯 손을 내밀었다.

그러자 시월이 당황한 듯 잠시 멈칫하다 거부하지 않고 이화검
의 손을 잡았다.

마주 잡은 손을 통해 이화검의 체온이 느껴졌다. 어둠이 찾아
온 숲의 냉기가 한순간에 달아나는 느낌이 들었다.

'따뜻해!'

시월은 마치 세상에 태어나서 처음 다른 사람의 손을 잡아보는
것처럼 손을 통해 전해지는 이화검의 온기가 신기하게 느껴졌다.

"가요, 이제!"

이화검이 손에 살짝 힘을 주며 말했다.

시월이 고개를 끄떡이고는 다시 걸음을 옮겼다. 그때부터 두 사
람은 나란히 산길을 걷기 시작했다.

"후우……!"

비탈진 산길을 오르는 두 사람 앞에 한 그루의 복숭아나무가
나타났을 때 시월과 이화검이 동시에 걸음을 멈췄다.

이화검은 숨이 가쁜지 깊게 호흡을 했다.

"힘들어요?"

시월이 이화검을 보며 물었다.

"확실히 내공을 쓰지 않고 오르기에는 가파른 길이죠?"

이화검이 되물었다.

"그래도 도와줘서 그리 힘들지는 않았어요."

시월이 잡고 있던 이화검의 손을 들어 보이며 말했다.

"하하, 그런가요? 흠… 하긴 나도 혼자 오는 것보다는 확실히 힘이 덜 들었어요."

"이제 다 온 건가요?"

시월이 물었다.

"그런 셈이죠. 이곳부터 쭉 삼십여 그루의 복숭아나무가 이어져 있어요. 달이 뜨면… 아주 신비로울 거예요."

약간의 저녁 빛이 남아 있어서 아직은 달이 보이지 않았다.

"어디가 좋을까요?"

시월이 물었다.

"이쪽으로 와봐요. 제가 좋은 장소를 알아요."

이화검이 시월의 손을 잡아끌었다. 시월은 이화검이 끄는 대로 걸음을 옮겼다.

"여기에요. 여기가 가장 좋은 장소에요. 이 나무에 꽃이 가장 많이 피죠. 물론 복숭아도 많이 달리고 가장 달아요. 어릴 때 이곳에서 정말 많이 놀았는데."

여전히 시월의 손을 놓지 않으면서 이화검이 굵은 복숭아나무 기둥을 만지면서 말했다. 어린 시절을 회상하는 듯한 그녀의 얼굴에 부드러운 미소가 드리워져 있었다.

평소 남자 못지않은 호방한 성정을 보여줬던 이화검이었는데, 오늘 밤은 다른 어떤 여인보다 부드럽고 감상적이었다. 그런 이화검에게서 시월은 눈을 떼지 못했다.

"여기 앉아요."

자신을 바라보고 있는 시월에게 이화검이 말했다.

그러자 시월이 정신을 차리고 지금껏 잡고 있던 이화검의 손을 놓고는 복숭아나무 밑에 돗자리를 폈다.

돗자리를 편 시월이 손으로 바람을 일으켜 있지도 않은 먼지를 날려 보내고 이화검에게 말했다.

"앉아요."

"고마워요."

시월의 말에 이화검이 말 잘 듣는 아이처럼 돗자리 위에 자리를 잡고 앉았다.

시월은 이화검이 앉기를 기다렸다가 자신도 이화검 곁에 자리를 잡고 앉았다.

두 사람이 어깨를 나란히 하고 앉은 지 채 일각이 지나지 않아 드디어 달이 얼굴을 내밀었다.

그러자 저녁 어둠이 저만치 물러가고, 달빛 아래 펼쳐진 환무산 아래쪽 풍경이 눈에 들어오기 시작했다.

푸른 달빛 아래 펼쳐진 이가검문의 장원은 대낮에 보는 것보다 훨씬 아름답고 신비로웠다.

"여기서 본가의 장원을 보면 이 아름다운 장원이 영원히 이어지기를 바라게 돼요."

이화검이 오랫동안 보아온 이가검문의 장원임에도 새삼스레 아름다운지 눈빛을 반짝이며 말했다.

"충분히 지킬 가치가 있는 곳이지요."

시월이 대답했다.

그의 눈에도 달빛 아래 보이는 이가검문의 장원은 특별한 아름다움을 가지고 있었다. 신검산 월문의 장원은 웅대했지만 이렇게 아름답지는 않았다.

"칠선문은 어떤가요?"

이화검이 물었다.

"칠선문이요?"

"예. 칠선문도 이렇게 아름답나요?"

이화검 질문에 시월이 쉽게 대답하지 못했다. 왜냐하면 칠천문이라는 문파를 만들기는 했지만 아직 제대로 된 거처조차 정해지지 않은 문파기 때문이었다.

물론 만화원이 있기는 하지만 그곳은 어디까지나 화의일맥의 장원. 칠선문의 장원이라고 말하기는 어려웠다.

"이렇게 아름답지는 않은 모양이군요?"

시월이 대답이 없자 이화검이 되물었다.

그러자 시월이 잠시 침묵을 지키다가 입을 열었다.

"사실 칠선문은 특별한 거처가 없어요. 하지만 오늘 이가검문의 장원을 보니 욕심이 생기네요. 우리 칠선문도 이렇게 아름다운 장원을 가졌으면 하는 욕심이. 그리고……."

시월이 말을 하다 말고 이화검을 바라봤다.

"그리고요?"

이화검이 되물었다.

"그 장원에 누군가와 함께 있고 싶다는 생각을 했어요."

시월이 말을 하면서 조심스럽게 이화검의 손을 잡았다.

*　　　　　*　　　　　*

백유검도 자기 자신을 이해할 수 없었다.

분홍빛 복숭아꽃 흐드러진 달빛 아래서 입맞춤을 하는 시월과 이화검을 훔쳐보면서 백유검은 참을 수 없는 살기에 휩싸였다.

비무에서 패한 일이나, 삼십육마의 일인 화중마를 물리친 시월이 무림의 새로운 젊은 영웅으로 부상한 일은 못마땅하지만 견딜수 있었다.

그런데 이화검이 시월에 대한 감정을 숨기지 않고, 동죽헌에서 살다시피 한다는 사실을 알게 되었을 때는 끓어오르는 질투심을 견디기 힘들었다.

그래서 무림의 젊은 후기지수들에게 선망의 대상인 월문신룡이라는 명성에 어울리지 않게 도둑고양이처럼 몰래 동죽헌으로 와서 시월과 이화검의 모습을 훔쳐보곤 했었다.

그러다 두 사람이 다정하게 이야기를 나누는 모습이나 이화검이 시월과 곽부에게 자신의 손으로 음식을 만들어주는 모습을 볼 때마다 마치 자신의 여인을 빼앗긴 것 같은 분노에 휘감겼다.

그리고 이대로 두었다가는 영영 이화검을 놓치고 말 것이라는 조급한 불안감에 휩싸이곤 했었다.

하지만 단연컨대 오늘처럼 이성을 잃은 적은 없었다.

시월이 이화검의 손을 잡고 자연스럽게 그녀와 입맞춤을 하는 모습을 보면서도 아무것도 할 수 없는 자신이 저주스러울 정도였다.

그러면서도 한편으론 이런 강렬한 질투심과 살의를 일으키는 자신의 감정을 그조차 이해할 수 없었다.

그에게는 이화검에 못지않은 아니, 미모로는 이화검을 능가하는 설우담이 있었다. 아마도 다른 사람들은 설우담과 이화검을 비교하면 오히려 설우담의 미모가 더 뛰어나다고 말할 것이다.

그럼에도 불구하고 백유검에게 설우담은 감히 이화검과 비교할 수 없는 하찮은 사람처럼 느껴졌다.

이화검이 마음에 들어온 순간부터 설우담은 그에게 지극히 평범한 여인에 지나지 않게 되었던 것이다.

"왜 우담과 혼인을 했을까! 아버님이 그렇게 반대하셨는데……."

백유검이 나직하게 중얼거렸다.

십여 년 전 고집을 피워 설우담과 혼인하지 않았다면 오늘날 이화검과의 혼사가 어그러질 일이 없었을 거란 생각이 들었기 때문이었다.

그의 생각에는 이화검이 자신을 선택하지 않은 것이 자신이 시월보다 부족하거나, 이화검이 시월을 자신보다 좋아해서가 아니라 자신이 이미 설우담과 혼인했기 때문인 것 같았다.

그 생각은 자연스럽게 설우담에 대한 원망과 멸시의 마음으로 이어졌다.

"천한 년에게 한순간 마음을 뺏기는 실수를 하다니! 그 때문에 세상에서 가장 귀한 보물을 잃고 마는구나."

백유검이 세상이 무너진 듯 탄식했다.

그러다가 문득 그의 눈이 야수처럼 번쩍였다.

"아니, 이대로 포기할 수 없어. 무슨 방법이 있을 거야. 반드시……."

백유검의 눈이 탐욕으로 일렁였다.

그리고 여전히 복숭아나무 아래에서 아름다운 모습으로 서로의 마음을 주고받고 있는 시월과 이화검을 노려보면서 나무 그늘 속으로 몸을 숨겼다.

스스스!

밤이 깊어지자 한기를 담은 바람이 불었다. 복숭아 꽃잎들이 눈송이처럼 날려 시월과 이화검의 머리 위로 떨어졌다.

"봐요. 정말 아름답죠?"

달빛 아래 꽃잎이 눈송이처럼 날리자 이화검이 손을 들어 몇 개의 꽃잎을 받아내며 말했다.

"정말 그러네요. 하지만… 누구보다 아름답지는 않아요."

시월이 이화검을 보며 말했다.

"어라? 그런 말도 할 줄 알아요?"

이화검이 놀란 듯 물었다.

그러자 시월이 쑥스러운 표정을 지으며 말했다.

"왜요? 듣기 싫어요? 사실 나도 내가 이런 말을 할 수 있을 거라고는 생각지 못했어요."

"호호. 아니에요. 아름답다는 말을 싫어하는 여자가 있나요. 특히, 자기가 좋아하는 사람이 하는 말인데……."

이화검이 환한 미소를 지으며 말했다. 그런 그녀의 모습 역시 지금까지 세상에 알려졌던 모습과는 완전히 다른 모습이었다.

시월과 이화검 모두 지금 이 순간만큼은 검을 들고 마인들과 생사를 겨루는 무인으로서의 자신과는 완전히 다른 사람이 된 듯 싶었다.

두 사람은 얼마간 도화 꽃잎들이 산을 타고 이가검문의 장원 쪽으로 날려가는 모습을 지켜봤다.

그러다가 문득 시월이 문득 걱정스러운 목소리로 입을 열었다.

"지금 이 순간이 영원할 수는 없겠죠?"

"갑자기 그런 말을 왜 해요?"

이화검이 불안한 표정으로 물었다.

"…문주께서 우리의 마음을 받아주실까요?"

"그게 걱정돼요?"

이화검이 되물었다.

"비록 월문의 혼사 요청을 거절했다지만, 그래도 문주께선 이가검문을 위해 명문가와의 혼사를 기대하지 않으실까요?"

"…물론 그런 마음이 아주 없지는 않으실 거예요. 하지만 그래도 아버님은 제가 원하는 혼인이라면 허락해 주실 거예요. 특히 그 상대가 소협이라면요."

"어떻게 확신하죠?"

"소협이 이미 자신의 강함을 증명했으니까요. 사실 본가는 모든 것에 앞서 강한 무공을 가진 무인을 숭상하는 가풍이 있어요. 본가의 검법이 그래서 그토록 강렬한 거죠. 그런데 소협은 이미 삼십육마를 꺾고 그 강함을 증명했어요. 아버지께선 절대 소협을 반대하지 않으실 거예요. 내일, 제가 아버님께 말씀드릴게요. 물론 이미 제 마음을 알고 계실 테지만."

"문주님이 알고 계신다고요?"

시월이 놀라서 물었다.

"호호, 무공은 뛰어나도 세상일에는 눈치가 없군요. 어느 아버지가 나이 찬 딸이 하루 종일 외간 남자와 함께 지내는 것을 모르겠어요."

"그건 그렇군요."

시월이 고개를 끄떡였다.

"그걸 아시면서도 제가 동죽헌에 가는 것을 막지 않으신 걸 보면, 아버님도 우리 사이를 반대하지 않으실 생각이신 거죠."

"좋아요! 그럼 내일 함께 문주님을 뵙죠."

"함께요? 괜찮겠어요? 내가 미리 말해두고 만나 뵙는 게 더 편할 텐데요?"

이화검이 물었다.

"제가 직접 허락을 청하고 싶군요. 뒤로 물러나 있고 싶지는 않아요."

"알았어요."

시월의 말이 마음에 드는지 이화검이 시월의 손을 힘주어 잡았다.

"이제 그만 돌아가야죠? 달밤 꽃구경은 충분히 했으니까."

시월이 웃으며 말했다.

"지루해요?"

"아뇨, 절대 그런 건 아니에요. 하지만 너무 늦게 있으면 아버님이 좋게 생각하지는 않으시겠죠."

"후후, 용기는 냈지만 내일 일이 걱정되는군요?"

이화검이 가볍게 웃으며 물었다.

"긴장이 되는 건 사실이죠. 이런 일은 처음이라……."

"앞으로도 이런 일이 두 번은 없어야죠. 다른 여자에게 눈을 돌리는 것은 제가 용납할 수 없어요!"

이화검이 단호하게 말했다.

"하하하! 물론이죠. 전 절대 그럴 일 없어요."

"그야 모르죠. 영웅은 삼처사첩을 마다치 않는다고 했으니까."

"난 영웅 같은 거 안 할 겁니다. 오직 내 사람들을 지킬 뿐이죠."

"그 내 사람에 나도 포함되는 거죠?"

"당연하죠."

시월이 얼른 대답했다.

"좋아요. 그 말 믿어요. 그리고 정말 이제 가요. 이러다가 정말 아버님께 큰 꾸중을 듣겠어요."

이화검이 시원하게 자리를 털고 일어났다.

*   *   *

후욱, 후욱!

백유검이 평소의 그답지 않게 큰 호흡을 연신 내뱉었다. 천년화정을 복용한 후 강력한 내공을 얻었고 그로 인해 그는 여간해선 가쁘게 호흡할 일이 없었다.

그러나 지금은 그냥 가만히 서 있는 것만으로도 숨이 찼다. 깊게 호흡을 하지 않으면 가슴이 터져나갈 것 같았다.

그래도 강호십대고수로 거론될 만큼 고절한 무공을 지닌 백유검이어서 호흡을 통해 뛰는 심장을 진정시키는 방법에 능숙했다.

큰 호흡을 몇 번 하자 금세 가슴이 진정됐다. 그렇게 안정을 찾은 백유검이 훌쩍 몸을 날려 은은한 달빛 아래 총총히 걸음을 옮기고 있는 이화검을 막아섰다.

동죽헌의 죽림을 벗어나 이가검문으로 가는 중간에 있는 송림에서의 일이었다.

"누구? 아! 월문신룡이시군요? 그런데 이 시간에 여기는 무슨 일로……?"

갑자기 나타난 불청객이 혹시나 일월문의 마인인가 싶어 긴장했던 이화검이 앞을 막은 사람이 월문신룡 백유검임을 확인하고는 안도의 숨을 내쉬며 물었다.

"이 여협께 할 말이 있어 기다리고 있었소."

백유검이 정중하게 말했다.

"제게요? 제게 무슨 말을 하시려고 이 밤중에 절 기다리셨을까요?"

이화검이 살짝 경계의 빛을 보이며 되물었다. 그도 그럴 것이 백유검의 모습이 무척 흥분한 상태 같았기 때문이었다.

백유검과 같은 고수가 이렇게 흥분했다는 것은 그가 하고자 하는 말이 평범치 않다는 의미였다.

"화검 소저… 혹시 나와의 혼인을 다시 한번 생각해 줄 수는 없겠소?"

"혼인… 이요?"

"그렇소. 물론 내가 많이 부족한 사람이기는 하지만 이 소저에 대한 내 마음은 진심이오. 그러니 나와의 혼인을 다시 한번 생각해 주시오. 우리의 혼인은 월문과 이가검문 양 문파에도 큰 도움이 될 것이오."

"…그 이야기는 이미 끝난 것 아닌가요?"

이화검이 한밤중에 갑자기 길을 막고 혼인 이야기를 다시 꺼내는 백유검을 이해할 수 없다는 듯 차갑게 물었다.

"물론 소저의 대답은 들었지만 나로서는… 소저를 포기하기가 쉽지 않소. 그래서 내게 다시 한번 기회를 주었으면 하는 것이오."

백유검이 간절한 표정으로 말했다.

하지만 이화검을 얼굴은 점점 싸늘하게 굳어갔다.

"실망스럽군요. 비록 혼인을 거절하기는 했지만, 그래도 월문신룡께서는 현 정파 무림 최고의 젊은 영웅으로서 이런 무례한 행동을 하실 거라고는 생각지 않았는데요."

"물론… 무례한 일임은 알고 있소. 하지만 그만큼 내 마음이 간절하다고 생각해 주실 수는 없겠소?"

"그럴 수도 있지요. 하지만 대협의 신분을 생각하면 행동을 절제하셔야지요. 날이 밝을 때 절 찾아오셔서 마음을 털어놓으셔도 되는 일 아닌가요? 이렇게 깊은 밤에, 그것도 숲에서 길을 막고 하실 말씀은 아닌 것 같은데……."

"그건… 다시 한번 사과하겠소. 하지만 소저를 향한 내 마음이 워낙 간절하다 보니 이렇게 뜻하지 않은 행동을 하게 되는구려."

백유검이 이화검에게 한 발 다가서며 말했다.

그러자 이화검이 똑같이 한 걸음 뒤로 물러나며 냉정하게 말했다.

"마음은 고맙지만 우리의 혼사 문제는 이미 끝난 일이에요. 월문신룡께는 이미 부인이 계시고 저 또한… 마음에 두고 있는 사람이 따로 있어요."

"시월 말입니까?"

"…알고 계시니 더 할 말이 없을 것 같군요. 이제 그만 길을 비켜주세요."

이화검이 단호하게 말했다.

그러자 백유검은 길을 비키지 않은 채 고개를 숙이고 한참 침묵을 지키다가 문득 단호한 음성으로 입을 열었다.

　"미안하지만 길을 비켜 드릴 수 없소. 난 오늘… 소저를 내 여인으로 만들어야겠소! 시월… 그 하찮은 녀석에게는 절대 소저를 빼앗길 수 없소!"

제 9장

—

애증의 검

이화검과 헤어진 시월은 동죽헌으로 바로 돌아가지 않았다.

그동안 함께 있으면서도 이화검과 오늘처럼 깊은 이야기를 나눈 적이 없었다. 그리고 오늘만큼 서로의 마음을 확실하게 확인한 적도 없었다.

이화검의 손을 잡았던 자신의 손과 그녀의 입술에 닿았던 자신의 입술이 자기 몸처럼 느껴지지 않아 가끔 손과 입술을 만져보기까지 하는 시월이었다.

이대로 동죽헌으로 돌아가면 사형 곽부가 분명 둘 사이에 무슨 일이 있었는지 눈치챌 것이 분명했다. 결국 말해야 할 일이지만, 밤새도록 곽부의 수다에 시달리고 싶지는 않았다.

그래서 마음을 진정하고 동죽헌으로 돌아가기 위해 시월은 달빛이 내리는 대숲을 천천히 산책하고 있었다.

"이렇게 되어도 괜찮은 걸까. 정말 그래도 될까?"

산적에게 잡혀 노예로 팔려갔던 자신이 대 이가검문의 딸과 혼인한다는 것이 여전히 현실적으로 느껴지지 않는 시월이었다.

그래서 마치 자신이 가져서는 안 될 것을 가지는 것 같은 죄책감 같은 것이 들기도 했다.

하지만 그래도 숨길 수 없는 것은 이화검에 대한 자신의 마음이었다. 그는 이화검을 위해 어떤 일이든 할 수 있을 것 같았다.

그래서 그녀가 원치 않는다면 모를까, 그녀가 원한다면 어떤 난관이 있어도 그녀와 함께하고 싶은 시월이었다.

"일단 내일 문주님과 이야기가 잘 돼야 할 텐데… 혹시 문주께서 내가 처음부터 화검 소저를 노리고 이가검문을 도운 것으로 오해할까 봐 걱정이군."

걱정하기 시작하면 모든 것이 다 걱정거리로 보인다. 지금 시월이 그랬다. 자신과 이화검의 태생적인 신분 차이뿐 아니라, 주변의 모든 환경이 방해꾼으로 느껴지는 시월이었다.

하지만 그렇다고 이화검과의 혼인을 포기할 생각은 없었다. 어린 시절부터 수많은 고난을 겪으며 살아온 시월이어서 이런 고난은 익숙하기까지 했다.

"하나하나 해결하면 되겠지. 생각해 보면 아주 단순한 일이야. 서로 좋아하는 데 안 될 것이 없지……."

시월이 내심 마음을 다잡으며 이가검문 쪽을 바라봤다. 그가 있는 죽림을 나가 서쪽으로 이어지는 송림을 지나면 이가검문이 나온다.

이가검문의 흐릿한 잔영이 보이는 듯하자 헤어진 지 얼마 지나지도 않았는데 당장 달려가 이화검을 만나고 싶은 생각이 들었다.

"누군가를 좋아하면 사람이 참 이상해지는구나."

기분 좋은, 그러나 낯선 감정에 가볍게 실소를 흘리며 시월이 고개를 저었다.

그런데 그 순간 갑자기 환청처럼 먼 곳에서 이화검이 자신을 부르는 듯한 소리가 귀에 들렸다.

"하! 이젠 환청까지… 정말 이러다가 바보 소리 듣겠네."

시월이 자신에게 일어나는 일에 어이없다는 듯 고개를 저었다.

그리고 이제는 동죽헌으로 돌아갈 생각으로 발걸음을 돌리는데 다시 한번 그의 귀에 이화검이 자신을 부르는 목소리가 들렸다.

'시월……!'

순간 시월이 움직임을 멈췄다.

한 번은 환청으로 치부할 수 있지만 두 번은 환청일 수 없다. 더군다나 시월 같은 고수에게는!

처음에는 확신할 수 없었지만 두 번째는 분명 이화검이 자신을 찾는 목소리였다. 그것도 다급함이 깃들어 있는.

시월이 급히 몸을 날렸다.

그러고는 순식간에 대나무 숲을 관통해 이가검문으로 이어진 송림으로 달리기 시작했다.

*   *   *

"아무리 불러도 그놈은 오지 않소!"

욕망에 물든 시뻘건 눈으로 이화검을 노려보며 백유검이 말했다.

"우-우-우!"

백유검의 손에 막힌 입으로 이화검이 소리를 지르려 했지만, 흘러나오는 것은 억눌린 신음 소리뿐이다.

"반항하지 마시오. 이것이 애초에 정해진 우리 운명이라 생각하고 순순히 받아들이시오. 처음부터 시월, 그 하찮은 녀석은 당신의 상대가 될 수 없었소. 노예 놈 따위가 감히……."

쿡!

시월에 대한 분노를 토해내며 백유검이 이화검의 턱 뒤쪽 혈도를 짚어 말을 할 수 없게 만들었다.

"으-으!"

말을 할 수 없게 된 이화검이 독기가 가득한 눈으로 백유검을 노려보며 처절한 신음만 흘렸다.

백유검은 더 이상 이화검을 제압하기 위해 힘을 쓸 필요가 없었다.

이화검의 모든 혈도를 점혈했기 때문에 그녀는 격렬하게 반항을 할 수 없었고 소리도 지를 수 없었다.

"나도 이런 방법을 쓰는 건 원치 않았소. 당신의 마음을 얻고 당신 스스로 내 여인이 되기를 바랐지. 그런데 오늘 밤… 당신과 시월 그놈이 너무 깊이 빠져들더군. 그래서 나도 급한 방법을 쓸 수밖에 없었소. 그러니까 이 일은 모두 시월 그놈 탓이오. 그놈을 원망하시오!"

"웃!"

백유검이 자신의 옷자락을 헤치자 이화검은 눈을 크게 뜨며 점혈된 상태에서 힘껏 몸을 비틀었다.

"약속하겠소. 세상에서 가장 행복한 여인으로 만들어주겠소. 월문으로 돌아가면 우담, 그 계집도 장원 밖으로 쫓아내겠소. 오직 당신만이 내 옆에 있게 될 것이오. 또한 월문의 모든 게 당신 것이 될 것이오. 그러니… 나와 운명을 함께 합시다!"

백유검의 손이 이화검의 옷깃을 헤치자 백옥처럼 하얀 피부가 보이기 시작했다.

이화검도 뛰어난 무인이어서 처음부터 백유검을 경계했다면 이렇게 쉽게 제압당할 리가 없었다.

백유검과 싸워 이길 수는 없지만, 적어도 가까이 있는 이가검문이나 동죽헌으로 도주할 능력은 있는 이화검이었다.

하지만 그녀는 설마 백유검이 무공을 써서 자신을 겁탈하려 할 거라고는 꿈에도 생각지 못했다.

그래서 백유검이 자신의 모든 능력을 발휘해 기습적으로 가한 공격을 막아낼 수 없었던 것이다.

'시월……!'

더 이상 반항할 힘이 남아 있지 않다는 것을 느끼며 이화검이 절망 속에 흘러나오지 않는 목소리로 시월을 불렀다.

그런데 정말 거짓말처럼 그 순간, 시월의 얼굴이 그녀의 눈에 들어왔다.

밤하늘을 비추고 있던 달 대신에 시월의 얼굴이 달빛을 가리며 허공에서 떨어져 내렸던 것이다.

"헉!"

강호십대고수에 언급될 정도의 무공을 가진 백유검 역시 뒤늦게 시월의 존재를 알아챘다.

자신의 정수리를 향해 내리꽂히는 차가운 살기를 깨달은 순간, 백유검이 헛바람을 토해내며 옆으로 몸을 굴렸다.

순간 시월의 검이 물러나는 백유검의 머리를 내려쳤다.

팟!

"욱!"

백유검이 황급히 몸을 날려 시월의 검을 피했지만, 시월의 검에 얼굴이 깊게 베이는 것까지는 막을 수 없었다.

백유검의 얼굴이 순식간에 피범벅이 되었다. 그리고 그 상태로 주르륵 뒤로 물러났다.

백유검이 다급하게 자신의 검을 찾았지만, 이화검을 겁탈하기 위해 풀어두었던 검은 너무 먼 곳에 있었다.

"소문주, 차라리 죽으시오! 이렇게 타락해 버릴 바에는!"

시월이 차가운 살기를 뿜어내며 백유검 앞으로 다가갔다.

"사, 살려줘!"

백유검이 손을 들어 얼굴을 가리며 소리쳤다.

순간, 시월이 검을 거둬들이는 대신 발을 들어 백유검의 가슴을 강하게 걷어찼다.

콰직!

"악!"

백유검의 가슴에서 갈비뼈 부러지는 소리가 터져 나오고 그의 입에선 단말마의 비명 소리가 흘러나왔다.

시월이 낙엽 쌓인 땅 위를 나뒹구는 백유검에게 다가가 다시 한 번 주먹으로 그의 목덜미를 강하게 가격했다.

퍽!

"큭!"

목덜미를 맞은 백유검이 격한 신음 소리를 토하더니 그대로 정신을 잃고 혼절했다.

무림을 뒤흔드는 젊은 영웅, 천하십대고수로 거론되는 백유검의 무공을 생각하면 너무 허무한 패배였다.

하지만 아무리 고수라도 여인을 겁탈하느라 정신이 없었다면 누구라도 이런 허무한 결말을 맞을 수밖에 없었다. 특히 그 상대가 시월 같은 고수라면 필연적인 결과였다.

툭!

시월이 발끝으로 쓰러진 백유검을 건드려 정신을 잃은 것을 확인하고 서둘러 이화검에게로 돌아왔다.

이화검은 흐트러진 옷차림 그대로 누워 있었다.

시월이 재빨리 이화검의 옷을 여며주고 혈도를 풀어 몸을 움직일 수 있게 했다.

"흐읍!"

아혈을 풀자 이화검이 다급하게 숨을 들이마셨다.

점혈로 인해 말을 할 수 없었을 뿐 아니라 숨쉬기도 곤란했던 이화검이었다.

"괜찮아요? 다친 곳은 없어요?"

시월이 이화검을 안아 일으키며 물었다.

"나, 난 괜찮아요. 그런데 어떻게 알고 왔어요?"

이화검이 위기에서 벗어난 기쁨도 미뤄두고 시월에게 물었다. 물론 마음속으로 간절하게 시월이 오기를 기도했지만, 정말 시월이 나타날 줄은 꿈에도 몰랐던 것이다.

"날 불렀잖아요?"

"그걸 들었다고요?"

이화검이 믿지 못하겠다는 듯 되물었다.

"예, 난 분명 소저가 날 부르는 소리를 들었어요."

"…어떻게 그걸 듣지?"

이화검이 어리둥절한 표정으로 중얼거렸다.

그도 그럴 것이 그녀는 처음부터 백유검의 손에 입이 막혀 제대로 시월을 부른 적이 없었기 때문이었다.

그저 웅웅거리는 소리만 내었을 뿐이고, 그것조차 점혈된 이후에는 모깃소리만큼 작은 신음 소리에 지나지 않았다.

아무리 시월이 대단한 고수라고 그 소리를 들을 수는 없었다.

"그런데 날 찾기는 했죠?"

어리둥절한 이화검에게 시월이 물었다.

"그야 당연히… 그 상황에서야 당연히 소협을 찾을 수밖에요. 하지만 입 밖으로는 거의 소리를 내지 못했는데……."

"그럼 마음이 전해졌나 봐요."

시월이 빙긋 미소를 지으며 말했다.

물론 신선이 아니고서야 두 사람이 마음으로 소통할 수는 없다. 그것도 백여 장 떨어진 거리에선. 하지만 시월은 그렇게 이화검과 자신이 마음으로 연결된 거라고 믿고 싶었다.

"마음으로……."

이화검이 시월의 말을 따라 되뇌었다. 그녀도 그 말이 마음에 드는 모양이었다.

"우린 역시 운명인가 봐요."

시월이 다시 달콤한 말을 꺼냈다.

상황에 어울리지는 않았지만, 그렇게 하는 것이 이화검의 놀란 마음을 그나마 진정시킬 것 같기 때문이었다.

"운명! 정말 그래요. 그러니까 내 간절한 마음이 소협에게 전해 졌겠지요. 다행이에요. 늦지 않게 와줘서! 고마워요!"

이화검이 와락 시월을 끌어안았다. 그러자 시월이 이화검을 안 아 일으켜 세우며 말했다.

"오늘 우린 정말 많은 일을 함께하네요."

"맞아요. 아주! 아주! 특별한 날이에요."

이화검이 시월을 보며 빙긋 웃었다.

백유검에게 겁탈당할 뻔한 참혹했던 상황이, 시월이 나타나자 아주 먼 옛날 일처럼 느껴지는 이화검이었다.

하지만 여전히 백유검은 그들의 곁에 있었다.

"저 사람을 어떻게 하죠?"

시월이 여전히 자신을 안고 있는 이화검의 팔을 풀면서 난감한 듯 혼절한 백유검을 돌아보며 말했다.

"죽일 생각이 아니라면… 살려줘야죠."

이화검이 대답했다.

백유검은 얼굴에 깊은 검상을 입었고, 그 상처에서 여전히 피가 흐르고 있었다.

이대로 두면 깨어나지 못하고 죽을 수도 있었다.

"살려줘도 괜찮을까요?"

시월이 평소의 그답지 않게 살기를 드러냈다. 그 살기가 예상외로 날카롭고 강렬해서 이화검이 놀랄 정도였다.

시월은 진심으로 백유검에게 살기를 느끼고 있었다. 그를 살려두었다가는 두고두고 후환이 될 것 같기 때문이었다.

하지만 그를 죽이는 일은 결코 간단한 문제가 아니었다. 그것도 이가검문 내에서는 더더욱 곤란한 일이었다.

"그를 죽이면 본문은 무척 곤란해질 거예요. 설혹 그가 한 짓이 죽어 마땅한 짓이었다고 해도요."

"…그렇겠지요. 그가 죽으면 월문에서 가만있지 않겠지요. 마련이 득세한 상황에서 월문과 싸우는 것은 너무 위험한 일이지요."

"일단 치료를 해줘야 할 것 같아요."

이화검의 말에 시월이 고개를 끄떡인 후, 백유검에게 다가가 얼굴에 난 검상에 금창약을 발랐다.

시월이 가지고 다니는 금창약은 화노가 만든 것으로 그 효과가 뛰어나서 피는 금세 멈췄다.

"상처는 영원히 남겠군요."

이화검이 멸시의 눈으로 백유검을 보며 말했다.

"자업자득이죠."

시월이 말했다.

그러자 이화검이 작은 나뭇가지를 들더니 정신을 잃고 쓰러져 있는 백유검 앞 맨땅에 깊게 글씨를 쓰기 시작했다.

순식간에 짧은 글을 남긴 이화검이 나뭇가지를 던져 버리고는 시월에게 말했다.

"이제 우린 가요. 깨어나 글을 보면 그도 오늘 일을 함구할 거예요. 평생 수치심을 안고 살겠지만."

*　　　　*　　　　*

쿨럭!

달도 기울어 가는 깊은 밤, 냉기가 차갑게 흐르는 송림에서 기침 소리가 났다. 그리고 백유검이 깨어났다.

눈을 뜬 백유검은 스산한 찬바람에 본능적으로 옷깃을 여몄다. 땅에서 올라오는 냉기가 몸을 얼릴 것 같았다.

하지만 한기에 몸을 움츠리는 것도 잠깐, 백유검이 화들짝 놀라 몸을 일으켰다.

그러고는 자세를 낮추면서 겁먹은 눈으로 주위를 살폈다. 그러나 어디에도 사람의 인기척은 없다.

"어떻게 된 거지?"

백유검이 곤혹스러운 표정으로 중얼거렸다. 정신을 잃기 전 상황을 생각하면 그가 혼자 숲에서 깨어난 것은 이상한 일이었다.

자신이 이화검을 겁탈하려고 했고 그 순간 나타난 시월에 의해 정신을 잃은 것까지는 분명히 기억하고 있는 백유검이었다.

그렇다면 그가 깨어나야 할 곳은 송림이 아니라 이가검문의 뇌옥이거나, 혹은 이장춘 앞이어야 했다.

그런데 그는 여전히 송림에 있었다. 그러다 문득 백유검의 눈에 희미한 달빛 아래 맨땅에 새겨진 글이 보였다.

─월문의 체면을 생각해 오늘 일은 잊기로 하겠어요. 당신도 오

늘 일을 영원히 기억에서 지우세요. 이화검!

글을 읽는 순간 백유검의 얼굴이 벌겋게 달아올랐다.

이화검도 시월도 없었지만 마치 그들이 눈앞에서 자신을 멸시의 눈으로 바라보고 있는 것처럼 느껴졌다.

"숨어서 보고 있다는 거 알고 있다. 시월! 나와라!"

백유검이 어두운 숲을 보며 소리쳤다. 그러면서 당장에라도 시월이 나타나 자신을 공격할 것처럼 재빨리 몸을 날려 한쪽에 나뒹굴고 있는 자신의 검을 집어 들었다.

그러나 어디에도 사람의 인기척은 없다.

검을 앞으로 세워 싸울 준비를 했지만, 그런 그의 노력이 허무할 만큼 어떤 일도 일어나지 않았다.

그러자 백유검도 서서히 흥분한 마음을 가라앉히고 차분하게 현실을 받아들이기 시작했다.

"정말 갔군. 하긴… 아무리 화가 나고 간덩이가 커도 월문의 후계자를 죽일 수는 없었겠지. 후후……."

살아 있다는 것이 기쁜지 백유검이 나직하게 웃음을 흘렸다. 그러다가 문득 얼굴을 찌푸리며 왼손을 얼굴로 가져갔다.

"젠장!"

손에 깊은 상처가 느껴지자 백유검이 얼굴을 찡그리며 화를 냈다. 얼굴의 상처가 평생 갈지도 모른다는 생각이 그를 더욱 화나게 만들었다.

현 무림에서 가장 추앙받는 후기지수, 천하십대고수의 반열로 언급되는 유일한 젊은 고수로서 자부심이 무척 강한 백유검이었다.

그런데 그런 그의 얼굴에 평생 지울 수 없는 상처가 남았다는 것은 견디기 힘든 수모였다.

"어떻게든 없앨 수 있을 거야. 이럴 때는 군자의 그 늙은이가 필요한데……"

백유검이 중얼거렸다.

군자의 공천보와는 이미 오래전에 그 인연이 끊겼지만, 그의 의술만큼은 아쉬웠던 월문이었다. 그리고 지금 당장 그가 가장 필요하게 된 백유검이었다.

"아버님께 말씀드려서 그를 한번 찾아봐야겠어. 운중오문의 보호를 받고 있을 테니 찾으려면 찾을 수 있을 거야."

백유검이 혼잣말을 중얼거렸다.

그러다가 문득 갑자기 시무룩한 표정을 지으며 검을 눈앞에 올렸다. 그러고는 기가 죽은 음성으로 중얼거렸다.

"검으로는 천하의 그 누구라도 벨 수 있다고 생각했는데, 시월 그놈이나 이가검문의 검웅이나 어떻게 그런 괴물 같은 고수들이 나타난 걸까. 과연 내가 그들을 극복할 수 있을까?"

말을 하는 백유검의 얼굴에는 자신감이 없었다. 결국 그가 믿을 사람은 한 사람뿐이었다.

"아버님과 상의를 해봐야겠어. 천년화정으로 절대 공력을 얻은 것처럼 다른 방법이 있을 거야. 시월 놈을 단숨에 벨 수 있는 무공이… 그때가 되면 이화검! 너도 결국 내 것이 될 것이다!"

의기소침했던 백유검의 눈에서 갑자기 강렬한 욕망의 눈빛이 되살아났다. 사람들이 보았다면 광마의 안광을 보았다고 말했을 눈빛이었다.

　　　　　*　　　　　*　　　　　*

　시월은 아침 일찍 일어나 이가검문으로 갈 준비를 했다. 곽부
역시 그런 시월 옆에서 따라나설 채비를 했다.

　"저 혼자 가도 되는데요."

　시월이 묵묵히 옷차림을 살피는 곽부에게 말했다.

　"어제 일이 없었으면 혼자 보내겠지만, 어제 일 때문에 안 돼."

　"그 일이 문제가 될까요?"

　시월이 물었다.

　"아마도… 아무리 이가검문이라도 월문을 무시할 수는 없다.
이가검문주께서는 우리 사형제들과 월문의 관계를 좀 더 자세히
알고 싶어 할 거야. 더군다나 시월 네가 이 여협과 혼인을 하겠다
고 하면 더더욱……."

　"과거의 일을 말해도 될까요?"

　시월이 조심스럽게 물었다.

　그러자 곽부가 고개를 끄떡였다.

　"말해야지. 이 여협과 혼인을 하려면 그 일도 검문주께 말씀드
리는 것이 당연한 일이다. 그 일이 이가검문을 위험하게 할 수도 있
으니까. 그래서 내가 가는 거야. 적어도 그 일을 말하는 것은 사형
인 내가 할 일이니까. 혼인을 청하는 일에서도 사형인 내가 함께 가
는 게 당연한 일이고. 이건 이가검문과 칠선문의 일이기도 하니까."

　"…고맙습니다. 사형!"

　"고맙기는 당연히 해야 할 일이지. 그나저나 그 백가 놈이 어찌

나올지 그게 걱정이 되네."

"제 생각에는 입을 닫고 있을 것 같은데요."

"하긴, 창피해서 어디 말이나 할 수 있겠냐. 너와 이 여협이 비밀을 지켜준다면 감지덕지해야지. 하지만 그래도 대비는 해야 해. 예전에는 그렇지 않았는데 백유검 그자가 점점 문주를 닮아 가는 것 같아. 음흉하게 계책이나 꾸미는 사람으로……"

"아쉬운 일이죠."

시월이 정말 아쉬운 듯 말했다.

"그러게 말이야. 잠룡동에서 지낼 때의 모습으로 돌아오면 좋을 텐데. 물론 그럴 리는 없겠지만. 우담 사매 때문에라도 과거의 그로 돌아오진 못할 거야."

곽부가 우울하게 말했다.

"그런데 참 이해할 수 없어요. 우담 누이가 있는데 왜 그렇게 이 소저에게 욕심을 내는 걸까요?"

"…글쎄. 나도 모르겠지만. 너에 대한 열등감일지, 정말 이 여협을 좋아하는 건지. 그래도 사람이 할 일이 있고 하지 말아야 하는 일이 있는 건데. 에잇 참! 사람이 왜 그렇게 변했을까."

다시 생각해도 화가 난다는 듯 곽부가 신경질을 냈다.

"가요. 아침 일찍 찾아뵙는다고 했으니까 기다리고 있을 거예요."

"그러자."

곽부가 고개를 끄떡이고는 먼저 문을 열고 밖으로 나갔다.

"문주님!"

동죽헌을 나서다 말고 시월과 곽부가 황급하게 고개를 숙였다.

이가검문의 문주 이장춘이 검옹 천복과 함께 동죽헌 앞에서 두 사람을 기다리고 있었던 것이다.

"본문에는 보는 눈도 많고, 듣는 귀도 많아서 내가 이리로 왔네."

이장춘이 시월을 기다리지 않고 자신이 동죽헌으로 온 이유를 설명했다.

"어서 안으로 드시지요."

시월이 얼른 옆으로 물러나며 말했다.

"아니, 새벽 공기가 좋군. 좀 걷는 게 좋을 것 같네."

이장춘이 동죽헌으로 들어가는 대신 대나무 숲을 산책할 것을 제안했다. 물론 시월이 거절할 이유는 없었다.

"말씀 따르겠습니다."

시월이 대답하자 이장춘이 고개를 한 번 끄떡이고는 먼저 대나무 숲으로 걸음을 옮겼다.

이장춘은 한동안 아무 말 없이 걷기만 했다. 시월 역시 이장춘을 따를 뿐 입을 열지 않았다.

그 뒤로 삼사 장 뒤에서 검옹 천복과 곽부가 어깨를 나란히 하고 따라왔는데 그들 역시 대화를 나누는 것 같지는 않았다.

그렇게 한동안 새벽 대나무 숲을 걷던 이장춘의 걸음이 멈춘 곳은 대나무 숲의 서쪽 경계 부근이었다. 그곳에서는 이가검문의 장원이 한눈에 바라보였다.

이장춘은 걸음을 멈춘 뒤 한참 동안 이가검문의 유서 깊은 장원을 응시했다. 가문에 대한 자부심과 애정이 느껴지는 시선으로. 그러다가 문득 입을 열었다.

"화검과 혼인을 하겠다고?"

"…허락해 주신다면! 그렇습니다."

"허락하지 않는다면?"

이장춘이 다시 물었다.

그러자 시월이 잠시 침묵을 지키다가 대답했다.

"문주께서 허락지 않으신다면 이 소저의 뜻을 다시 묻겠습니다. 여전히 저와 함께하길 원한다면 외람되지만……."

"포기하지 않겠다?"

이장춘이 눈썹을 꿈틀거렸다.

그러자 시월이 단호하게 대답했다.

"지금 제게 가장 중요한 것은 이 소저입니다. 이 소저가 원하는 대로 뭐든 할 생각입니다. 그리고 그게 제가 이 소저에 대해 문주 님께 약속드릴 수 있는 유일한 것이기도 합니다. 이 소저를 위해 무엇이든 할 수 있다는 것은 약속드립니다."

시월의 단호하고 무거운 말에 이장춘이 고개를 돌려 시월을 응시했다. 그러다가 고개를 저으며 말했다.

"알 수 없는 사람이군. 자넨……."

"죄송합니다."

"뭐, 죄송할 것은 없지. 내 딸을 그리 아껴주겠다는데. 그런데 난 자네가 화검과의 문제를 이렇게 강하게 말할 줄은 몰랐네. 난 자네 성정이 무척 조용하고 조심스럽다고 생각했거든. 그런데 생각보다 과격하군."

"…사람은 상황에 따라 변하는 모양입니다."

시월이 가볍게 고개를 숙이며 말했다.

"일단 자네 마음을 알겠고, 월문신룡을 베었다지?"

"…이 소저가 말씀드렸군요?"

"음… 숨길 일은 아니지. 다른 사람은 몰라도 나는 알아야 하니까."

"…어쩔 수 없었습니다."

시월이 조심스럽게 말했다.

"자넬 탓하는 게 아닐세. 오히려 고마운 일이지. 그리고… 월문의 그 두 부자는 솔직히 처음부터 내 마음에 들지 않았어. 사람이 겉보기와 다르게 음흉한 면이 있지. 그래서 그 혼사도 거절한 것이네. 화검이 월문으로 가는 순간 본문을 압박하는 인질이 될 것 같았거든."

"…그럴 수도 있지요. 월문주라면……."

시월이 대답했다.

"그런데 그 혼사를 거절하고 자네를 사위로 받아들이면 본문과 월문의 관계는 꽤나 껄끄러워질 걸세. 특히 자네들이 월문과 과거 유쾌하지 않은 인연을 맺었던 사람들이라니 더더욱."

"…그렇겠지요."

"그래서 칠선문의 자네 사형제들과 월문과의 관계를 조금 더 정확하게 알아야겠네. 월문신룡이 이야기한 것이 전부가 아니라는 것쯤은 알고 있으니까. 말해줄 수 있나?"

"…그 이야기를 물으실 거라 생각했습니다. 그런데 그 이야기는 제가 아니라 사형께서 하셔야 할 것 같습니다. 물론 이 소저와 혼인을 청하는 것은 저이지만, 칠선문의 일을 말하는 것은 사형께서 결정하셔야 하는 일이라서요."

"음, 그렇군. 그렇게 하세."

이장춘이 고개를 끄떡였다.

그러자 시월이 검웅과 함께 있는 곽부를 불렀다.

"사형!"

"어! 갈게."

곽부가 대답하고 서둘러 시월과 이장춘 옆으로 다가왔다.

이장춘 앞으로 다가온 곽부가 새삼스럽게 이장춘에게 꾸벅 고개를 숙여 보였다.

그런 곽부에게 시월이 말했다.

"사형! 문주님께서 우리 사형제들과 월문의 관계를 자세히 듣기를 원하세요."

"음, 알았어. 내가 말씀드리지."

곽부는 이미 마음의 준비를 하고 있었던 일이기에 망설이지 않고 대답했다.

"미안하네. 타 문파의 일을 자세히 캐묻는 것은 무례한 일이지만 딸아이가 관련된 일이니 묻지 않을 수 없군."

"괜찮습니다. 다만 한 가지 약속만 해주십시오."

"말하게."

"지금부터 제가 하는 이야기들은 반드시 비밀을 지켜주셔야 합니다. 설혹, 사제와 이 여협의 혼사가 어긋나도 말입니다."

"알겠네. 약속하네."

이장춘이 선선히 곽부의 요구를 받아들였다.

"알겠습니다. 문주님을 믿고 말씀드리지요. 월문신룡이 말한 대로 저희 사형제들이 어린 나이에 월문의 문주 눈에 들어 월문

제자로서 무공을 수련한 것은 맞습니다. 다만, 그 무공들이 월문의 무공이 아니었다는 것이 모든 문제의 시작이었지요.”

곽부가 과거의 일을 생각하는 순간, 흥분되려는 마음을 애써 다잡으며 차분하게 월문칠랑과 월문주 백문보, 그리고 운중오문 사이에 일어난 일들을 이야기하기 시작했다.

이장춘은 자신이 예상했던 것보다 훨씬 충격적인 시월 사형제들과 월문의 과거를 당혹감을 참으며 끈기 있게 들었다.

이야기는 반시진 가까이 이어졌다.

다행히 아침 바람이 일으킨 요란한 대숲의 울음소리가 비밀스러운 과거의 이야기가 세상으로 흘러나가지 않게 해주고 있었다.

*　　　　　*　　　　　*

휘이잉!

곽부의 이야기가 끝난 후에 이장춘은 꽤 오랫동안 침묵했다.

곽부가 한 이야기들은 그가 전혀 예상치 못했던 놀라운 사실들을 담고 있어서 노련한 이장춘조차도 쉽게 이해하거나 받아들일 수가 없었다.

그에게 가장 큰 문제가 되는 것은 시월과 칠랑이 수련한 마공이었다.

월문과의 원한 같은 것은 사실 그리 큰 문제가 아니었다. 이미 월문도 속내야 어떨지 모르지만 표면적으로는 칠랑에게 과거의 일을 사과했고, 설혹 뒤로 다른 일을 꾸민다 해도 이장춘은 월문을 두려워하지는 않기 때문이었다.

하지만 마공 수련은 전혀 다른 문제였다. 그것도 자그마치 삼십육마 중 육마의 마공이었다.

그 사실이 무림에 알려지는 순간 칠선문이 무림 공적이 되는 것은 물론, 칠선문과 혼맥으로 엮인 이가검문도 위험할 수 있었다.

강호에서 가장 위험한 것은 무림 공적으로 몰리는 일. 한 번 그런 낙인이 찍힌 문파가 정파로서 살아남은 예가 거의 없었다.

"후우… 어렵군."

이장춘이 길게 한숨을 내쉬었다.

"문주께서도 저희들이 마인 같습니까?"

곽부가 조심스럽게 물었다.

"아닐세. 솔직히 말해서 난 정사의 구분을 무공으로 하지 않는 사람이네. 과거 강호를 여행할 때, 마인으로 불리는 사람들 몇몇과 친분을 맺은 적도 있지. 그래서 자네들에 대한 편견은 없네. 자네들이 결코 마인의 심성을 가지고 있지 않다는 것을 아네. 그걸 알아볼 만한 눈은 가지고 있네. 하지만……"

"역시 삼십육마의 이름값이 무겁군요."

듣고 있던 시월이 말했다.

"그렇다네. 더군다나 그 사실을 너무 많은 사람이 알고 있어. 설혹 그들이 자신들이 한 일 때문에 자네들이 육마의 무공을 수련했다는 것을 발설치 않는다고 해도… 최악의 순간에는 다른 선택을 할 수도 있지."

이장춘이 걱정스럽게 말했다.

"그럴 수도 있겠지요. 하지만 운중오문의 경우는 그럴 일이 없을 겁니다. 어떤 일이 있어도 그들은 자파의 명성을 지키려 할 테니까요. 다만… 월문은 조금 다르지요."

시월이 말했다.

"나도 그렇게 생각하네. 백문보가 지금이야 십대천문으로 영화를 누리고 있으니 그럴 일이 없지만, 혹시 나중에 위기가 닥치면 어떤 식으로든 자네들의 과거를 이용할 수 있는 사람이네. 그런데 그렇게 되면 그 여파가 우리 이가검문에까지 미치게 되겠지……."

이장춘이 걱정스러운 표정으로 말했다. 아무리 이가검문이라 해도 정파 모두를 적으로 돌릴 수는 없었다.

"솔직히 말씀드리자면 저희가 우연히 이 소저를 구한 후 다시 이가검문을 돕기 위해 강호에 나온 것은 나중을 위해 칠선문을 정파일문으로 확고히 인정받기 위해서였습니다. 마련과 싸움에서 크고 작은 성과들을 내다 보면 누가 우리를 마공을 수련한 마인들이라고 말해도 사람들이 그 사실을 인정하려 하지 않을 테니까요."

"음… 그런 생각이었군. 사실 좀 이상하기는 했지. 그냥 스쳐 가듯 만나 화검을 도운 것이 전부인데, 다시 본문을 돕기 위해 왔다는 것이……."

"물론 그것 때문만은 아닙니다. 화노께서 검문을 돕기를 진심으로 원하셨지요."

"아! 그러고 보니 그분이 있었군. 일이 이렇게 되고 보니 그분의 존재가 무척 중요하게 되었어. 혹시 그분께서 자네들 내공에서 마기를 없앨 수 있다고 하시던가? 만약 육마의 마공에 깃든 마기만 제거할 수 있다면 누가 자네들 과거를 언급해도 충분히 부인할 수 있을 걸세."

이장춘이 일말의 기대를 갖고 물었다.

그러자 곽부가 대답했다.

"불가능한 일은 아닙니다. 사제가 그 증거지요. 사제는 이미 극마의 성취를 이뤘습니다. 물론 저희에게는 더 많은 시간이 필요하겠지만… 그리고 혹시라도 만약을 대비해 화노께서 마기를 억제할 신약들을 준비해 주셨습니다."

"극마의 경지라고?"

곽부의 말에 이장춘이 칠랑이 육마의 마공을 수련했다는 말을 들었을 때만큼이나 놀란 눈으로 시월을 바라봤다.

"아닙니다. 사형이 너무 과장해서 말한 것입니다."

"아니, 아닐세. 자네 무공을 모르는 것도 아니고. 그런데 어쨌든 자네는 이제 마기에서 자유롭다는 것 아닌가?"

"그렇긴 합니다."

"음… 허… 이게 가능한 일입니까?"

이장춘이 믿기 힘들다는 듯 검옹 천복을 보며 물었다.

그러자 천복이 차분하게 대답했다.

"보지 않고, 듣지 않았다면 그 나이에는 성취하기는 불가능한 경지라고 대답했을 겁니다. 하지만… 제 눈으로 보았고, 비무를 통해 그 무공도 확인했으니 가능하다고 할 수밖에 없군요."

"음… 대체 어떻게 그런 무공을 갖게 되었나?"

이장춘이 이화검과의 혼인 이야기는 잊은 듯 순수한 무인으로서의 호기심을 드러냈다.

"모든 것이 화노 어르신의 도움 덕분입니다. 사실 그래서 시간만 얼마간 주어진다면 사형들도 마기에서 자유로워질 수 있을 거라고 확신하는 것입니다. 어릴 때 사형들은 모두 저보다 뛰어난 자질을 가졌었으니까요."

시월이 자신과 사형제들을 믿어달라는 듯 이장춘에게 말했다.

"알겠네. 자네 사형제들이 마인이 되지 않을 거란 건 믿지. 하지만 그렇다고 있는 사실이 변하는 것은 아닐세."

"알고 있습니다."

"후우… 참 어려운 일이군."

이장춘이 난감한 듯 다시 한숨을 내쉬었다.

"죄송합니다."

시월이 자신으로 인해 이가검문과 이장춘이 곤란한 상황에 빠진 것 같아 진심으로 사과했다.

그럼에도 불구하고 시월은 이화검을 포기하고 싶지 않았다. 그건 그만큼 이화검에 대한 그의 사랑이 깊다는 뜻이었다.

"어쩌면 좋겠습니까?"

이장춘이 스스로 판단하기 어렵다는 듯 검옹 천복에게 물었다.

그러지 천복이 담담한 목소리로 대답했다.

"문주께서는 내가 왜 이가검문의 사람이 되었는지 잊지 않으셨겠지요?"

"그야……."

순간 이장춘이 뭔가를 깨달은 듯 고개를 끄떡였다.

"그렇다고 큰 잔치를 벌여 두 사람을 혼인시키는 것은 월문과 월문신룡을 지나치게 자극하는 일이 될 것입니다. 화검을 조용히 떠나보내시지요."

"음……."

검옹 천복의 말에 이장춘이 나직하게 침음성을 흘렸다.

그러자 천복이 다시 말을 이었다.

"물론 문주께서는 화검에게 모두의 축복을 받는 화려한 혼인식을 열어주고 싶으시겠지요. 가능하면 혼인 이후에도 가까이 두고 싶을 것이고. 그러나 화검을 행복하게 하는 것은 화려한 혼인식이나 안락한 이가검문에서의 생활이 아니라 시월, 이 사람과 함께 있는 것일 겁니다. 제가… 그랬듯 말입니다."

검옹 천복의 말에 이장춘의 표정이 수시로 변했다.

그런 이장춘을 보며 천복이 계속 말을 이어갔다.

"그리고, 우리는 무인(武人)입니다. 화검 역시 마찬가지이고. 무인에게 화려한 혼인식과 안락한 집이란 것은 애초에 어울리지 않지요."

천복의 담담한 말에서 무인으로 살아가는 사람들의 비장함이 느껴진다.

"무인이라! 그렇군요. 화검에게 필요한 것은 화려한 혼인식이 아니라 이 험난한 무림을 함께 살아갈 든든한 동반자겠군요."

이장춘이 결심을 한 듯 고개를 끄떡였다. 그리고 시월을 보며 물었다.

"무슨 일이 있어도 화검을 지켜주겠다고 약속할 수 있겠나? 자네 사형들만큼 말일세."

"당연합니다. 제가 죽지 않는 한, 아니 죽어서라도 화검 소저를 지킬 겁니다."

"좋아! 그럼 화검을 데려가게. 단, 세상에는 이렇게 알려질 것이네. 화검이 내 반대에도 불구하고 자네에게 갔다고. 난 자네를 사위로 인정하기는 하지만 화려한 혼인식까지 치러줄 만큼 반기지는 않았다고 말일세. 그래야… 월문의 체면도 어느 정도 서겠지. 그 정도면 백문보 그자도 본문을 적으로 돌릴 생각은 하지 않을 걸세. 내 결정을 이해하겠나?"

"충분히 이해합니다."

"고맙네. 그럼 길게 시간 끌 것 없네. 화검에게 말해 서둘러 이가검문을 떠나라 하겠네. 오늘 저녁은 동죽헌에서 식구들끼리 식사나 하지. 떠나는 것은 내일로 하고."

"알겠습니다. 그리고 죄송합니다."

시월이 고개를 숙이며 사죄의 말을 했다.

이장춘의 결정이 여전히 이가검문에 적지 않은 부담이 될 거란 걸 알기 때문이었다.

"됐네. 솔직히 난 자네를 사위로 맞아 무척 기쁘다네. 그럼 오늘 저녁에 보세."

툭툭!

이장춘이 시월의 어깨를 가볍게 두 번 두드린 후 이가검문의 장원을 향해 떠났다.

그러자 검웅 천복이 이장춘을 따라가려다가 문득 시월에게 말을 건넸다.

"문주로서는 쉽지 않은 결정이란 걸 알고 있지?"

"알고 있습니다."

"자네 무공을 알고 있으니 그나마 마음은 놓이네만, 그래도… 칠선문은 가급적 무림의 신비 문파로 남는 게 좋을 것 같네. 만약 무림의 패권을 추구한다면 결국 그 일이 세상에 알려질 걸세. 운중오문도 자네들이 무림의 권력자가 되는 걸 원치는 않을 것이고 월문은 말할 것도 없고."

검옹이 당부하듯 말했다.

그러자 시월이 웃으며 대답했다.

"무림의 패권을 추구할 마음도 세력도 없습니다. 우리 칠선문이 추구하는 것은 오직 하나. 평온한 생존입니다. 우리가 검을 드는 것은 오직 본문의 생존을 위해서지요. 그 외 다른 일에 관여할 일은 없을 겁니다."

"알겠네. 그래도 이가검문까지 모른 체하지는 말게."

"그야 당연히……."

"하하, 농담일세. 가네."

검옹이 가볍게 웃음을 터뜨리고는 이미 멀어진 이장춘을 따라 잡기 위해 발걸음을 재촉했다.

"잘 된 건가?"

이장춘과 검옹 천복이 떠나자 곽부가 근심이 가시지 않은 표정으로 시월에게 물었다.

"일단 제가 원하는 대로 된 것 같습니다. 조용히 이 소저와 떠날 수 있게 되었으니까요."

시월이 대답했다.

"하긴, 잔치를 벌이는 것은 너무 시끄러운 일이지. 사형들도 와야 하고……."

곽부가 대답했다.

"그나저나 정말 사형들이 깜짝 놀라겠어요."

"흐흐, 그렇지? 설마 우리 일곱 사형제 중 막내인 네가 가장 먼저 장가를 갈 줄 누가 알았겠냐?"

"그게… 정말 그러네요."

이제야 깨달았다는 듯 시월이 놀란 표정을 지었다.

"사형들이 한동안은 널 가만두지 않을 거다. 순서를 어겼으니까."

"큰일이네. 특히 부리 사형은 꽤나 괴롭힐 것 같은데……."

"후후, 맞아. 부리 사형의 투정은 각오해야 할 거야. 크큭! 군자의 공천보에게 잡혀 있을 때도 늘 부리 사형은 장가 한 번 못 가보고 죽게 되었다고 투덜댔거든."

"그랬어요?"

"그럼 그 짜증이 얼마나 심했다고. 그러니까 각오해라."

"그래도 이 소저가 함께 가면 또 모르죠."

"응? 그건 또 그러네. 부리 사형이 예전부터 여자 앞에만 서면 말 한마디 제대로 못 하는 샌님으로 변했으니까. 더군다나 이 여협처럼 아름다우면서도 성정이 활달한 사람이라면 부리 사형이 금세 꼬리를 내릴 것도 같다."

곽부가 고개를 끄떡였다.

"아무튼 내일은 이곳을 떠나야 하는군요."

시월이 동죽헌을 떠나는 것이 아쉬운 듯 아침 햇살 뿌려지는 무성한 대나무 숲을 바라봤다.

"아쉽긴 해. 사형들이 올 때까지는 이곳에 머물 줄 알았는데. 생각보다 일찍 떠나게 됐어."

"일월문과의 싸움이 일찍 끝났으니까요."

"하긴, 설마 비무 세 판으로 이 싸움이 끝날 줄은 몰랐지."

곽부가 고개를 끄떡였다.

본래의 계획은 시월과 곽부가 먼저 이가검문으로 오고 다른 칠랑은 좀 더 무공을 회복한 후 합류하는 것이었다.

그런데 다른 칠랑이 오기도 전에 일월문과의 싸움이 끝났고, 시월과 이화검의 혼인이 갑자기 결정되면서 사형제들이 오기도 전에 이가검문을 떠나게 된 것이다.

"가요. 오늘은 좀 바쁘게 움직여야겠어요. 만화원으로 돌아가기 전에 이것저것 준비를 좀 해야죠."

"맞아. 돌아가서 다시 한번 잔치를 해야 하니까."

"잔치요?"

"당연하지. 이곳에서는 몰라도 사형제들 있는 곳에서는 정식으로 혼인식을 치러야지 않겠어? 그래도 칠선문 최초의 혼인인데."

제 10장
—
새로운 여정

이장춘의 말대로 단출한 식사 자리였다. 이장춘과 그의 세 아들만이 시월과 이화검의 혼인을 축하하기 위한 동죽헌의 작은 연회에 참석했다.

검옹 천복도 오지 않았고, 이가검문의 기둥이라고 할 수 있는 이장춘의 아우들도 오지 않았다.

하물며 검옹 천복을 제외하면 이가검문의 그 누구도 시월과 이화검의 혼인 사실조차 알지 못했다.

다른 사람들은 내일 아침 시월과 이화검이 동죽헌을 떠난 이후에야 그 소식을 듣게 될 것이다.

그럼에도 불구하고 동죽헌의 작은 연회는 흥겨웠다. 이장춘과 그의 세 아들은 기꺼운 마음으로 시월을 가족으로 받아들였다.

아마도 그건 그들이 시월의 무공을 자신들의 눈으로 직접 보았기 때문이었을 것이다.

이가검문은 강호 무림에서 거칠고 호방하기로 유명한 문파였고, 상무(尙武)의 기운이 어느 무림 문파보다 강했다. 그래서 무공 고수에 대한 존중심이 대단했다.

그런 그들에게 삼십육마 화중마 백우양을 꺾은 시월은 환영하지 않을 수 없는 존재였다.

그가 어떤 과거를 가지고 있든 강자에 대한 그들의 존경심에 방해가 되지 않았다.

그런 시월이 이화검과 혼인을 하기로 했으니 이가검문의 세 아들에게는 즐거운 일이 아닐 수 없었다.

물론 이화검을 떠나보내야 하는 아쉬움이 없을 수는 없었다. 하지만 그들은 그 아쉬움을 크게 드러내지 않았다.

오히려 연회 내내 말썽꾸러기 동생이 사라져서 기쁘다고 이화검을 놀렸고, 앞으로 이화검과 살려면 고생깨나 할 거라면서 시월에게 고마움과 위로의 말을 건넸다.

그런 유쾌한 이가검문의 세 아들 덕에 시월 역시 어색하지 않게 이가검문의 식구가 되어갔다.

연회는 밤새도록 이어졌다. 처음부터 밤을 새울 계획은 아니었지만 유쾌한 즐거움이 가득한 연회를 일찍 끝내고 싶은 사람은 없었다.

오히려 그 밤의 유쾌함이 영원히 이어지기를 바라는 마음이 밤을 새워 연회를 이어가게 했다.

그리고 새벽이슬이 내리기 시작했을 때, 드디어 연회가 끝났다.

연회의 끝은 아쉬운 작별이었다.

이장춘과 그의 세 아들은 동죽헌을 떠나는 시월과 이화검을 아침 대나무 숲 끝자락에서 조용히 배웅했다.

물론 이 배웅은 예정에는 없던 일이었다. 연회가 새벽까지 이어졌기에 배웅까지 하게 된 것이었다.

이장춘과 그의 세 아들은 시월과 이화검이 대나무 숲을 완전히 벗어나 산 아래로 모습을 감출 때까지 자리를 떠나지 않았다.

그리고 그들이 완전히 사라지자 갑자기 이장춘이 굵은 대나무 기둥을 잡으며 가볍게 한숨을 내쉬었다.

"후우……."

"괜찮으십니까?"

이가검문의 대공자 이해검이 힘들어 보이는 이장춘에게 놀라 급히 물었다. 평소 이장춘에게서 볼 수 없는 모습이기 때문이었다.

"괜찮다. 다만… 이렇게 화검을 떠나보내는 것이 마음 아프구나."

이장춘이 우울한 표정으로 말했다.

"화검이 원한 일 아닙니까. 그리고 잘 살 겁니다."

이해검이 위로하듯 말했다.

"그 녀석이 괄괄하기는 해도 아직 나이가 어린데……."

"아버님도 참. 평소에는 화검이 저희들 모두 합친 것보다 낫다고 하셨으면서 그러십니까."

셋째 이광검이 분위기를 바꾸려는 듯 농담을 섞어 말했다.

"그야… 내가 녀석이 불쌍해서 기를 살려주려고 한 말이지. 어미 없이 자란 녀석이라⋯⋯."

"아버님 눈에야 아직 어려 보이겠지만, 화검은 충분히 자신의
앞가림을 할 것입니다. 설혹 시월, 그 친구가 옆에 없어도요. 그러
니 너무 걱정 마십시오. 그리고 사실 칠선문은 세상에 드러난 문
파가 아니라서 딱히 적도 없지 않습니까?"

이해검이 말했다.

이들 삼 형제는 칠선문의 일곱 사형제와 월문, 운중오문 사이에
있었던 은원을 아직은 알지 못했다.

이장춘은 시월에게 약속한 대로 그 이야기를 자식들에게까지
도 말하지 않았기 때문이었다.

"무림에 뿌리를 둔 문파라면 누구나 크고 작은 은원을 갖게 마
련이다. 그래서 항상 조심해야 하는 법이지."

"그야 그렇지만⋯⋯."

이장춘의 충고에 이해검이 수긍을 하면서도 시월과 이화검을
걱정할 필요는 없다는 생각은 여전한 듯 말꼬리를 흐렸다.

그러자 둘째 이봉검이 입을 열었다.

"시월 그 친구는 솔직히 저희들이 감히 견줄 수 없는 무공을
가지고 있습니다. 그러니 어떤 난관이 닥쳐도 화검을 지켜줄 것입
니다. 저는 솔직히 현 무림에서 누가 그 친구를 상대할 수 있을지
의문이 들 정도입니다. 그러니 너무 걱정 마십시오."

"나 역시 시월을 믿는다. 무공뿐 아니라 시월 그 아이에게서는
강렬한 생존 본능이 느껴져. 화중마와 비무할 때도 가장 치명적
인 초식을 쓸 때까지 끈질기게 기다리더군. 그런 인내심은 타고난
생존 본능에서 나오는 거지. 어제 어린 시절의 이야기를 들어보니

내 생각이 틀리지 않았던 것 같고. 그 아이는 살아남는데 본능적인 감각을 지닌 아이다. 그래서 화검을 맡긴 것이다. 어쩌면… 나보다 더 확실하게 화검을 지켜줄 것 같아서. 하지만 세상일이 늘 그렇듯 능력만으로 되는 것은 아니니까."

이장춘이 시월에 대한 강한 믿음을 드러냈다. 그러면서도 한편으로는 걱정도 놓지 못하는 이장춘이다.

"그런 것은 어찌 읽을 수 있습니까?"

셋째 이광검이 물었다.

"오직 경험에 의해서만 볼 수 있는 것이다. 사람의 본성이란 숨길 수가 없거든. 사람을 많이 겪다 보면 자연스레 누군가의 본성을 알아볼 수 있게 되지. 다만 상대를 늘 깊이 있게 보는 버릇이 있어야 한다."

이장춘이 이광검에게 가르치듯 말했다.

"그렇군요. 역시 시간이 필요한 일이군요."

"노력도 필요하고."

"명심하겠습니다."

이광검이 얼른 대답했다.

"자, 이제 돌아가자. 오늘 낮이 되면 화검이 떠난 사실을 모두 알게 되겠지. 그때 그 친구의 반응이 어떨지 모르겠군."

"백유검 말입니까?"

이해검이 물었다.

"음!"

이장춘이 고개를 끄떡였다.

"이미 그 혼사는 끝이 났는데 무슨 상관이겠습니까? 아무리 화검을 좋아해도 이미 혼인을 한 놈이 무슨……."

이해검은 부인이 있으면서도 이화검과의 혼인을 요구한 백유검에게 여전히 화가 나 있는지 욕설을 입에서 담았다.

아마도 그는 백유검이 이화검을 겁탈하려 했다는 것을 안다면 당장 검을 들고 달려가 백유검을 죽이려 할 것이다. 그 사실 자체가 이가검문에 대한 엄청난 모욕이기 때문이었다.

또한 그 사실이 외부로 흘러나가는 순간, 이장춘도 이가검문의 명예를 위해서 어쩔 수 없이 백유검의 죄를 물을 수밖에 없을 것이다.

하지만 백유검을 벌하는 것은 곧 이가검문과 월문의 전쟁을 의미하기에 이장춘은 그 사실도 아들들에게조차 알리지 않았던 것이다.

"그래도 정중하게 그를 대하거라. 두려운 것은 아니지만, 굳이 적대할 상대는 아니니까."

"알겠습니다."

백유검에 대한 반감은 여전했지만, 어쩔 수 없다는 듯 이해검이 대답했다.

*　　　　*　　　　*

긴 밤이 지나고 이가검문이 잠에서 깨어난 지 제법 오래 지났지만, 백유검은 여전히 자신의 침실에 머물러 있었다. 그렇다고 늦잠을 자고 있는 것은 아니었다.

그는 마치 여인처럼 거울을 손에 들고 자신의 얼굴을 살피고 있었다.

뺨에서 귀밑까지 길게 이어진 검상, 피가 멎고 아물기 시작했지만 상흔이 쉽게 사라지지 않을 상처인 것은 분명했다.

다행인 것은 검상이 가늘게 일직선으로 나 있다는 것. 그래서 그나마 그의 얼굴이 흉측하게까지는 보이지 않았다.

하지만 그래도 얼마 전까지 무공은 물론 그 외모로도 뭇 여성의 호감을 샀던 백유검에게는 견딜 수 없는 흠집이었다.

"죽일 놈!"

얼굴에 난 검상을 보고 있자니 시월에 대한 적개심이 다시 타오른 듯 백유검이 욕설을 내뱉었다.

사람들에게는 홀로 검법을 수련하다 실수를 해 얼굴을 베었다고 둘러댔지만, 그의 마음속에 깃든 시월에 대한 열등감과 스스로에 대한 자괴감은 그런 거짓말로 없앨 수 있는 것이 아니었다.

"후우… 오늘은 떠나야겠다. 하루빨리 신검산으로 가서 상처를 없앨 방법을 찾아야지. 이렇게 평생을 살 수는 없지."

백유검이 거울을 내려놓으며 한숨을 쉬었다.

그런데 그때 문밖에서 장로 마건의 목소리가 들렸다.

"소문주님, 들어가도 되겠습니까?"

"…들어오세요."

백유검이 얼른 거울을 치우며 대답했다. 그러자 문이 열리면서 월문의 이장로 마건이 안으로 들어왔다.

"무슨 일이십니까?"

백유검이 안으로 들어선 마건에게 물었다.

평소에는 자신이 침실에서 나갈 때까지 기다리는 마건이었다.

"이상한 소문이 돌고 있어서……."

"이상한 소문이라니요?"

"시월과 곽부가 오늘 새벽 동이 트기 전에 동죽헌을 떠났다고 하더군요."

"그놈들이 떠나요? 아니 이가검문에서 영웅 대접을 받고 편하게 지낼 수 있는데 왜 그렇게 급히 떠난단 말입니까? 무슨 사고라도 친 겁니까?"

시월과 곽부에게 불행한 일이 있기를 바라는 마음으로 백유검이 물었다.

"사고라면 사고인데……."

"무슨 일이데요?"

사고를 쳤다는 말에 백유검이 반색하며 물었다.

하지만 마건의 표정은 백유검의 기대와 달리 밝지 않았다. 시월이 친 사고가 백유검을 더욱 괴롭게 만들 것을 알기 때문이었다. 하지만 말하지 않을 수도 없는 일이었다.

"시월이 화검 소저와 함께 떠났답니다."

"…둘이 같이 떠나요?"

백유검이 순간 돌처럼 표정을 굳히며 물었다.

"그렇습니다. 들리는 소문으로는 그래서 이가검문의 문주가 무척 화가 나 있다고 하더군요."

"둘이 야반도주를 했다는 말입니까?"

백유검이 자리에서 일어나며 다시 물었다. 마치 당장에라도 달려가서 두 사람을 잡아올 기세다.

"좀 더 알아봐야겠지만, 야반도주는 아닌 것 같습니다. 떠나기 전에 이가검문주에게 인사를 하고 떠났다고 합니다. 이가검문주가 두 사람이 혼인을 하겠다는 말을 듣고 크게 화를 내며 반대했는데 이 여협이 고집을 피우자 그렇다면 검문을 떠나라고 말했다고 합니다."

"…그래서 그 말을 듣고 이화검이 시월을 따라 검문을 떠났다는 겁니까?"

"그런 듯합니다. 그 때문에 이가검문의 문주도 지금 외인을 만나지 않을 정도로 화가 나 있다고 하더군요."

"…그 망할 놈이 결국 사고를 치고 마는군요."

백유검이 이를 갈았다. 이화검이 검문을 떠나지 않았다면 그에게도 여전히 기회가 있었을 거라 생각하는 듯했다.

그 모습을 보며 마건이 말없이 침묵을 지켰다. 그는 이가검문에 온 이후 백유검이 보여준 모습에 내심 크게 실망하고 있었다.

이가검문에 오기 전의 백유검은 누가 뭐래도 현 무림 제일의 후기지수였다. 무림십대고수의 반열로 언급될 만한 강한 무공을 지닌 젊은 영웅, 그의 명성으로 인해 월문은 십대천문에도 들었다.

그런 그가 이화검을 본 이후로는 마치 어린아이처럼 떼를 쓰고 투정을 부리고 있었다.

애초에 이화검과의 혼인은 어려운 일이었다. 동별당 마님으로 불리는 설우담의 존재도 그렇고, 이가검문의 가풍이 정략혼에 그리 적극적이지 않기 때문이었다.

그걸 모르고 온 것이 아님에도 이화검을 만난 이후의 백유검은 그 이전과 전혀 다른 사람이 된 듯 무모한 행동들을 하고 있었다.

이틀 전, 얼굴에 검상을 입고 돌아온 이유를 백유검의 말과 행동으로 대충 짐작하고 있는 마건으로서는 오히려 그 일을 문제 삼지 않고 떠난 이화검에게 고마울 지경이었다.

만약 이화검이 백유검이 자신을 겁탈하려 했던 사실을 발설했다면 백유검은 살아서 이가검문을 나가지 못할 수도 있었다.

그런데 그런 이화검이 시월을 따라 떠났으면 다행으로 생각해야 하는데, 백유검은 여전히 이화검에 대한 미련을 버리지 못하고 화를 내고 있었다.

그래서 이런 사람에게 과연 십대천문에 든 대월문의 미래를 맡겨도 될까 싶은 생각까지 드는 마건이었다.

한 문파를 이끄는 것에는 무공보다 냉철한 판단과 끈기 있는 절제력이 더 필요하기 때문이었다.

"우리도 오늘 떠나지요."

말이 없는 마건에게 백유검이 말했다.

그러자 마건이 그제야 입을 열었다.

"그렇게 준비하겠습니다."

"가기 전에 이가검문주는 만나고 가야겠지요?"

백유검이 떨떠름한 표정으로 물었다. 어쩌면 이가검문주가 자신이 이화검에게 한 일을 알고 있을 수도 있다는 생각이 들었기 때문이었다.

"그러서야지요."

마건이 당연한 일이라는 듯 말했다.

"후우… 이번 여행은 참 고약하군요. 아무런 성과도 없이 시간만 허비한 꼴이 되었으니… 제길!"

백유검이 투덜거렸다.

"그래도 소문주께서 직접 이가검문을 돕기 위해 왔다는 사실은 월문의 평판에 큰 이득이 될 것입니다."

마건이 위로하듯 말했다.

"그건 그렇군요. 그렇다면 아주 헛걸음한 것은 아니군요."

마건의 위로에 그제야 백유검이 굳은 얼굴을 풀었다.

*　　　*　　　*

두두두!

초록빛 풀들이 파도처럼 일렁이는 요동 벌판을 세 필의 말이 시원하게 달렸다. 그중 가장 앞서가는 사람은 이남일녀 중 여인이었다.

그렇다고 사내들 둘이 일부러 여인에게 선두를 양보한 것은 아니었다. 사내들도 최대한 속도를 내고 있었지만 여인을 태운 말을 따라잡지는 못하고 있었다.

"어떻게 저렇게 말을 잘 몰지?"

십여 장 앞에서 호쾌하게 말을 몰아가는 이화검을 보며 곽부가 혀를 내둘렀다. 그러자 그와 어깨를 나란히 하고 말을 달리던 시월이 대답했다.

"어려서부터 말 타는 법을 배웠다고 해요. 이가검문의 후기지수들은 모두 그렇다고 하더라고요."

"그래? 하긴 요동 벌판에선 말이 필수적이지. 마적들이나 산적들이 많은 곳이니까. 하물며 무가에서야 오죽할까. 하지만 그래도 말을 너무 잘 모는데? 도저히 따라잡을 수가 없어."

"우리보다 가벼워서 그럴 수도 있죠."

시월이 속도를 줄이지 않고 말했다.

"그럴 수도 있겠다. 아니면 애초에 좋은 말을 골랐던지."

곽부가 대답하고는 자세를 좀 더 낮춰 속도를 높이기 시작했다.

끝없이 이어질 것 같던 질주도 결국에는 끝이 있었다. 어느새 시월 일행 앞에 작은 강이 나타났기 때문이었다.

강물이 앞을 막자 갑자기 멈춘 말들이 더 달리고 싶은지 연신 발굽으로 땅을 찬다.

"워워워! 이제 그만 쉴 시간이야."

이화검이 말의 목덜미를 쓰다듬으며 능숙하게 말을 달랬다. 그러자 그녀를 태우고 초원을 달린 말이 금세 고분고분해졌다.

"제수씨는 정말 말을 잘 다루시는군요?"

뒤늦게 도착한 곽부가 금세 말을 진정시키는 이화검을 보며 감탄했다.

"거봐요. 내가 더 빠르죠? 내기는 제가 이긴 거예요?"

이화검이 시월과 곽부를 번갈아 보며 말했다.

"그렇기는 한데 애초에 말이 다른 거 아닙니까?"

곽부가 의구심을 드러냈다.

"어어, 그렇게 안 봤는데 호방하신 곽 대협께서 설마 내기에 진

평계를 만드시려는 건가요?"

이화검이 곽부를 놀렸다.

"아, 뭐 평계를 대자는 것은 아니고, 우리도 홍안령 인근 초원에서 말깨나 탔던 사람들인데 도저히 따라잡을 수가 없어서 말이죠."

"그게 실력이죠."

이화검이 허리에 손을 올리며 당당하게 말했다.

"아이고, 알겠습니다. 이번 내기는 제수씨가 이겼어요."

"낭군님도 인정?"

이화검이 시월을 보며 물었다. 이화검은 시월과 부부의 연을 맺기로 한 이후 장난을 칠 때면 늘 시월을 낭군님이라고 불렀다.

처음에는 그 말이 쑥스러웠지만 계속 듣다 보니 어느새 익숙해진 시월이었다.

"결과가 나왔으니 승복해야죠. 사형이 노숙할 준비를 하실래요? 저녁은 제가 준비하죠."

"그렇게 하자. 요리 솜씨는 아무래도 시월 네가 나으니까. 마님께선 그늘에서 잠시만 쉬십시오."

곽부가 이화검에게 장난스레 굽신거리며 말했다.

"음, 그래. 빨리들 준비하거라. 말을 오래 탔더니 배도 고프고 몸도 피곤하구나!"

이화검이 너끈하게 곽부의 농담을 받아내고는 한쪽 나무 그늘 아래로 걸어가 그 아래 있는 작은 바위 위에 걸터앉았다.

"역시 무림명문의 사람은 틀리군. 아주… 사람을 부리는 것이

능숙하신데? 우리 제수씨께선 말이야."

곽부가 웃음을 흘리며 시월에게 말했다.

"그러니까 얼른 준비해요. 마님 화나시기 전에. 하하하!"

시월이 말 안장에서 저녁 요깃거리를 꺼내며 웃음을 터뜨렸다.

이가검문을 떠난 이후 벌써 닷새째 노숙이었지만 시월 등은 지친 기색이 없었다.

일월문의 공격을 물리쳐 요동의 맹주로서 그 위상이 탄탄해진 이가검문이었기에 떠나는 마음이 무겁지도 않았다.

더군다나 다른 사람들은 모르는 일이지만, 문주 이장춘과 형제들의 축복 속에 이화검과 부부의 연을 맺은 후라 여행이 즐거울 수밖에 없었다.

"이 여행도 오늘이 마지막이네."

시월이 간단하게 준비한 요기를 마친 후 모닥불을 사이에 두고 앉아 두런두런 이야기를 나누던 중에 곽부가 아쉬운 듯 말했다.

"돌아가는 게 싫으세요?"

이화검이 물었다.

"아뇨. 사형들이 보고 싶기는 하죠. 하지만 만화원에 가면 또 언제 세상에 나올지 알 수 없으니까."

곽부는 사형제들 중에 부리와 함께 갇혀 사는 것을 가장 싫어하는 사람이었다.

특히 군자의 공천보에 의해 팔 년 동안이나 지하에 갇혀 지낸 후에는 더더욱 한곳에 머무는 것을 참지 못하는 곽부였다.

"이번에는 그리 오래 걸리지 않을 거예요."

시월이 말했다.

"왜? 달리 계획한 일이 있어?"

곽부가 물었다.

"본래는 사형들도 이가검문으로 오기로 했었잖아요."

"그랬지. 싸움이 갑자기 비무로 끝나서 올 필요가 없어졌지만."

"그때 사형들이 강호로 나오면 이가검문의 일이 끝난 후, 칠선문의 거처를 만화원이 아닌 다른 곳에 마련하는 게 좋겠다고 대사형이 말했어요."

"그랬어? 하긴 만화원에 오래 있기는 좀 그렇지. 그자가… 살아있는 한에는……."

곽부가 공천보를 떠올리며 말했다.

한쪽 팔이 잘리고, 등에 도끼를 맞은 채 도주하기는 했지만 공천보가 살아 있을 가능성은 적지 않았다. 보통 사람이라면 죽을 것이 분명하지만 그 스스로가 뛰어난 의원이어서 어떻게든 살 방법을 찾을 수도 있었다.

만약 살아난다면 그는 다시 운중오문에 도움을 청할 것이 분명했다.

운중오문 역시 칠랑의 존재가 부담스러울테니 만화원에 대해 흥미를 가질 가능성은 충분했다.

그래서 계속 만화원에 머물다가는 피곤한 일이 생길 수도 있었다. 칠랑에게 새로운 거처가 필요한 이유였다.

"그런데 어디에 새로운 거처를 마련할 생각이에요?"

이미 칠선문과 칠랑에 대해 거의 모든 것을 알고 있는 이화검이 물었다.

"생각 같아서는 아주 먼 곳으로 가고 싶어요. 월문이나 운중오문에서 예상할 수 없는 곳으로……."

"여기서 더 먼 곳이라면… 압록을 건너 해동으로 가야 하는데요?"

이화검이 물었다,

"동쪽으로 가면 그렇고, 서쪽으로 가면 조금 달라지죠."

"그럼 몽골을 지나 천산 부근으로요?"

이화검이 다시 물었다.

"어쩌면요. 하지만 일단 어디로 갈지는 만화원에 도착해서 사형들과 상의해봐야죠. 사형들이 어떤 생각을 하고 계시는지 모르니까."

시월의 신중하게 말했다.

"사형들은 모두 네 말을 따를 거야. 네가 우릴 구했으니까."

곽부가 말했다.

"그럴 수는 없죠. 그래도 우리 칠선문의 중심은 어디까지나 대사형이에요. 대사형이 아니었다면 제가 신검산에서 탈출할 수도 없었을 거고, 탈출한 이후 화노 어르신을 찾은 것도 다 대사형이 시켜서 한 일인데요. 대사형만큼 우리 사형제를 안전하게 이끌 분은 없어요. 무공하고는 다른 문제죠."

시월이 단호하게 말했다.

"물론 대사형이 큰 산이기는 하지. 최종적인 결정도 대사형이 할 거고. 하지만 네 의견이 중요하단 뜻이야. 대사형도 네가 하자는 대로 하실 거니까. 네 능력… 젠장, 다시 입에 올리고 싶지는 않지만 월문주가 항상 말했듯이 너에겐 생존에 대한 본능적인 감각이 있으니까."

"…그런가요? 그럼 저도 좀 더 신중하게 생각해 봐야겠군요."

시월이 심각하게 말했다. 자신의 말 한마디가 사형제들의 안위를 결정할 수도 있기 때문이었다.

"자! 너무 고민하지 말아요. 어디로 가든 즐거운 여행이다 생각하면 그뿐이죠!"

분위기가 조금 가라앉자 이화검이 기분 전환을 하려는 듯 호탕하게 말했다.

그러자 곽부가 웃음을 터뜨렸다.

"하하하! 역시 제수씁니다. 제수씨 덕에 우리 칠선문은 무척 많이 변하게 될 것 같아요. 아! 물론 좋은 쪽으로 말입니다. 하하하!"

그렇게 두 사람이 활기를 찾자 시월도 마음에서 무거운 짐이 사라지면서 여행자의 즐거움이 다시 찾아들었다.

*   *   *

두 개의 검이 교차하듯 사내의 목과 허리를 노리고 달려들었다. 그러자 삼십 대 초반의 사내가 양손에 든 도검을 이용해 무섭게 회전하며 두 사내의 검을 쳐냈다.

카캉!

도검의 충돌이 만들어내는 불꽃 속에서 공격당한 사내가 허공으로 솟아올랐다.

그러자 허공으로 치솟은 사내를 향해 양쪽에서 두 사내가 늑대 떼가 협공하듯 재차 검을 뻗었다.

후우웅!

순간 두 개의 검이 만들어내는 검기가 묘하게 섞여들면서 공기의 소용돌이를 만들어냈다.

"음!"

허공으로 치솟던 사내가 두 줄기의 검기가 교차하면서 형성된 소용돌이의 흡입력에 영향을 받았는지 더 이상 치솟지 못하고 허공에서 멈칫했다.

사내는 멈칫한 즉시 재빠르게 제비를 한 번 돌아 자신을 공격해 오는 두 사내를 향해 양손에 든 도와 검을 내던졌다.

콰아아!

도와 검이 허공에 떠 있는 사내를 협공하는 두 사내를 향해 폭포수처럼 내리꽂혔다.

공격을 가하던 사내들도 뒤로 물러서지 않고 검을 휘둘러 도검을 막아갔다.

콰쾅!

벼락같은 충돌음이 장내를 뒤흔들었다. 오래된 담장과 건물, 그리고 그 폐허가 된 건물조차 아름답게 만드는 만발한 꽃들이 부르르 몸을 떨었다.

그사이에 허공에 떠 있던 사내가 공격하던 사내들로부터 멀리 벗어나 땅에 내려섰다.

"더 할 수 있겠어?"

땅에 내려선 사내가 이번에는 한쪽에 꽂혀 있던 창을 집어 들며 물었다.

그러자 두 사내가 고개를 저으며 대답했다.

"대사형. 벌써 반시진이나 지난걸요. 이제 그만 해요."

협공을 하던 두 사내 중 한 명이 소리쳤다.

"지친 거냐?"

창을 든 사내가 되물었다.

"지치기로는 우리 두 사람을 홀로 상대하는 대사형께서 더 지치셨겠죠. 우린 더 할 수 있습니다. 하지만 오늘은 우리가 저녁 식사를 준비해야 해서요."

두 사내 중 한 명이 손으로 하늘을 가리키며 말했다.

해가 서쪽으로 뉘엿뉘엿 기울어지고 있었다. 그런데 해를 가리킨 사내의 팔이 하나다. 들어 올린 팔 반대편 소매가 저녁 바람에 펄럭이고 있었다.

그뿐 아니라 그와 함께 창을 든 사내를 협공하던 다른 사내 역시 한쪽 팔이 없었다.

"음, 벌써 시간이 그리되었군. 아쉽네, 오늘은 사제들의 태극검을 깰 수 있을 것 같았는데… 오늘도 무릉도원에 들지 못하는 건가?"

창을 든 사내가 못내 아쉬운 표정을 지으며 말했다.

창을 든 사내는 칠랑의 대사형 무광이었다. 그리고 그와 비무를 한 한쪽 팔이 없는 두 사내는 무릉과 도원 형제였는데, 무광은 두 사제의 합격술을 깨는 것을 무(武)의 무릉도원에 들어가는 일이라고 말하곤 했다.

그만큼 무릉, 도원 두 쌍둥이 형제의 합격술은 신묘했다.

　"하하하! 무릉도원에 드는 일이 어디 쉽나요? 화노께서 말씀하시길, 우리 형제의 합격술을 깰 수 있는 사람은 천하에 몇 명 없을 거라고 하셨습니다."

　무릉이 자신감을 드러내며 말했다.

　"물론 사제들의 합격술인 태극검법이 대단하긴 해. 하지만 그래서 더욱 도전하고 싶은 거지. 막내라면 깰 수 있을까?"

　무광이 고개를 갸웃했다.

　그러자 도원이 대답했다.

　"시월이라면 저희도 자신 없습니다. 그 녀석은… 참 생각할수록 엄청난 경지에 오른 것 같아요."

　"도원 네 말이 맞아. 대기만성이라고… 어려서는 정신력은 뛰어나지만 몸과 무공에 대한 재능은 우리보다 떨어진다고 생각했는데, 시간이 지나고 보니까 그 포기하지 않는 끈기라는 것이 사람을 무섭게 변화시킨 것 같아. 시월에게는 우리에게 없는 강인한 뭔가가 있었던 거지."

　무릉이 도원의 말에 맞장구를 쳤다.

　그런데 그때 갑자기 무너진 담장 너머에서 시월의 목소리가 들려왔다.

　"사형들은 제가 없는 동안 절 아주 대단한 사람으로 만들고 계셨군요? 하지만 이 사제는 사형들이 생각하는 것처럼 그렇게 강하지 않답니다! 저는 여전히 사형들이 보호해 줘야 하는 허약한 막내랍니다!"

                    *   *   *

　어색한 기운이 감돌았다.

　그렇다고 적대감이나 긴장감 때문은 아니었다. 예상치 못한 일
이 일어난 것에 대한 당황스러움 때문에 찾아온 어색함이었다.

　설우담 이후 처음으로 자신들의 공간에 여인이 들어온 것도 그
렇지만, 그 여인이 이가검문주 이장춘의 딸이고, 또 자신들의 막
내 사제인 시월과 이미 혼인을 한 사이라는 사실이 칠랑들을 더
욱 당황시켰다.

　그래도 그나마 이럴 때 당황하지 않고 자세한 사정을 물을 수
있는 사람은 화노 정도였다.

　"그러니까 둘이 혼인을 했다는 말이지?"

　화노가 이미 시월과 곽부가 이야기한 사실을 다시 한번 물었
다.

　"그렇다니까요. 못 믿으시겠어요?"

　곽부가 같은 말을 다시 물은 화노에게 되물었다.

　"못 믿는 것은 아니나 믿기지 않는 것도 사실이구나. 너무 갑작
스러운 일이기도 하고."

　화노가 말꼬리를 흐렸다.

　"선남선녀가 서로 마음이 통하면 하루만에라도 만리장성을 쌓
는 거죠. 뭐!"

　곽부가 하나도 이상할 것 없다는 듯 말했다.

　화노가 잠시 생각에 잠겼다가 한쪽에서 돌아가는 상황이 재미
있는지 빙글빙글 웃고 있는 이화검에게 물었다.

"그래서 소저는 시월의 어떤 점이 마음에 들었소?"

갑자기 질문의 화살이 자신에게로 향하자 이화검이 한순간 당황한 듯하다가 시원하게 대답했다.

"무공이 강하고, 마음도 착하고, 나름대로 잘생겼고. 더군다나 절 구해준 사람인데 좋아하지 않을 수 있나요?"

"…음, 그건 그렇군."

화노가 이화검의 대답을 반박할 말이 없는지 얼떨떨한 표정으로 수긍했다.

사실 화노는 경험 많은 노련한 의원이지만, 그 역시 평생 독신으로 살았고, 여인을 가까이 하지 않았으므로 이화검과 같이 쾌활하고 대범한 여인을 어떻게 상대해야 하는지 알지 못했다.

그건 칠랑 모두가 마찬가지였다.

그나마 설우담과 한때 정인이었던 소후라면 이화검의 말 상대를 할 수도 있었지만, 그는 월문 소문주 백유검이 이화검과의 혼인을 위해 이가검문에 왔었다는 말을 듣는 순간부터 입을 닫고 아예 뒤로 물러나 있었다.

비록 자신을 배신하기는 했지만, 그의 마음속에는 그래도 설우담이 잘 살기를 바라는 마음이 아주 없지는 않았다. 설우담에 대한 그의 마음은 애증이 뒤섞여 있기 때문이었다.

그런데 백유검이 이화검과 혼인하기 위해 이가검문에 왔다면 월문에서 설우담이 절대 행복하지 않다는 것을 의미했다.

그래서 그는 다른 칠랑처럼 이화검을 데리고 돌아온 시월의 귀환에만 관심을 기울일 수는 없었다.

"그런데 소문주가 순순히 포기를 했어? 예전이면 모를까 지금의 그는 그럴 사람이 아닌데?"

부리가 물었다.

그러자 곽부가 대답을 하려다 말고 이화검의 눈치를 보았다.

"괜찮아요. 말해도 돼요. 어차피 제가 부끄러워할 일이 아닌데요. 그자가 절 겁탈하려다가 이 사람에게 크게 당했어요."

"아!"

"…음!"

이화검의 말에 칠랑들이 일제히 탄식을 흘렸다.

"얼굴에 깊은 검상이 났어요. 아마 화노 어르신 같은 명의가 아니면 그 상처는 치료하기 어려울 겁니다. 평생 그렇게 사는 거죠. 결국 자업자득이지만……."

곽부가 경멸의 기운이 역력한 말투로 말했다.

"어쩌다 그렇게까지 되었을까."

무광이 안타까운 표정으로 중얼거렸다.

그래도 한때는 함께 수련하고, 같이 북방의 마적들을 소탕했으며, 목숨을 나누며 함께 마인들과 싸웠던 사이였다.

그때의 백유검은 밝았고, 호탕했으며, 누가 보아도 아름다운 청년이었다.

그런 그가 이렇게 타락했다는 것이 믿을 수 없는 무광이었다.

"사람은 누구나 다르지 않다. 모든 사람의 마음속에는 선악이 공존하지. 탐욕 역시 마찬가지다. 누구에게나 거부할 수 없는 유혹의 순간이 다가온다. 다만 그 탐욕의 순간을 어떻게 견뎌내느냐가 문제인 거다."

화노가 침착하게 충고하듯 칠랑에게 말했다.

"그렇다고 누구나 그렇게 되는 건 아니죠."

부리가 퉁명스럽게 말했다.

"그러니까 하는 말이다. 그는 그 순간을 극복하지 못한 것이다. 아쉬운 일이지. 아마도 그건 그 아비 때문일 거야. 그 아비 백문보에게서 무엇을 배웠겠느냐? 가지고 싶은 것은 어떻게 해서든 가지고 말겠다는 아집을 배운 거지."

화노가 탄식하듯 말했다.

"선천적인 것은 아니라고 보시는 거군요?"

무릉이 물었다.

"타고난 성정이라는 것이 아주 없는 것은 아니야. 다만, 그 타고난 성정이 한 사람의 인생을 확정짓지는 않는다는 거지. 성정이란 것은 어떤 모양이든 갈고 닦으면 둥근 돌이 될 수 있거든. 너희들도 특히 이 사실을 명심해야 한다. 너희들은 무공에 특별한 자질을 가졌을 뿐 아니라, 백문보에 의해 호전적인 성격으로 자라났다. 하물며……."

말을 하려다 말고 화노가 슬쩍 이화검을 보았다. 그러자 시월이 말했다.

"이미 알고 있습니다."

"음, 말했구나. 잘했다. 혼인을 한 사이라면 비밀이 있어서는 안 되지. 아무튼 너희들은 육마의 마기에 노출된 사람들이어서 감정을 절제하는 데 특히 신경을 써야 한다."

화노가 진심을 담아 충고했다. 그의 충고에서 칠랑에 대한 깊은 애정이 느껴졌다.

"명심하겠습니다. 다행히 어르신을 만나 마기를 제어할 수 있게 되었으니 감사할 따름입니다."

무광이 고개를 숙이며 말했다.

"공치사를 해달라는 것은 아니고, 그냥 그렇다는 말이다. 인간이 악에 물드는 것은 상황에 따라 누구에게나 일어날 수 있다는 거다. 그래서 옛말에 죄는 미워해도 사람은 미워하지 말라는 말이 있는 거다. 그런 면에서 보면 백유검 그 아이도 불쌍한 거지. 아비를 잘못 만나 점점 괴물이 되어가고 있으니까. 후……"

화노가 깊게 탄식을 흘렸다. 그는 본래 의원이어서 선인이든 악인이든 사람에 대해 깊은 동정심을 가지고 있었다.

"그래도 그자가 미운 것은 어쩔 수 없습니다!"

부리가 퉁명스럽게 말했다.

"후후, 그야 어쩌겠느냐? 너희들에게 한 짓이 있으니. 미워할 수밖에. 그냥 그가 변하는 모습을 보고 경계할 것을 배우라는 뜻이다."

화노가 말했다.

"오늘의 가르침 명심하겠습니다. 사제들도 화노 어르신의 말씀을 잊지 마라. 우린 모두 가슴 속에 뜨거운 불덩이를 안고 살아가는 사람들이니까. 스스로를 잘 다스려야 해."

무광이 사제들에게 충고했다.

"알았어요. 사형! 자, 이제 그런 무거운 이야기는 그만하고. 막내는 이참에 이곳을 떠나 새로운 거주지를 찾자고 하는데요. 대사형 생각은 어떠세요?"

곽부가 분위기를 바꾸려는 듯 만화원을 떠나는 문제를 꺼내들었다.

"이곳을 떠나자고?"

무광이 되물었다.

"시월이 그러자고 하는데요?"

곽부가 대답을 시월에게 돌렸다.

그러자 무광이 시월을 바라봤다.

"아무래도 이곳이 너무 많이 노출된 것 같아서요. 군자의가 살아 있을 가능성도 있고… 더군다나 이번 일로 요동에 칠선문의 이름이 제법 널리 알려졌으니까요."

시월이 차분하게 말했다.

"음… 그도 그렇구나. 어르신께선 어떻게 생각하십니까?"

무광이 화노에게 물었다.

그러자 화노가 손을 털고 자리에서 일어나며 말했다.

"칠선문의 일을 왜 내게 묻느냐? 그건 너희들이 알아서 할 문제지. 난 너희들이 결정에 따를 것이다. 하지만 일단 저녁 준비부터 하면 안 되겠느냐? 일단 배를 채우고 다시 이야기를 해보자."

화노의 말에 그제야 칠랑은 이미 해가 서쪽 산으로 넘어갔다는 것을 깨달았다.

"저녁 준비는 나와 시월이 하겠습니다. 오면서 제법 맛난 재료들을 사왔으니까."

곽부가 말했다.

"좋아. 오랜만에 제대로 된 요리 좀 먹어보자. 부탁한다!"

부리가 곽부와 시월을 보며 소리쳤다.

　　　　*　　　　　*　　　　　*

　콰르릉!

　흙더미와 돌덩이가 함께 무너져 내리면서 만화원 뒤쪽 석동의 입구가 막혔다.

　그 앞에서 시월 일행이 먼지가 가라앉기를 기다렸다.

　먼지가 가라앉자 석동의 입구는 완전히 사라지고 흙더미에 덮인 산비탈이 모습을 드러냈다.

　"제대로 됐군."

　화노가 만족한 듯 고개를 끄떡였다.

　"꼭 이렇게까지 해야 하나요? 나중에 다시 들어가려면 고생할 것 같은데……."

　부리가 아쉬운 듯 말했다.

　"석동을 안전하게 지키기 위해서다. 그도 이 석동의 존재는 모른다. 그런데 그가 살아서 이곳으로 돌아온다면 우리가 이곳에 살았었다는 사실을 알고 있으니 어디에서 살았는지 알아내기 위해 이 근방을 샅샅이 뒤질 거다. 이렇게 무너뜨리지 않으면 석동을 찾아낼 거다."

　"지금은 석동 안에 아무것도 없잖아요?"

　부리가 다시 물었다.

　그러자 화노가 품속에서 금덩어리를 꺼내들었다.

　"이래도?"

　"아! 금광석들!"

그제야 부리는 자신들이 한동안 머물렀던 석동이 금맥이 존재하는 곳이었음을 깨달았다. 너무 익숙해져서 잠시 그 사실을 잊고 있었던 것이다.

"그리고 석동 밀실에는 여전히 약재들이 일부 보관되어 있다. 그중에는 수백 년이 된 것도 있지. 약재의 가치도 가치지만 그것은 우리 화의일맥을 증명하는 유물이니 안전하게 지켜야지."

"그렇군요. 역시 입구를 무너뜨리는 게 옳은 것 같네요."

부리가 그제야 화노의 판단에 수긍했다.

"마음 같아서는 저 건물들도 완전히 무너뜨리고 가고 싶다만… 그렇게까지 하기에는 마음이 좋지 않으니 그냥 떠나자꾸나."

화노가 이미 폐허가 되었지만, 그래도 어느 정도 그 뼈대를 유지하고 있는 만화원의 건물들을 보며 말했다.

"안타까워요. 아름다운 곳인데……."

이화검이 비록 폐허에 가까울망정 수백 종류의 꽃들이 만발한 만화원의 정원을 보며 말했다. 봄이라 만화원이 가장 아름다울 시기였기에 더욱 떠나기 아쉬운 곳이었다.

"이 꽃들이야 계절에 따라 피고 지는 것이니 아쉬울 것이 없지만, 그래도 수십 년 살아온 곳을 떠나려니 심란하기는 하군."

화노가 만화원 주변을 돌아보며 말했다.

"죄송합니다. 저희들 때문에……."

무광이 고개를 숙이며 사과했다.

"너희들 때문이 아니다. 이 일의 근원에는 결국 내 사형이었던 사람이 있으니까. 그러니 결국 화의일맥이 자초한 일이라고 할 수 있다. 애초에 스승께서 그를 잘못 가르치신 것이지. 그러니 미안해할 필요 없다. 자! 그만 떠나자."

화노가 미련을 떨치고 싶은지 걸음을 재촉했다.

그러자 시월 등이 서둘러 작은 걸망을 짊어지고 화노의 뒤를 따랐다.

누가 보면 영락없는 산골 약초꾼 일행의 모습이었다.

산을 내려와서는 다시 한번 작은 이별이 있었다.

군자의 공천보에게 세뇌당했다가 화노의 치료로 이지를 회복한 동천오룡이 일행과 동행하지 않고 해동으로 가는 것으로 결정됐기 때문이었다.

몇 개월 동안 화노에게 치료를 받으며 그의 정성에 감복한 동천오룡은 온전하게 몸과 정신을 회복한 후 화노의 호위 무사가 되기를 자청했고, 화노는 그들의 청을 받아들였다.

일인전승의 전통을 가진 화의일맥에서 동천오룡을 문도로 받아들이는 것은 쉽지 않은 결정이었지만, 그들이 이지를 상실하고 살수가 된 것은 결국 화의일맥의 사람이었던 공천보 때문이었기에 화노는 동천오룡의 청을 받아들였다.

그리고 화노는 만화원을 떠나기 전 그들에게 자신과 동행하지 말고, 백두 동쪽에 있는 또 다른 화의일맥의 비처로 가서 삼 년간 의술의 기초를 수련하라는 명을 내렸던 것이다.

그렇게 동천오룡까지 해동으로 떠나보내고 나서야 시월과 사형제들은 본격적으로 서쪽으로의 여정을 시작했다.

그들은 산을 벗어난 이후 한동안 요동 평야를 가로질러 달렸다.

과거 그들이 월문의 제자였던 시기, 만화원으로 천년화정을 훔치기 위해 오갔던 그 길이었다.

하지만 어느 지점부터는 그 경로에서 벗어나 좀 더 남쪽으로 길을 잡았다.

그리고 만화원을 떠난 지 보름이 지났을 때 일행은 요하 하구의 큰 포구에 이르렀다.

그곳에서 일행은 바다를 건널 수 있는 튼튼한 배를 구하기 시작했다.

『칠마선문』 5권에 계속…